中華民国新闻史

（1912～1949）

倪延年　主編

第 3 冊

| 第二卷 |

民國北京政府時期的新聞業
（1916～1928）（上冊）

王　潤　澤　等著

花木蘭文化事業有限公司

國家圖書館出版品預行編目資料

民國北京政府時期的新聞業（1916～1928）‧第二卷／王潤澤
等著 ― 初版 ― 新北市：花木蘭文化事業有限公司，2020〔
民 109〕
目 4+210 面：19×26 公分
（中華民國新聞史（1912～1949）：第 3 冊）
ISBN 978-986-518-133-8（上冊：精裝）
1. 新聞業 2. 民國史
890.9208   109010352

ISBN-978-986-518-133-8

中華民國新聞史（1912～1949）
第 三 冊　第 二 卷
ISBN：978-986-518-133-8

民國北京政府時期的新聞業
（1916～ 1928）（上冊）

作　　者	王潤澤等著
叢書主編	倪延年
出　　版	花木蘭文化事業有限公司
發 行 人	高小娟
總 編 輯	杜潔祥
副總編輯	楊嘉樂
編　　輯	許郁翎、張雅淋　美術編輯　陳逸婷
聯絡地址	235 新北市中和區中安街七二號十三樓
	電話：02-2923-1455／傳眞：02-2923-1452
網　　址	http://www.huamulan.tw 信箱 hml810518@gmail.com
印　　刷	普羅文化出版廣告事業
初　　版	2020 年 9 月
全書字數	389090 字
定　　價	共 10 冊（精裝）新台幣 30,000 元

中華民國新聞史（1912～1949）
第二卷·民國北京政府時期的新聞業
（1916～1928）（上冊）

王潤澤　等著

作者簡介

　　王潤澤，中國人民大學新聞學院教授，副院長，中國新聞史學會會長，教育部人文社會科學重點基地新聞與發展研究中心執行主任，北京市第十三屆政協委員。

　　專職從事新聞傳播史的教學和研究工作，主持 2015 年國家社科重大招標項目《百年中國新聞史史料整理與研究》等。代表著作有專著《北洋政府時期的新聞業及其現代化》《中國新聞媒介史》等，主編「民國時期新聞傳播專題史料」共六輯，167 餘冊，近億字；在《新聞與傳播研究》《國際新聞界》《新聞大學》《現代傳播》《新華文摘》等刊物發表各種學術論文 120 餘篇。

提　　要

　　民國北京政府時期（1916～1928），中國民族資本主義獲得短暫的發展空間，社會思想開放進步，新聞傳播技術引入中國，新聞事業整體發展迅速，中國新聞傳播的現代化特色比較明顯。

　　按媒體類別看，官方報紙進入穩定的發展階段，政治力量直接介入媒體運營情況比之前和之後都有降低；政黨報紙進入新的階段，在政黨政治的推進下，共產黨黨報誕生並獲得迅速發展，進入第一個歷史高潮期，國民黨黨報在此時期獲得恢復，由海外回歸國內發展，並在第一次國共合作中得到共產黨的幫助而使其宣傳事業得到加強。民營報紙發展迅速，出現了一批具有現代化的企業氣象的大報館，報紙內容豐富，經營靈活，獲利頗豐；不過各地地方特色明顯，呈現地區間不甚均衡的局面。軍隊新聞業、少數民族新聞業、圖像新聞業都有不同程度的進步，有很多以前未被發現的報紙進入研究視野。廣播事業開始出現，發展勢頭冉冉升起；通訊業、外國在華新聞業等方面機構數量增加，質量整體提升，各具特色。中國新聞教育從這一時期肇始、新聞團體種類齊全、活動頻繁。新聞事業管理和經營等方面也呈現現代化特徵。這段時期新聞在職業化和專業化方面有突出進步。

　　北京政府統治時期的中國新聞業，從行業外部發展到內部運作，都是積極活躍的，中國新聞業吸收西方新聞思想、整合中國傳統文化，進入到自主發展階段，是中華民國新聞史上更新幅度最大的時期。

此項研究得到國家社會科學基金重大項目
「中華民國新聞史」（編號：13&ZD154）資助

《中華民國新聞史》學術顧問委員會

主任委員

方漢奇　中國人民大學榮譽一級教授，中國新聞史學會創會會長，中國人民大學新聞學院教授，博士研究生導師。

執行主任委員

趙玉明　中國傳媒大學教授，博士生導師，中國新聞史學會第二任會長，北京廣播學院原副院長。

副主任委員

朱曉進　南京師範大學教授，博士生導師，副校長，中國民主促進會江蘇省主委，政協江蘇省副主席。

程曼麗　北京大學教授，博士生導師，中國新聞史學會會長，北京大學華文傳媒研究中心主任。

委員（按姓氏漢語拼音為序）

顧理平　南京師範大學教授，博士生導師，南京師範大學新聞與傳播學院院長。

黃　瑚　復旦大學教授，博士研究生導師，復旦大學新聞學院常務副院長，中國新聞史學會副會長。

李　彬　清華大學教授，博士研究生導師，清華大學新聞與傳播學院學術委員會主任。

劉光牛　新華通訊社高級編輯，新華社新聞研究所副所長。

劉　昶　中國傳媒大學教授，博士研究生導師，中國傳媒大學新聞傳播學部新聞學院院長。

馬振犢　中國第二歷史檔案館副館長，研究員，中國近現代史史料學會副會長。

倪　寧　中國人民大學教授，博士研究生導師，中國人民大學新聞學院執行院長。

秦國榮　南京師範大學教授，博士研究生導師，南京師範大學社會科學學術委員會秘書長，南京師範大學社會科學處處長。

吳廷俊（常設）華中科技大學二級教授，博士生導師，中國新聞史學會副會長，中國新聞史學會新聞教育史分會會長。

二〇一四年三月

《中華民國新聞史》編纂委員會

主任委員

吳廷俊　華中科技大學二級教授，博士研究生導師，中國新聞史學會副會長暨新聞教育史分會會長。項目常設顧問。

執行主任委員

倪延年　南京師範大學教授，博士研究生導師，中國新聞史學會特邀理事，南京師範大學民國新聞史研究所所長。主編《中華民國新聞史》（第 1 卷），協助主任委員完成項目研究組織協調工作。

副主任委員

張曉鋒　南京師範大學教授，博士研究生導師，中國新聞史學會常務理事，中國新聞史學會臺灣與東南亞華文新聞傳播史研究會副會長，南京師範大學新聞與傳播學院執行院長。協助主任委員完成項目組織協調工作。

委員（以姓氏漢語拼音為序）

艾紅紅　中國傳媒大學教授，博士研究生導師，中國新聞史學會常務理事，主編《中華民國新聞史》（第 5 卷），負責全書「民國時期的新聞廣播業」特約專題稿和《民國新聞專題史研究叢書・民國時期的新聞廣播業》分冊撰稿。

白潤生　中央民族大學教授，中國新聞史學會特邀理事，負責全書「民國時期的少數民族新聞業」特約專題稿和《民國新聞專題史研究叢書・民國時期的少數民族新聞業》分冊撰稿。

鄧紹根　中國人民大學教授，博士生導師，中國新聞史學會副秘書長。負責全書「民國時期的外國在華新聞業」特約專題稿和《民國新聞專題史研究叢書・民國時期的外國在華新聞業》分冊撰稿。

方曉紅　南京師範大學教授，博士研究生導師。負責全書「民國時期的新聞管理體制」特約專題稿和《民國新聞專題史研究叢書・民國時期的新聞管理體制》分冊撰稿。

郭必強　中國第二歷史檔案館研究室主任，研究員，中國近現代史史料學會常務理事、副秘書長。負責協助有關史料的查閱和審核工作。

韓叢耀　南京大學教授，博士研究生導師。負責全書「民國時期的圖像新聞業」特約專題稿和《民國新聞專題史研究叢書・民國時期的圖像新聞業》分冊撰稿。

何　村　渤海大學教授。協助首席專家完成相關工作。

李建新　上海大學教授，博士研究生導師，中國新聞史學會常務理事。負責全書「民國時期的新聞教育」特約專題稿和《民國新聞專題史研究叢書・民國時期的新聞教育》分冊撰稿。

李秀雲　天津師範大學教授，博士生導師，新聞傳播學院副院長，中國新聞史學會常務理事。參加全書「民國時期的新聞學研究」特約專題稿和《民國新聞專題史研究叢書・民國時期的新聞學研究》分冊撰稿。

劉　亞　南京政治學院教授，博士研究生導師。主編《中華民國新聞史》（第4卷），負責全書「民國時期的軍隊新聞業」特約專題稿和《民國新聞專題史研究叢書・民國時期的軍隊新聞業》分冊撰稿。

劉繼忠　南京師範大學副教授，博士。南京師範大學民國新聞史研究所副所長。主編《中華民國新聞史》（第3卷）。

徐新平　湖南師範大學教授，博士研究生導師，中國新聞史學會常務理事。負責全書「民國時期的新聞學研究」特約專題稿和《民國新聞專題史研究叢書・民國時期的新聞學研究》分冊撰稿。

萬京華　新華通訊社新聞研究所研究員，新聞史論研究室主任，中國新聞史學會常務理事。負責全書「民國時期的新聞通訊業」特約專題稿和《民國新聞專題史研究叢書・民國時期的新聞通訊業》分冊撰稿。

王潤澤　中國人民大學教授，博士研究生導師，新聞學院副院長，中國新聞史學會副會長兼會刊《新聞春秋》主編。主編《中華民國新聞史》（第2卷）。

張立勤　華南師範大學副教授，博士。負責全書「民國時期的新聞業經營」特約專題稿和《民國新聞專題史研究叢書・民國時期的新聞業經營》分冊撰稿。

二〇一八年十二月

目次

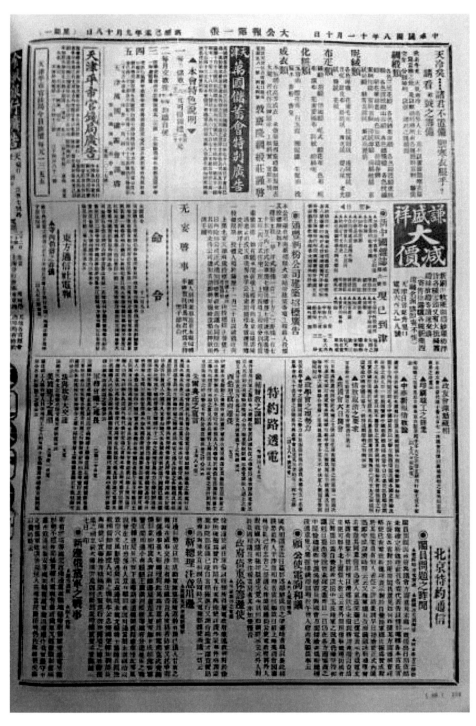

圖 2-1 《中華新報》1919 年 11 月 10 日 第 1 張

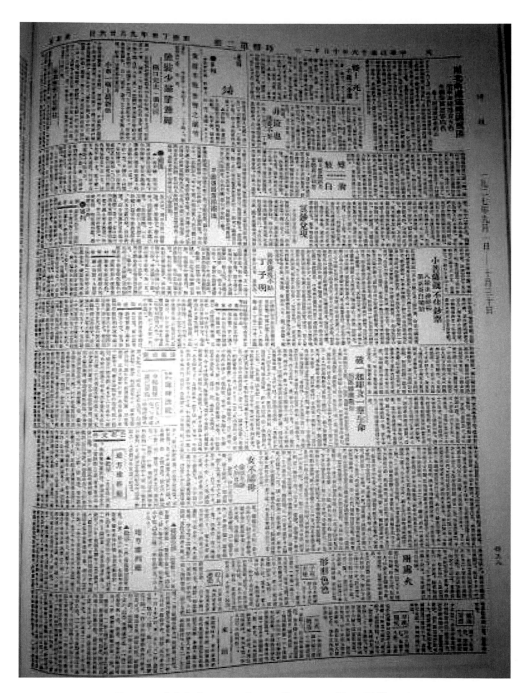

圖4-1 《時報》1927年10月21日 第2張第6版

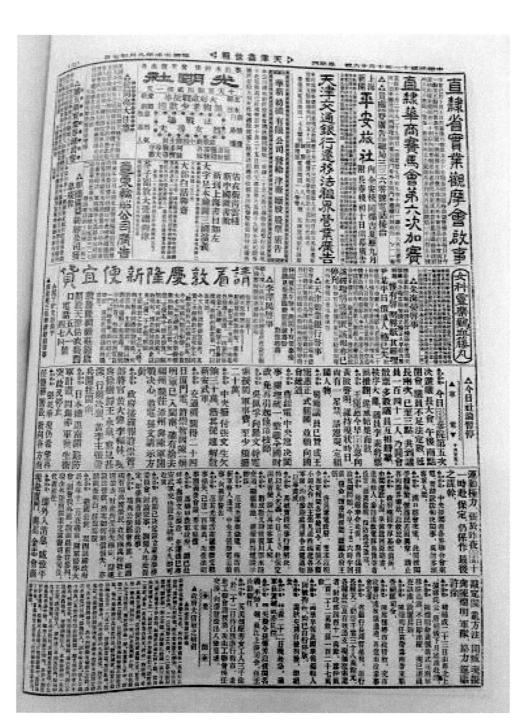

圖 4-2　《益世報》1923 年 10 月 26 日　第 1 張第 2 版

圖4-3 《晨報》1916年8月15日 第一版

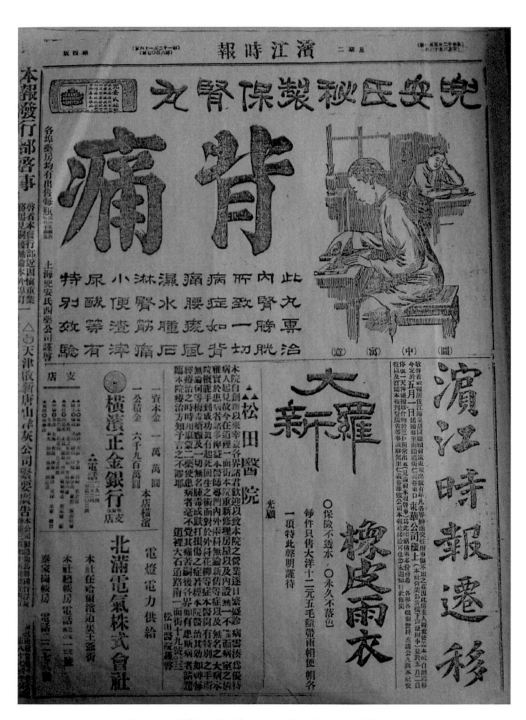

圖 4-4　《濱江時報》1923 年 5 月 1 日　第 4 版

圖 5-1　邵飄萍

圖 5-2　胡政之

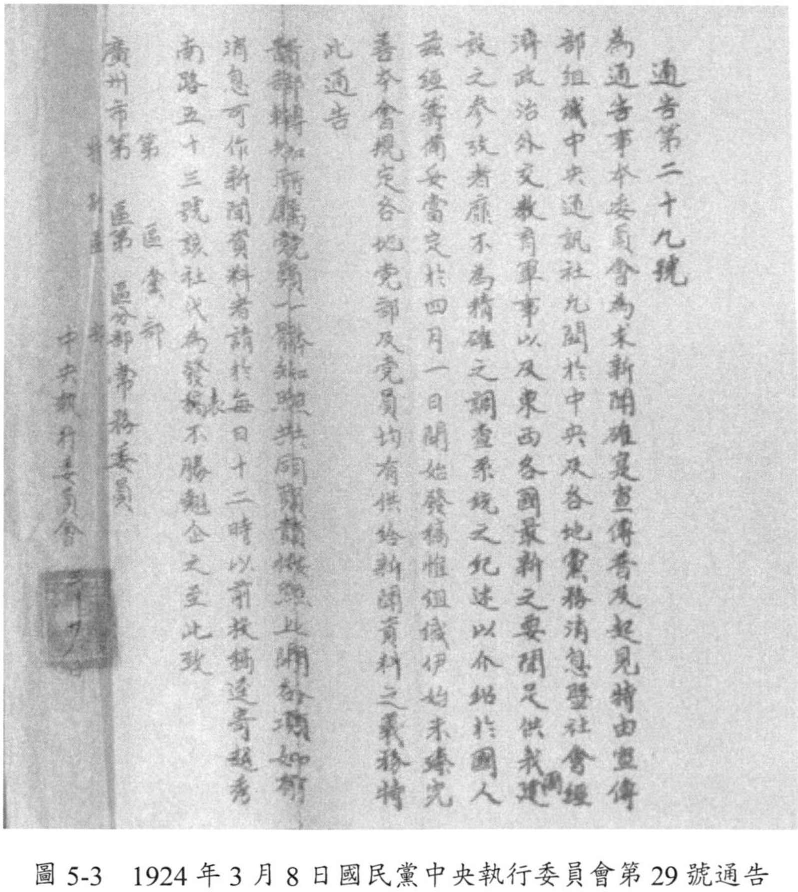

圖 5-3　1924 年 3 月 8 日國民黨中央執行委員會第 29 號通告

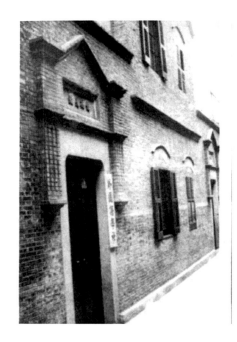

圖 5-4　中俄通訊社舊址

申報

國民通訊社添聘外埠訪員

愛國同胞公鑒

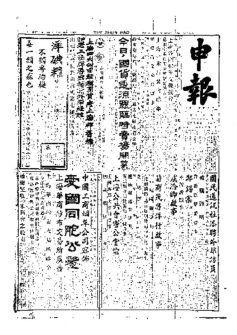

圖 5-5　《申報》刊登的《國民通訊社添聘外埠訪員啓事》

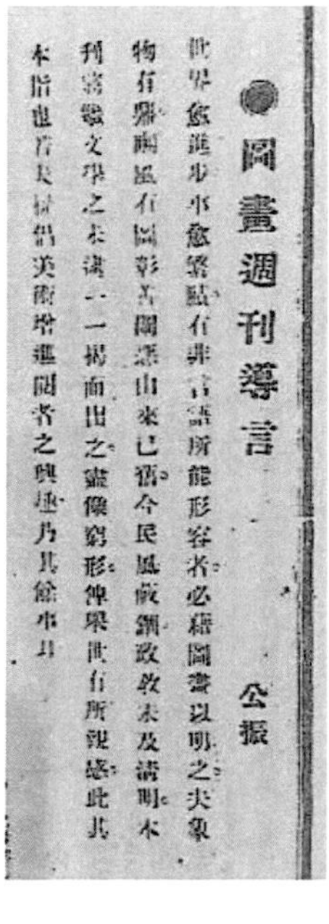

圖畫週刊導言　公振

世界愈進步事愈繁賾有非言語所能形容者必藉圖畫以明之夫象物有彝鼎風有圖彰著圖讖由來已舊今民風蔽錮政教未及講明本刊竊擬文學之未逮一一揭而出之盡像窮形俾舉世有所觀感此其本旨也若夫提倡美術增進閱者之興趣乃其餘事耳

圖 5-6 《時報》刊登的《圖畫週刊導言》[1]

1 《圖畫週刊導言》，《時報》，1920 年 6 月 9 日。

圖 5-7 《世界畫報》內頁

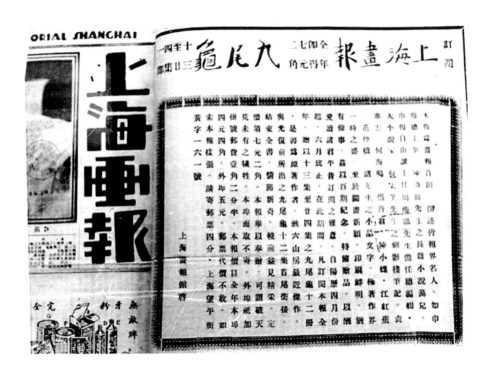

圖 5-8　《上海畫報》創刊號

圖 5-9　《北洋畫報》封面

圖 5-10　《良友》第一期封面

圖 5-11　《嚮導》刊登的萬縣慘案照片之一

圖 5-12　《嚮導》刊登的萬縣慘案照片之二

圖 5-13　沈泊塵，南北之爭，1918 年 9 月 1 日

圖 5-14　馬星馳，玩弄於鼓掌之上，1919 年 2 月

圖 5-15　錢病鶴，快把害蟲一個　　　圖 5-16　孫之俊，中美，1927 年 12 月
　　　　一個捉出來，1917 年 6　　　　　　　25 日
　　　　月 14 日

圖 6-1　《黃埔潮》第 15、16 期合刊　　圖 6-2　《革命軍》第 9 期[1]
　　　　「十月革命九週年紀念
　　　　號」，1926 年 11 月 7 日

1　劉亞 2014 年 11 月 3 日攝於廣州黃埔軍校紀念館。

圖 6-3 《黃埔生活》第一期，《黃埔武力》第二期[1]

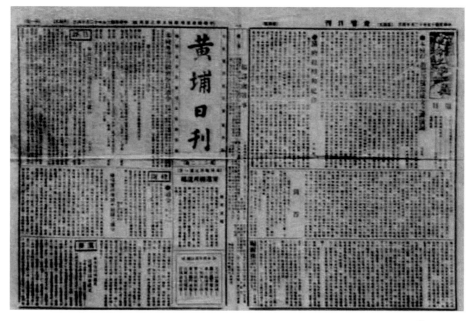

圖 6-4 《黃埔日刊》第 323 期，1927 年 3 月 26 日第 1、4 版[2]

1 單補生：《我珍藏的早期黃埔期刊》，《黃埔》 2011 年 6 期。

2 《由黃埔軍校政治部編輯出版的〈黃埔日刊〉》，http：//www-huangpu-org-cn/zt/hplt/
lzp/201306/t20130606_4287458-html。

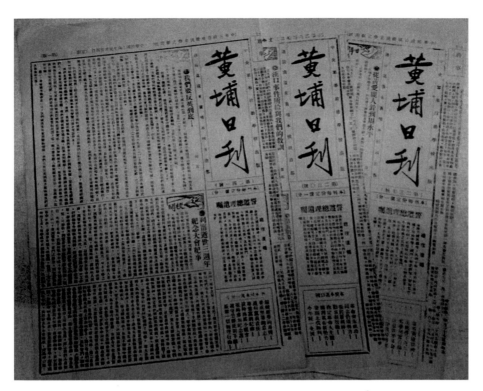

圖 6-5　《黃埔日刊》第 230、237、241 期[1]

圖 6-6　《中國軍人》創刊號，1925 年
2 月 20 日[2]

1　劉亞 2014 年 11 月 3 日攝於廣州黃埔軍校紀念館。
2　黃張挺、王海勇：《中國紅色報刊圖史》，第 15 頁，太原，山西經濟出版社，2011
　年 6 月第 1 版。

圖 7-1 《中央日報》1928 年 2 月 25 日

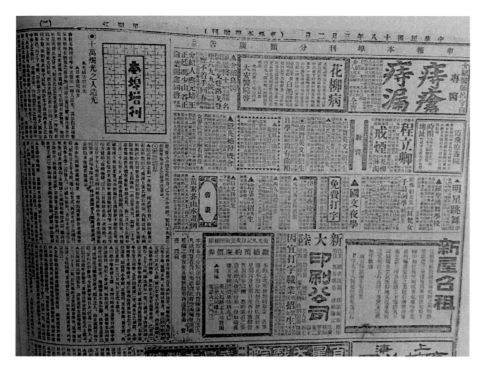

圖 7-2　《申報》增設的《本埠增刊》版面

圖 7-3　《申報》版面上的分類廣告專欄

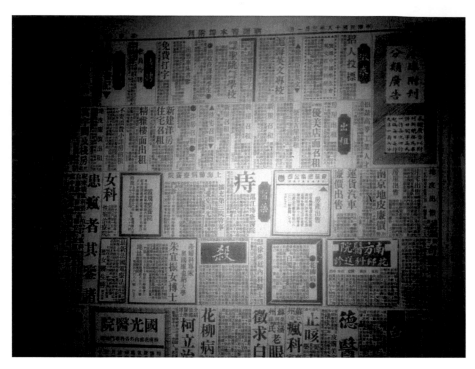

圖7-4　《新聞報》傚仿《申報》增設的《本埠附刊》版面

第一章　民國北京政府時期新聞業的社會背景

1916 年袁世凱死後，中國進入到北洋各派軍閥統治時期，自此至 1928 年，為北京政府時期，西方學者對其定性為「立憲共和國」，意思是共和民主的思想和體制漸漸被國人接受，開始在中國落地。

第一節　民國北京政府時期的政治環境

袁世凱死後，由於執政的各路軍閥均沒有袁氏在中國的聲望，國家遂陷入動盪之中。他們窮兵黷武，混亂中的中國缺乏一強有力統治者，處於實際的分裂狀態。這一階段控制中央政府的軍閥派系，大約有皖系（1916～1920）、直系（1921～1924）和奉系（1925～1928），各約 4 年時間，是民國近 40 年歷史中最為混亂的一段時間。

一、北洋軍閥統治下的政治亂象

（一）共和制的迷茫

從政體看，實踐中的共和制度呈下線方向運動。袁世凱當政時，中國實行了普選。雖然社會上普遍對普選知之甚少，百姓渾然不覺，中間也有個別暴力或賄選，但整體上還算平穩，至少形式上走了一個過場；後來袁氏自己復辟，成立不足三個月的中華帝國，後雖主動宣布取消帝制，但此次復辟帝制對共和體制破壞很大。到段祺瑞當政時則先搞了安福俱樂部，操縱選舉，

府院之爭非常厲害，民主共和從形式到內容都遠離初衷。曹錕時期更蛻變成金錢賄選，議員的操守進一步下降，共和體制從內部被破壞，僅留下一個門臉做裝飾。1924 年馮玉祥聯奉倒直，推出臨時執政府，前一年多時間內（1924 年 11 月 24 日到 1925 年 12 月 26 日）連總理都不設，到奉系上臺後，直接設立軍人政府，首領是大元帥，共和的門臉也被拆掉。這一時期的共和體制在中國實際是退步的。

走馬燈一樣的內閣，更顯示出共和制在中國的不適。自 1916 年 3 月 22 日到 1928 年的 6 月 3 日的 12 年間，北京政府有 7 人任總統和國家首腦，其中段祺瑞是兩次，實際是 8 任國家首腦，26 人擔任過總理；共產生過 25 任內閣及各種臨時內閣 14 個，共 39 任，最短的只有十幾天，最長的也僅維持年余；至少頒布過 4 部憲法或基本法；期間更有 1917 年 7 月鬧出十幾天的張勳復辟。此種走馬燈一樣的立法行政機構更迭，顯示出民初民主共和制在中國落地之艱難。

（二）共和制步履維艱的原因

首先，社會傳統政治思想根深蒂固、經濟凋敝、社會共和思想基礎薄弱。不容諱言，中國完全沒有準備好接受共和體制。王權集中於皇帝的清朝雖然覆滅，但獨裁的思想觀念還依然存在於各級官吏和普通百姓腦海中。不僅袁世凱等舊式軍閥習慣從傳統政治手段中尋找解決問題的方法，就連積極倡導共和民主的革命黨，在憲政之初的政治實踐中也繼續延續革命時期行為模式，信奉革命主義，推行暴力、激進的革命文化。

孫中山雖然力倡共和，但在實踐中並未堅守共和民主之意。同盟會期間，雖然會章「帶有民主選舉和議事色彩，但從史料中鮮能發現其在內部活動時遵守民主程序的事例。」[1]二次革命失敗後，孫中山也傾向獨攬大權。1913 年他在東京成立中華革命黨，規定入黨者無論資格多老必須打手印發誓「服從孫先生」、「服從黨魁」、「服從命令」；他自己也立約宣誓，告誡自己要「統率同志」、「慎施命令」。整個革命黨也充斥著激進的革命文化。辛亥革命過程中，革命黨人習慣用暴力、暗殺等手段達到革命目的無可厚非，但革命成功後卻缺乏民主思想，依然用此方式進行權力之爭，達到政治目的。武昌起義前，革命黨內部就有派別之分特別是光復會成員和同盟會其他成員之間有較深的

1　馬飛：《革命文化與民初憲政的崩潰》，《二十一世紀雙月刊》，2013 年 6 月，第 45 頁。

矛盾。如果說革命「勝利」（即推翻清王朝統治）之前，這種矛盾還停留在口舌之爭的話，那麼，革命「勝利」之後，這種矛盾就演化爲革命黨人的內訌，最著名的是同盟會主要領導人陳其美指使蔣介石等暗殺了光復會主要領導人陶成章。至於在武昌起義後獨立省份的主事者，有不少人一朝手握大權，即頤指氣使，作威作福，完全沒有民主作風和平等意識。他們常常不惜運用暴力或行政手段強制破壞民主政體，通過權術迫害規則，缺乏民主共和制度下起碼的政治妥協意識，多黨制的表面底下是各派政治勢力拉幫結派，黨同伐異。不論是國民黨還是舊式軍閥，在矛盾重重、積弊甚深的民初，解決各種大小矛盾和事物還是傳統的政治觀念和手段來得更方便和熟悉些。另外，經濟基礎決定上層建築，資本主義經濟雖然在中國出現，但很不成功且力量弱小，小農經濟依然是社會的主體。自給自足的經濟模式讓社會個體分散，無法將民眾集中於公共事務的討論中。「歸根到底小農的政治影響，表現爲行政權力支配一切的社會」。[1]馬克思的這一論斷，被民初中國的政治證明爲完全正確。

　　其次，民主共和的新思想在中國並未得到充分宣傳，自精英階層到普通百姓，並沒有形成共和民主的觀念。清末只有孫中山等少數革命者追求民主共和，這種思潮在社會上沒有進行任何有力量有影響的推介，可以說思想上沒有做過多少普及和教育的功課，在百姓甚至大部分知識分子中，並沒有認知基礎。清末新思想傳播很多，但對社會影響十分有限。

　　清末最深刻的一次思想啓蒙運動算是維新變法，社會影響波及到廣大士紳階層，但影響依然有限。1905 年後由於政府推動君主立憲制度，社會上成立了不少立憲團體，君主立憲思想的傳播比較熱烈，還出版了不少刊物。孫中山等人領導的反清革命，剛開始也是打著民族革命的旗號，並沒有研究和深入有效地宣傳西方民權和民生思想。雖然清末十年革命派與保皇派各辦報刊，大行論戰，但論戰的範圍有限，主題也多集中在革命的路徑與目的上，新思想並不多。實際上，推翻滿清統治的目標和口號已經足夠調動大家的革命熱情了。至於共和到底是什麼，革命派們並沒有進行深刻的研究和廣泛的宣傳。不僅民眾百姓不瞭解，就連知識分子和政界人物也知之頗少。據顧維鈞回憶，當年袁世凱還向他請教過共和的含義，並講中國人只會把垃圾倒到街上，並沒有公共的觀念，如何能眞正實行共和制呢？也許深諳中國社會現

1　《資本論》第一卷，人民出版社，1964 年版，第 830 頁。

狀和政治傳統的袁世凱說出了一個事實，當然他也缺乏推行共和民主的熱情和決心；列強環肆、內亂不斷的中國也確實缺少順利實施共和的基礎。因此空降的「共和制」只有皮毛。正如費正清所說：「辛亥革命建立的新政體是覆蓋在舊中國上的薄薄的一層皮，它距離中國民間社會極其遙遠。」[1]毛澤東也說「辛亥革命乃留學生的發蹤指示，哥老會的搖旗喚吶，新軍和巡防營一些丘八的張弩拔劍所造成的，與我們民眾的大多數，毫沒關係。」[2]

第三，如果說革命前不瞭解共和，準備不足，那麼既已建立民主共和制國家，就應按照既定政治規則認真實踐、共同維護和推進民主共和制在中國的確立。但民國成立後，各派政治力量為一黨利益甚至私人權力，視共和制度成爭權奪利的手段，各派對共和制政體不求共識，隨意更改、肆意破壞，從根本上破壞此制度在中國的落地。

最應該堅持共和思想體制的革命黨首先參與了對它的破壞。1912 年元旦，孫中山就任臨時大總統，1 月修正通過《中華民國臨時政府組織大綱》，採取美國式的總統制，規定行政首領「有統治全國之權」。到 1912 年 3 月清帝退位後，孫中山即將辭職、袁世凱即將上任之際，南京臨時政府參議會在孫中山主持下制訂了《中華民國臨時約法》，規定「國務員輔佐大總統負其責任」，廢除總統制而改行責任內閣制，開任意改換政體之先例，為日後政爭埋下禍根。袁世凱上臺後因國會鬧獨立，袁執政掣肘嚴重。袁世凱便於 1914 年5 月公布《中華民國約法》，改責任內閣制為總統制。1914 年 12 月 29 日又公布《修正大總統選舉法》，規定總統任期十年並可連選連任。1915 年，日本提出亡國之「二十一條」，袁世凱雖做很多努力，但最後還是被迫簽約。「二十一條」的簽訂讓國家民族面臨生死存亡之危機。鑒於此並兼思民國後亂象紛出，有人進言中國需改換國體，「共和不適於中國」的言論出現。袁世凱藉此於 1915 年 12 月 12 日預備成立中華帝國，共和體制第一次遭受徹底破壞。雖因各方反對，袁世凱於 1916 年 3 月 22 日發布申令宣布取消帝制，但先例已開，後繼者更加肆無忌憚和任意妄為。到段祺瑞等繼任軍閥上臺後，此種亂相越演越烈。在貌似恢復共和的表象下面，其出發點無不是爭權奪利。1916年 6 月 29 日，段發布申令恢復《臨時約法》，表面上是對民國最初共和體制

---

1 劉悅斌：《清末民初中國社會的艱難轉型》，《文史天地》，2012 年版，第 9 頁。

2 毛澤東：《民眾的大聯合》，《湘江評論》，轉引自李琦《辛亥老人仇鰲談與毛澤東的交往》，《黨的文獻》2011 年版，第 107 頁。

的尊重，實際上是因爲《臨時約法》中的責任內閣制，對他當國務總理實際掌控北京政府、架空繼任總統黎元洪不無好處。

第四，社會缺乏民主政治的文化傳統。在民主政治社會中，參政者必須形成一種權利分享意識，尊重民主規則、競爭博弈和平有序，並能坦然接受政爭失敗，形成一種成熟而現實的民主政治心態，這是實行民主制度的重要文化基礎。然民初執政者和在野者不懂民主共和，更不會實踐之，只想著如何利用民主共和體制爲自己爭奪更大權力。

瀏覽民初各政治團體，強權、暴力、武力推動政治的思維慣性，普遍存在政爭之中。孫中山任臨時大總統後，1912 年 2 月針對首都設立地點在南京還是北京一事，運用武力和威脅手段，逼迫議會通過決議設都南京。這種行事方式，實開損壞民主議程之先，也影響了繼任者的政治實踐。袁世凱當政後，此種做法成爲常態，到段祺瑞等時期，更是有增無減。縱觀北京政府掌權者，大多脫胎於舊式武人，僅有傳統思想，沒有共和觀念，習慣運用武力解決問題。不論是皖系、直系還是奉系，自段祺瑞開始，當政者以統一中國爲目標，迷信武力解決問題。全然拋棄共和民主議事原則，熱衷兵戎相見。有實力的大軍閥希望通過武力佔據中央，統一中國；稍遜一籌的地方軍閥則在自己的地盤內互相爭鬥，清除異己，擴大勢力。在北京政府後期，軍人勢力直接干政現象愈演愈烈。

第五，眾議院和國會選舉徒具形式。民初根據西方慣例也做了很多具體的規定，但執行起來弊病頗多，首先根本無法達到全民選舉，所謂普選也是形式主義。更重要的是有實力的政治團體不參與選舉，選出的國會與實際政治格局完全背離，國會沒有權威，無法正常運作，最終只能常常被國會外強大的勢力推翻或利用。袁世凱後軍閥們都知道「控制並影響北京政府，就能幫助軍閥達成其所願，才會使他們成爲民國政府官僚政治機構中的組成部分。而控制官僚政治的關鍵便在於內閣，換言之，任命內閣官員是他們的特殊興趣」[1]。因此「民國內閣之更迭，多憑強藩悍將之主張，而不出於國會」。[2]當時《申報》常刊登文章譏諷內閣爲「妾婦內閣」、「軍用內閣」，「在今日北

1　魯衛東：《軍閥與內閣——北洋軍閥統治時期內閣閣員群體構成與分析（1916～1928）》，《史學集刊》，2009 年版，第 103 頁。

2　魯衛東：《軍閥與內閣——北洋軍閥統治時期內閣閣員群體構成與分析（1916～1928）》，《史學集刊》，2009 年版，第 103 頁。

京則所謂內閣者，不過一種軍用品，雖千變萬化，仍在武人股掌之上。」[1]國會之議員由舊政客脫胎而來，爲了各自的利益爭來爭去。國會通過的第一個議案竟是給議員定了每個月 500 大洋的高薪水。他們怠於論政，縱情聲色，貪污腐化，與舊時官僚沒有什麼區別，甚至有過之而無不及。報紙把這些議員描繪成「嫖議員、賭議員、煙議員、瘋議員、瞌睡議員、哼哈議員、武小生議員、三花面議員、捐班議員、金錢議員」[2]。

甚至我們可以從內閣閣員的任命上，看出傳統地域觀念是如何根深蒂固地出現在現代的政治體制中。共和制下的政府行政機構常常有某省或某一地區人員控制一部的狀況出現。如民初教育部人員多爲江浙一帶，甚至發生過由參事、司長集體辭職逼走兼署的粵籍總長陳振先而換上浙籍汪大燮；海軍部幾乎爲福建籍控制，1916 年到 1928 年海軍部有 6 名總長，其中 5 人爲福建籍。地域觀念也表現在內部的政權掣肘上，粵人程璧光任海軍總長時，據說不能指揮如意。

二、民國北京政府時期的憲政進步

民國期間雖共和中樞不定，總統、總理走馬燈，但各種在表面上的憲政努力卻一直在進行，並應該說表現出一些方面的進步。

首先，民國、國會代議制和共和政體，雖然成爲北京政府時期各派政治勢力實質上都在追求權力最大化的工具，但不管誰上臺，主流上都將民國作爲法統，任何想推翻民國的復辟，都淹沒在反對聲中。不論出發點如何，畢竟國會代議制和共和國體已經獲得各派政治力量的認同。國會與議員也並不完全降服於武力，抗爭、辭職等手段頻頻出現於政爭之中，也許這是共和制在中國落地之必經的痛苦和震盪，只是痛苦的過程之後，並沒有迎來共和的曙光，最後共和制還是讓位於國民黨的一黨獨裁。不過任何努力在歷史上都會留下印記，會對未來產生影響。

第二，對公共事務的關心開始在中國社會出現。各種政治性、經濟性、學術性社會組織大量出現，比清末多了幾倍，這些機構普遍爲民間法人社團性質，具有相當程度的獨立自主情結、本著自願民主原則組織，雖然一些細節尚不完善，但從大方向上看提倡個人解放、渴望法律秩序、主張思想言論

---

1 楊蔭杭：《軍用內閣》，《申報》，1921 年 9 月 23 日，第 6 版。
2 天津《大公報》1913 年 8 月 6 日《閒評二》。

自由的趨勢還是有的。另外，如學校、廣場公園、劇場影院、體育場、博物館等公共場所開始出現，「細查民國以來大大小小、星羅棋佈的公園和廣場，我們會發現他們實際上是政府和民眾博弈的舞臺，無論是當權的政府當局還是普通市民和民眾團體，都喜歡利用廣場和公園舉行集會、遊行、示威，既有關係國家主權、呼籲抵禦外侮的民眾遊行，又有要求提高待遇、維護權益、改善政治的請願示威；既有執政當局爲了推銷政策、緩和矛盾而舉行的宣講集會，又有革命者反政府的演講聚會」[1]，甚至有學者指出公休日的出現是公共時間理念在中國的誕生，「逢禮拜休息便成爲商、工，乃至城市市民的作息習慣，自 1902 年至 1911 年，學堂、官署相繼實行了星期休息制度，辛亥革命以後，星期休息制度已經在城市裏普遍實行。星期休息，具有兩個憲政意義。首先，促進了社會交往與公共活動，爲開辦學會、集會演講、組織社會團體、開展各種跨行業、大規模的公共活動提供了共同的時間；其次，培養了人們對於個人休息時間的權利意識和休息時間不受工作打擾的自由意識」[2]。

　　第三，報刊言論自由能獲得法律有限的或形式上的保護。袁世凱死後，段祺瑞和黎元洪就職總理與總統，期間宣布恢復《中華民國臨時約法》，廢止袁世凱時期鉗制新聞傳播自由的法規法令，新聞事業短暫出現復蘇跡象。報紙保證金制度、函件檢查制度、《報紙條例》及其補充規定也相繼被廢除。袁世凱執政時期肆意查封報社、逮捕報人、阻擾發行的狀況得到改觀，新聞事業開始解禁。1916 年 7 月，北京政府內務部明令解禁《民國》《愛國報》等共計 21 家報刊。同時復刊和新辦的報紙逐漸增多，僅上海地區復刊的報紙就達20 多種。1916 年下半年，全國報刊數量迅速攀升，達到 289 種之多，較 1915年的全國報刊數量增加了 85%。

　　雖然黎元洪、段琪瑞廢止了《報紙條例》，但仍然襲用了袁世凱政府時期的《戒嚴法》《陸軍刑事條例》《治安警察條例》《預戒條例》《著作權法》等法律法規。京師警察廳 1917 年 5 月恢復郵電檢查制。1919 年 5 月，京師警察廳部分恢復書報審查制，未經檢查不得刊載。9 月，內務部警政司制訂《檢閱報紙現行辦法》，加強書報檢閱管理。1918 年 10 月，中央政府草擬的《報紙

1　鄭瓊現：《1912～1928：一個得而復失的憲政時刻》，《武漢大學學報（哲學社會科學版）》第 66 卷第 4 期，第 51 頁。

2　鄭瓊現：《1912～1928：一個得而復失的憲政時刻》，《武漢大學學報（哲學社會科學版）》第 66 卷第 4 期，第 51 頁。

條例），大量援引《大清報律》和袁政府時期的《報紙條例》的條文。1919 年
10 月頒布《管理印刷營業規則》，對印刷行業實行許可證管理制，對新聞傳播
的管控日漸嚴苛。北京政府對新聞傳播事業的管理具有濃厚的半殖民地半封
建色彩，一方面為討好帝國主義，鎮壓反帝宣傳活動，對報紙動輒處以「妨
害邦交」之罪[1]，另一方面依託前清法律中與臨時政府暫無牴觸之內容約束新
聞業，新聞事業缺乏實質而有力的司法保障，行政機構與司法機構管理混亂、
職能混淆，惟軍閥、軍法意志是從。從另一方面看，北京政府時期有名目繁
多的新聞出版處罰事件，但並沒有長久進行言論箝制的固定法律條文，對報
刊進行行政管理的力量也比較薄弱，「從政府機構設置可以看出，新聞出版管
理事務由內務部警政司第四科負責，京師及各地方警察廳署為執行機關。雖
然第四科是報刊管理的重要部門，但該部門地位低下、力量薄弱，在政府整
個機構設置中並不重要。」報紙經常性對政府和政界人士進行批評指謫，自
由尺度很大。「對政府和官員的批評與指責常常出現在報端，其中也有不實之
辭甚至謾罵誹謗。雖然北洋歷屆政府都有過查封報紙和逮捕報人的行為，但
當時的政治和文化氛圍允許社會名流進行游說、努力，組織營救，社會輿論
也會進行支持，媒體的社會政治環境比較寬鬆。」[2]

第二節　民國北京政府時期的軍閥割據

　　1916 年袁世凱死後，北洋軍閥失去了可以統攝全局的頭面人物，內部分
裂為許多派系。皖系軍閥是北洋軍閥三大派系中最先興盛起來的，亦是最早
衰敗的。皖系的首領是安徽人段祺瑞，主要人物有徐樹錚、靳雲鵬、段芝貴、
傅良佐、倪嗣沖等。直系軍閥領袖大多出於直隸省（今河北省），以馮國璋為
首，勢力範圍主要是直隸以及長江中下游地區的江蘇、江西、湖北等省份。
主要人物先後還有曹錕、吳佩孚、孫傳芳等人。奉系軍閥發跡於清末民初，
民國動盪時期依靠日本力量崛起，統治東北十幾年，並多次進入關內，首領
是張作霖。其他地方軍閥則偏安一隅，以求自保。

1　1918 年 9 月，段祺瑞以「妨害邦交」為由查封報導政府向日本借款的《晨鐘報》《國
　民公報》等 8 家報紙。
2　王潤澤：《北洋政府時期的新聞業及其現代化》，中國人民大學出版社，2010 年 4
　月，8～9 頁。

一、地方自治與段氏修制

（一）混戰中的地方自治

由北洋集團內部分裂的皖系、直系、奉系軍閥各自佔據一定勢力範圍，為爭奪政權展開激烈的鬥爭，西方列強對軍閥的扶持更加劇了各派軍閥間的利益衝突，直皖戰爭、第一次直奉戰爭、第二次直奉戰爭相繼爆發。在混亂的政治格局下，各地軍閥為維護自己的勢力範圍使其割據合法化，便打出「地方自治」的旗號，以湖南為代表的地方軍閥在全國範圍內掀起了一場聲勢浩大的「自治」運動。

1918 年，身處南北對峙前沿的直系將領吳佩孚與西南軍閥聯絡，意在打擊北方皖系段祺瑞政權和南方孫中山的護法軍政府。1919 年 11 月，吳佩孚與西南軍閥（滇、桂、川、粵、湘、黔等派系）簽訂軍事密約「救國同盟條約」。不久與各方簽字代表在衡陽舉行衡州會議。衡州會議後，西南軍閥開始實施「聯直制皖」策略。1920 年 7 月直皖戰爭爆發，皖系下臺，直系控制了北京政權。西南各省軍閥歡欣鼓舞，認為與直系「平分天下」的目的即將達成，但直系軍閥掌握北京政權後，又重新舉起「武力統一」的大旗。

為反對吳佩孚的「武力統一」政策，西南各省掀起了「省自治」和「聯省自治」[1]運動。湖南走在自治的最前列。湖南省督軍譚延闓 1920 年 7 月 22日通電宣布湖南省自治，得到旅居京滬各處的湖南名流響應，1921 年四川劉湘發表通電最先響應湖南聯省自治主張，隨後，廣東、貴州、浙江、廣西、奉天、江西、雲南、陝西、江蘇、湖北、福建、山東、河南等省紛紛響應，形成大規模的要求自治和「聯省自治」運動。與此同時，第一次直奉戰爭中奉系失敗後，張作霖亦宣布「東三省聯省自治」。在聯省自治運動中，各自治省份推行最力的是省憲的制定，所獲得的唯一成功也是省憲的制定。[2]湖南、浙江、四川、廣東等省份都出臺了「省憲法」。其中，湖南省的《湖南省憲法》是「中國第一部由省制定，並以聯邦制為基本原則的憲法」，[3]相對於其他省份

1　「省自治」區別於「聯省自治」。郭劍林主編：《北洋政府簡史》（下冊）（天津古籍出版社，2000 年版）一書中指出：省自治是指「反對中央集權，反對外省軍閥侵入本省，而以割據一方為目的的自衛手段。」（見該書 991 頁）「聯省自治」則有其政治改良主義和理想主義的層面，當時國家處於分裂狀態，人們對中央政府失去希望，轉而希望在地方自治的基礎上，以聯邦制度的模式實現國家統一。

2　李達嘉：《民國初年的聯省自治運動》，弘文館出版社，1986 年版，第 202 頁。

3　趙興勝、高純淑、徐暢等：《中華民國專題史・第八卷：地方政治與鄉村變遷》，南京大學出版社，2015 年版，第 54 頁。

來說，體系比較完善，執行時間較長，有學者稱爲「破天荒出現的第一部被使用的憲法」。[1]

實際上，吳佩孚的「武力統一」和各省的自治運動是各派系軍閥間爭奪地盤的一種手段，《中國共產黨對於時局的主張》中對此有評價中肯，認爲兩者都「不能建設民主政治的國家」，而是「明目張膽的爲提倡武人割據」，「替武人割據的現狀加上一層憲法保障。」正如共產黨早期理論家蔡和森在《武力統一與聯省自治——軍閥專政與軍閥割據》中所說：「凡此種種，無非是封建的殘局下，軍閥專政、軍閥割據的必然現象。」他同時指出「統一派的軍閥最忌聯治，聯治派的軍閥最忌統一，換述說，就是爲帝者不願眾建爲王，爲王者不願奉人爲帝，或者爲帝不成而思王，爲王不願而思帝，完全爲軍閥間一種鬧劇。」

1922 年，西南聯省自治的省份與吳佩孚展開了「省憲」與「國憲」先後問題的爭論，爭論以南方數省地方軍閥先後表示支持曹錕、吳佩孚恢復「法制」、制定國憲而暫告一段落，聯治運動由此漸漸平息。在軍閥勢力的威懾之下，除湖南省實行省憲兩三年外，其他各省均未發生實際改變，只是徒具形式而已。

（二）執政府時期的段氏修制

北京政府後期——1924 年 11 月 24 日到 1926 年 4 月 19 日爲段祺瑞臨時執政府時期。段祺瑞曾爲修復體制做出最後一番努力，但終以失敗告終。

在第二次直奉戰爭中，直系的馮玉祥倒戈反直發動北京政變，北洋政府的控制權落入國民軍首領馮玉祥和奉系軍閥張作霖手中。北京政變後，張作霖背棄了與馮玉祥達成的「奉軍絕不入關」協議，率軍入關，與馮玉祥的國民軍爭奪地盤並對直系敗兵大肆收編，引起馮玉祥不滿，馮、張矛盾漸漸凸顯。面對奉、皖結合的壓力，同時爲了阻截長江流域的直系援軍北上，馮玉祥決定請皖系段祺瑞出山，借助皖系的力量徹底打倒直系。奉系張作霖站在軍閥立場上，爲了壓制馮玉祥並抵制孫中山北上，也支持段祺瑞出山。

入京就職前，段祺瑞就在天津發出「段祺瑞擬就臨時政府電」（又稱「馬電」）就時局善後發表政見，稱「法統已壞，無可因襲，惟窮思變，更始爲宜。外觀大勢，內察人心，計惟徹底改革，方足以定一時之亂而開百年之業。」[2]段

---

1 胡春惠：《民初的地方主義與聯省自治》，中國社會科學出版社，2001 年版，第 201 頁。
2 章伯鋒、李宗一主編：《北洋軍閥（1912～1928）》（第五卷），武漢出版社，1990 年版，第 6 頁。

祺瑞用這一電文表明了自己復出後將從「更始」做起，以「修制」開路，謀「徹底改革」，期回歸「憲政」的施政方針和目標。[1]1924 年 11 月 22 日，段祺瑞入京，24 日宣誓就任中華民國臨時總執政。發表宣言稱：「祺瑞不才，忝膺中華民國臨時執政之重任，誓當鞏固共和，導揚民志，內謀更新，外崇國信。」[2]同時公布了《中華民國臨時政府制》[3]六條。

在段祺瑞入京前發表的「段祺瑞擬就臨時政府電」中，他還宣布召開善後會議，並在其就任臨時執政後公布《善後會議條例》。善後會議實質上是為了反對孫中山等革命黨人提出的召開國民會議主張，以軍閥、官僚、政客為主角的一次政治分贓會議，因而受到孫中山等革命黨人的抵制。為將軍事和財政權力收歸中央，段祺瑞在善後會議上提出「改革軍制」、「整理財政」的議案達 18 條，以圖削弱地方勢力實現和平統一。但這些議案遭到以奉系軍閥為代表的地方勢力強烈反對，段祺瑞迫於壓力撤銷了其中的重要議案。由於參會的各派系利益紛爭複雜，矛盾重重，很難達成一致意見，以致會議竟歷時兩個半月，最後以通過三個沒有實際效力的條例告終。由此可見段祺瑞「開百年之業」行動並不順利。這是因為臨時政府作為非正式的政權，是具有過渡性質的政府，它是各派系鬥爭妥協的產物。執政的職權將總統與總理的職權合二為一，段祺瑞以執政身份總攬大權，但卻無從發揮，實際大權掌握在擁有軍隊的馮國璋、張作霖手中。

1925 年底，為挽救風雨飄搖中的臨時政府，段祺瑞做了最後的努力。他以總執政名義宣布政府改組，在修訂的《中華民國臨時政府制》中恢復責任內閣，增設國務院。但這些努力已無法挽救北洋政府了。1926 年 3 月 18 日，「三一八慘案」發生，臨時執政府衛隊向到執政府請願的群眾開槍，[4]造成 47

1　申曉雲：《論民國執政府時期的「段氏修制」》，載江蘇社會科學，2011 年版，第 226 頁。

2　費保彥：《善後會議史》，北京寰宇印刷局，1925 年版。

3　《中華民國臨時政府制》載《外交公報》第 56 期，1926 年 2 月，中國第二歷史檔案館收藏。

4　關於段祺瑞本人是否下令開槍，目前學界存在爭論。張憲文等著的《中華民國史·第一卷》（南京大學，2006 年版）寫道：「請願隊伍抵達不久，段祺瑞就下令府院衛隊開槍。」陶菊隱的《北洋軍閥統治時期史話（伍）》（海南出版社，2006 年版）寫道：「衛隊旅長宋玉珍向段請示，段竟下令向手無寸鐵的群眾開槍……」持另一觀點的學者申曉雲在《論民國執政府時期的「段氏修制」》（載江蘇社會科學，2011 年版，第 1 期）中則認為：「慘案發生時，段祺瑞並不在場，開槍也非段氏所直接下令。」無論段祺瑞是否下令開槍，作為臨時執政他對此事難辭其咎，因此社會各界把矛頭對準段祺瑞政府。

人死亡，上百人受傷的嚴重流血事件，此事引起舉國同憤。段祺瑞政府受到社會各界的嚴厲譴責，要求廢除不平等條約、段祺瑞下臺的呼聲也越來越強烈。

「三一八慘案」發生後，軍閥混戰加劇，直奉聯合進攻國民軍，奉系軍閥張作霖佔領京津，不再需要段祺瑞臨時執政；國、共兩黨合作的南方革命勢力漸漸強大，準備出師北伐，贏得了民心。在各方壓力之下，段祺瑞於1926年4月19日宣告下野，臨時執政府名存實亡了。至此，段祺瑞的「修制」以失敗而告終。

二、國共合作與北洋軍閥退出舞臺

在廣州，國共合作的反帝反封建統一戰線順利確立。國共合作的新聞宣傳統一戰線中盡可能多團結了反帝反封建力量，贏得了人民群眾的廣泛支持，為北伐和東征的勝利奠定了輿論基礎，也為北洋軍閥統治的覆滅敲響了喪鐘。

（一）國共第一次合作

1924年1月，中國國民黨第一次全國代表大會在廣州召開，孫中山重新解釋「三民主義」，確定了「聯俄、聯共、扶助農工」的三大政策。新三民主義的提出標誌著國民黨改組的完成和國共合作的正式確立。經過改組的國民黨，不再是單純的資產階級黨，而是由工人、農民、小資產階級和民族資產階級共同組成的革命聯盟，成為當時革命政權和革命戰爭的骨幹力量。

國共的合作不僅在政治上結成了反帝反封建的革命統一戰線，還在新聞宣傳上結成了統一戰線，在共產黨的主持和幫助下，統一戰線報刊、共產黨報刊、共青團報刊、工農運動報刊開辦起來，從新聞傳播與輿論宣傳方面為革命工作提供了支持。

（二）東征與北伐

1925年2月，廣東革命政府開始東征討伐粵系軍閥陳炯明，並在兩次東征中獲得了勝利。東征的勝利使得廣東革命政府統一了廣東全境，為後來的北伐戰爭穩定了大後方。1926年1月，中國國民黨「二大」在廣州召開，會議提出「對內當打倒一切帝國主義之工具，首為軍閥，次則官僚、買辦階級、土豪」的口號[1]。1926年7月9日，國民革命軍從廣東起兵開啓「北伐戰爭」

---

1 《中國國民黨第二次全國代表大會宣言》，《政治週報》，1926年版（6/7），第8頁。

序幕，1928 年 6 月 8 日，國民革命軍佔領北京，奉系軍閥張作霖撤回東北，北伐戰爭基本結束。

北伐戰爭期間所有革命報刊都在輿論上支持國民革命軍北伐，都從不同角度闡明北伐戰爭的正義性，為肅清北洋軍閥統治提供了聲勢浩大的宣傳支持。但是，北伐戰爭無法掩蓋國民黨右翼勢力與共產黨間日益加深的嫌隙。自國共合作開始，右翼勢力就反對國共兩黨的「黨內合作」，反對孫中山提出的「新三民主義」，1926 年 2 月通過《整理黨務案》，國民黨右派進一步在新聞宣傳領域排擠共產黨員。

（三）國民黨右翼「清黨」與大革命的失敗

1925 年孫中山去世，國民黨內部派系分裂愈發嚴重。以蔣介石、張靜江為代表的新右派開始嶄露頭角，他們主張反對蘇俄，反對工農群眾運動，反對共產黨，通過政治清洗和軍事行動，迫害共產黨員和進步革命報刊，搶奪革命果實。

國民黨的派系爭議在國共合作初期就已經出現，面對國共合作重振國民革命的勢頭，以廖仲愷為代表的左派，積極、熱心支持國共合作；以汪精衛為首的中間派則持中立態度，既看好國共合作，又對共產黨頗多戒心；以胡漢民為代表的右派則一直反對國共合作，認為國內只應也只能有國民黨一個政黨，主張禁止階級鬥爭，國民革命不需要與共產黨合作。

1924 年，作為國共合作重要成果的黃埔軍校成立，蔣介石任黃埔軍校校長。蔣介石通過政治權力和其在軍校的地位，逐步控制了一些鼓吹右翼言論的報刊。諸如《青白花》《革命導報》《革命青年》等報刊，成為國民黨右派的宣傳喉舌。1925 年，蔣介石又支持創刊《國民革命》，通過控制軍隊報刊在軍內打壓黨內進步分子和共產黨員，反對孫中山主張的「新三民主義」政策，《國民革命》成為新軍閥勢力的宣傳工具。1926 年 3 月「中山艦事件」發生，國共兩黨嫌隙日深。1926 年 5 月，國民黨二屆二中全會又通過《整理黨務決議案》排擠共產黨人，打擊國民黨左派，爭奪國民黨最高黨權。「中山艦事件和整理黨務案，是蔣介石擴張權勢的關鍵的兩步」[1]。

1927 年 4 月 12 日，以蔣介石為首的國民黨新右派在上海發動反對國民黨左派和共產黨的武裝政變，大肆屠殺共產黨員、國民黨左派及革命群眾。這

1　白至德：《白壽彝史學十二講，近代後編：1919～1949》，中國友誼出版社，2013 年版，第 121 頁。

就是歷史上著名的「四一二」反革命政變。這一政變使中國大革命受到嚴重摧殘，標誌著大革命的部分失敗，是大革命從勝利走向失敗的轉折點。同時也宣告國共兩黨第一次合作失敗。

1927 年 4 月 18 日，蔣介石領導部分國民黨中央委員在南京建立新政府，與汪精衛的武漢國民政府分庭抗禮。7 月 15 日，汪精衛公布《統一本黨政策案》並發動「七・一五反革命政變」，徹底撕下「表面仍稱聯俄容共」的面具，認為共產黨的存在會破壞國民政府軍隊、製造國民黨內部矛盾，因此「不得不從和平的分共到最嚴屬的驅共」[1]。汪精衛主導的清黨和對共產黨的迫害，不僅否認了「新三民主義」的共識，更給共產黨扣上違反孫中山革命原則和革命政策的帽子。1927 年 8 月 1 日，武漢國民政府發布命令，要國民政府領域之內的共產黨員「務須洗心革面」，否則，一經拿獲，即行明正典刑「決不寬恕」。汪精衛集團在武漢地區搜捕、屠殺共產黨人、革命人士和工農群眾。隨著汪精衛集團的叛變革命，國共兩黨的合作徹底破裂，1924 年至 1927 年的大革命宣告失敗。

第三節　民國北京政府時期的經濟與科技現代化

一、北洋軍閥統治下的中國經濟

北京政府時期，國內軍閥混戰，革命運動此起彼伏，帝國主義列強繼續進行侵略和戰爭，新舊社會制度交替變遷：在這樣的國內外背景下，中國經濟在工業、農業、國內商業、對外貿易、金融、財政等方面呈現出複雜而艱難的發展態勢。

（一）民國北京政府時期中國經濟整體狀況

中國工業發展面臨著在封建經濟瓦解後建立新的工業經濟基礎的重任，同時經受著列強資本主義經濟勢力入侵的巨大考驗，重工業主權甚至已由外人掌控。[2]數據顯示，1928 年中國煤炭總產量中有 56.1%屬帝國主義控制（直接掠奪或參加投資），同年帝國主義參加投資的生鐵生產比例亦高達96.4%。[3]一戰期間中國的民族工業得到了迅速發展。1912～1920 年間，全國

1　汪精衛：《武漢分共之經過》，《國立中山大學校報》，1927 年版（26），第 39 頁。

2　何漢文：《中國國民經濟概況》，神州國光社，1930 年版，第 5～8 頁。

3　嚴中平等編：《中國近代經濟史統計資料選輯》，中國社會科學出版社，2012 年版，第 123 頁，第 128 頁。

工業生產按總產值計，平均年增長率為 16.5%，按淨產值計，平均年增長率為 13.4%。[1]私人資本主義工業也在辛亥革命帶來的初步發展後迎來了又一發展的「黃金時期」.雖然這一時期私人資本主義工業的利潤豐厚，設備迅速增長，投資數額大增，[2]良好的發展趨勢卻沒能延續。社會政治經濟條件的不成熟以及外人在華資本的控制和壓迫終究還是扼殺了近代中國實現工業化的道路。[3]

農業方面，政府頒布了許多政策和法令並付諸實踐，注重農業知識的宣傳教育，積極拓展耕地面積，採用新型的農業生產組織形式，採用近代化農業生產技術，推動農產品的專業化和商品化等，在一定程度上推動了中國農業向近代化方向發展。[4]但與此同時，公有土地丈放出賣，地主商人及大小軍閥乘機大量圈佔荒地，土地佔有日益集中，造成土地的所有和使用相脫離，土地的高度集中和經營異常分散，形成耕者無其地（或少地），有地者不耕（或少耕）的局面。[5]

商業領域，政府出臺了一系列商業政策：進行商業立法，整頓商業，鼓勵發展；對部分貨物實行減稅；整頓商業團體組織，頒布商會法；獎勵和扶持資本主義工商業發展；抵制外貨，提倡國貨等等。[6]1913 年，在籌備巴拿馬太平洋萬國博覽會事務局的開局儀式上，時任工商總長劉揆一感歎「虛擁富源，棄利於地，必至外貨日侵，國產日絀，國民日用衣、食所需，皆仰給於外貨，漏巵日距，生計日難，不數年後，富者降為貧民，貧者轉徙溝壑，默想將來社會愁慘之狀，為何如乎？」[7]在支持和提倡國貨的政策下，國內商品經濟有所發展。除了前述農產品的商品化，國內棉布、棉紗等工業品和手工

---

1 轉引自許滌新、吳承明主編：《中國資本主義發展史》（第二卷），人民出版社，1990年版，第 858 頁。
2 黃逸平、虞寶棠編：《北洋政府時期經濟》，上海社會科學院出版社，1995 年版，第 100～305 頁。
3 鄭友揆、程麟蓀：《中國的對外貿易和工業發展　1840～1948 史實的綜合分析》，社會科學院出版社，1984 年版，第 48～55 頁。
4 張玉山：《北洋政府時期發展近代化農業的政策與實踐》，《河南師範大學學報》（哲學社會科學版），2010 年版，第 162～165 頁。
5 黃逸平、虞寶棠編：《北洋政府時期經濟》，上海社會科學院出版社，1995 年版，第 259～305 頁。
6 陸仰淵、方慶秋編：《民國社會經濟史》，中國經濟出版社，1991 年版，第 154 頁。
7 江蘇省商業廳中國第二歷史檔案館：《中華民國商業檔案資料彙編·第一卷（1912～1928)》（下），中國商業出版社，1991 年版，第 899 頁。

業品的商品化也在擴大，長距離販運貿易量不斷增加，出現了天津、營口等新興商埠和幾個較大的商業經濟區域。[1]然而商業的繁榮主要還限於沿海沿江的一些大城市，廣大內地集鎮和鄉村商品經濟卻仍處在不發達的落後狀態。商業的發展既不充分，也不平衡。[2]

　　國外貿易也有所發展。從 1912 到 1918 年，中國出口貿易貨值增長約 1.7 倍。[3]這期間，因一戰交戰各國的戰事影響對華貿易，國人乘機振興出口，致出口價值驟增，入超有過短暫的減小。[4]隨著中國同外部世界聯繫的進展，中國對外貿易擴大並多樣化，尤其是在一戰的刺激下，在中國早期貿易中占絕對優勢的英帝國，逐漸讓位於美國和日本。總體而言，中國貿易雖有發展，但與重要國家比較，其對外貿易總額所佔的地位卻實屬有限，且進口貨物多為製造品，出口貨物多為原料品，進口貨值遠多於出口貨值，這些都反映出國內產業落後的局面。中國對外貿易大權依然為外人操縱。[5]

（二）第一次世界大戰中民族工業的復興

　　1914 年 7 月第一次世界大戰爆發。軍火生產投入的擴大，大量勞動力脫離生產及戰爭的消耗嚴重挫傷了一些主要帝國主義國家的民用工業。再加上船隻多作軍用，海上交通和國家貿易受到阻礙，迫使英、法、德等國暫時放鬆了對殖民地和半殖民地的資本和商品輸出。大戰開始後，1915 年我國洋貨進口價值從 1914 年的 5.69 億餘兩驟降為 4.54 億餘兩，[6]同年入超也大幅減小。

　　進口總值減少使得國內市場為民族工業產品留出一定空間，出口總值增加表明帝國主義由於本國民用品生產的破壞和戰爭的需要，對中國產品的需要有所增加，為我國民族工業產品開闢了一定國外市場。伴隨著自然經濟的

1　陸仰淵、方慶秋編：《民國社會經濟史》，中國經濟出版社，1991 年版，第 156～161 頁。

2　黃逸平、虞寶棠編：《北洋政府時期經濟》，上海社會科學院出版社，1995 年版，第 160 頁。

3　立法院秘書處統計科：《近世中國國外貿易》，立法院秘書處統計科，1933 年版，第 44 頁。

4　立法院秘書處統計科：《近世中國國外貿易》，立法院秘書處統計科，1933 年版，第 10 頁。

5　武堉幹編：《中國國際貿易概論》，商務印書館，1930 年版，第 22～25 頁。

6　立法院秘書處統計科：《近世中國國外貿易》，立法院秘書處統計科，1933 年版，第 44 頁。

進一步瓦解，城鄉分工以及地區分工的迅速發展，社會經濟各部門之間互爲市場，交通運輸條件改善，中國國內市場擴大更加迅速。同時，工業品市場擴大和工業利潤提高刺激了社會資金大量向工業轉移，企業本身的積累也爲擴大再生產打下基礎。銀行業的發展也爲工業資金周轉和籌集提供了支持。此外，封建經濟破產後農民和小手工業者大量流入城市也解決了工業發展的勞動力來源問題。市場、資金和勞動力等因素的滿足爲民族工業在世界大戰時期蓬勃發展打下了基礎。[1]而首先繁榮起來並佔有絕對地位的，是爲大衆提供大宗日用必需品且其投資收益較快的輕工業，如紡織、服裝、食品和其他日用工業品。[2]與輕工業相比，重工業發展速度和規模則要相對落後許多。

在整個大戰時期，中國民族資本主義仍然不能擺脫帝國主義和封建主義的壓榨，日、美帝國主義代替了英德勢力，封建軍閥代替了清王朝。民族工業表面上發展蓬勃，實際工業結構並不合理，地區分布也不平衡，具有戰爭時期的投機性，基礎軟弱而落後。隨著一戰的結束，良好的發展勢頭逐漸減弱。[3]

（三）上海等大都市商業經濟的繁榮

近代商業的發展以近代工業爲其支柱。辛亥革命以後，中國資本主義工業得到發展，中國近代新式商業也繁榮起來。新式商業首先出現在沿海的一些大城市，尤其在第一次世界大戰期間，西方資本主義列強因爲無暇東顧，減少了對中國市場的產品傾銷，使中國的現代商業得以迅速發展。[4]中國近代城市多是隨著工業發展和商品流通的日益擴大而逐步發展起來的。上海、天津、廣州、漢口、大連、重慶等城市在交通條件改善，對外貿易或轉口貿易發展和帝國主義蓄意經營的影響下，相繼形成新的地區性、甚至全國性的商業中心。[5]

近代中國新式商業發展最快的城市是上海。它是當時全國近代化程度最高的城市，也是全國近代工業中心。北洋政府時期，上海是全國南北兩大金

1 周秀鸞編：《第一次世界大戰時期中國民族工業的發展》，上海人民出版社，1958年版，第 1～22 頁。
2 鄭友揆、程麟蓀：《中國的對外貿易和工業發展 1840～1948 史實的綜合分析》，社會科學院出版社，1984 年版，第 34～40 頁。
3 周秀鸞編：《第一次世界大戰時期中國民族工業的發展》，上海人民出版社，1958年版，第 61～105 頁。
4 陸仰淵、方慶秋編：《民國社會經濟史》，中國經濟出版社，1991 年版，第 159 頁。
5 黃逸平、虞寶棠編：《北洋政府時期經濟》，上海社會科學院出版社，1995 年版，第 190 頁。

融中心之一。上海的成功發展有得天獨厚的充分條件：它建有全國最大的海港，擁有全國最先進的城市設施，水、陸、空立體交通體系的建立加強了它與國內外的貿易往來。[1]1912 年，束縛縣城內外商業發展的城牆被拆除，護城河被填平，並鋪設了下水道，開闢了環城馬路（即今人民路、中華路），象徵著上海舊城區也逐漸納入了近代化的軌道。[2]

上海的埠際貿易在不斷擴大。機制棉紗、機制麵粉、火柴、捲煙、肥皂等工業品每年都有相當大的數量由上海輸出至外埠。進口洋貨中有相當大一部分由上海轉運外地港口散流至各地城鄉。以農副產品為大宗的出口商品也由外埠轉運至上海。甚至為了適應上海對外貿易擴大的需求，各地到上海的生絲、綢緞、茶葉等的土特產相應增多，一些原來多棄而不用的內地山貨，如產於四川、雲南、貴州等地的豬鬃、白蠟、棕絲、生漆、腸衣等也作為外貿商品被大量運銷上海。

上海百貨、棉布、五金、西藥等新式商業行業增加，大型百貨公司出現。據估計，在 1925 年時，上海百貨行業的戶數達 400 家左右，比 1894 年以前增加 2 倍以上。外商百貨公司的開設更是刺激了中國百貨業同行的投資競爭。一戰期間及戰後，一些華僑企業家在南京路上先後興建了先施公司、永安公司和新新公司三家大型百貨公司，逐漸形成「三足鼎立」的局面。上海棉布商業（原件批發、零匹批發和門市零售）中，原件批發業務發展最快。當時較大的原件批發字號營業額達 100-200 萬兩白銀。

物品交易所的產生是上海商業進一步現代化的重要標誌。1920 年，第一家華商交易所——上海證券交易所正式開業。從開業到年底的半年時間裏，盈利達 50 餘萬元。到 1921 年 11 月底，滬上各色交易所竟達 112 家，「信交風潮」過後僅存 6 家。被稱為「市場之市場」的物品交易所使物品交易流通更為便利，市場更為活躍。此外，上海商業的經營管理水平也在不斷提高，更加重視科學管理、重視市場競爭，是商業現代化的重要體現。[3]

---

1 朱漢國、楊群主編：《中華民國史（第三冊）：經濟卷》，四川人民出版社，2006 年版，第 364 頁。

2 黃逸平、虞寶棠編：《北洋政府時期經濟》，上海社會科學院出版社，1995 年版，第 190～191 頁。

3 朱國棟、王國章主編：《上海商業史》，上海財經大學出版社，1999 年版，第 125～140 頁。

（四）農村經濟加速衰退和破產

民國建立後，民主共和政體的確立和資本主義工商業的發展使農村封建土地關係發生了變化。帝國主義侵略勢力也逐漸侵入農村，軍閥統治進一步加速了農村經濟的衰落。

1、土地高度集中損害農業生產

1914 年，北洋政府公布《墾荒暫行條例》，把官有荒地、海灘、湖蕩的沙田、林地及寺廟等各種公有土地丈放出賣，地主商人以及大小軍閥乘機包攬，大量圈佔荒地。北洋政府各級官吏也利用特權強佔土地。[1]而商人、高利貸者則主要是通過自由買賣、兼併和集中土地，圈佔新墾區。官地私有化和土地的自由買賣導致土地普遍高度集中。據國民黨農民部估計，1927 年有土地的 1 億 5000 萬人占農民總數 45%，無土地的佃農、雇農、游民，一共 1 億 8600 萬人，占農民總數 55%。而在有地的農民中，富農及中小地主及大地主三項人數，共佔有地農民中的 32%，其土地則占全數土地中 81%。[2]廣大無地或少地的貧苦農民為了獲得土地使用權，不得不以交納地租為代價租種地主的土地，甚至將大部分生產物無條件進貢了地主。而地主階級和商業高利貸資本的代表差不多完全是混合的，一個人兼做地主和商業資本家和高利貸資本家。一個地主，他一方面壓榨佃農的地租，另一方面便是債主，拼命地用高利貸盤剝農民，結果地主簡直將自己的佃戶和債戶變成了債務上的奴隸，和像牛馬似的對待他們。[3]

2、帝國主義侵略勢力侵入農村

甲午戰爭後，東西方列強憑藉不平等條約，以武力為後盾，在中國任意侵佔大量農田。以日本為例，號稱滿鐵會社姊妹公司的東亞勸業株式會社是日本在東三省的收買土地機關。東亞勸業株式會社設在瀋陽，1921 年 12 月成立，在東三省已收買土地約 124672 町步，實際耕作的計有水田 1297 町步，旱地 6440 町步。[4]

---

1 黃逸平、虞寶棠編：《北洋政府時期經濟》，上海社會科學院出版社，1995 年版，第 259～260 頁。

2 章有義編：《中國近代農業史資料·第 2 輯（1912～1927）》，生活·讀書·新知三聯書店，1957 年版，第 67 頁。

3 章有義編：《中國近代農業史資料·第 2 輯（1912～1927）》，生活·讀書·新知三聯書店，1957 年版，第 333～334 頁。

4 章有義編：《中國近代農業史資料·第 2 輯（1912～1927）》，生活·讀書·新知三聯書店，1957 年版，第 27 頁。

帝國主義各國還憑藉政治經濟特權，低價收購中國的農業原料；另通過高利貸活動損害著農民的利益；還通過操縱農產品的價格來獲利，並且利用貸款、預購、包銷等方式直接控制小生產者。

3、繁重賦稅致使農民生活窘迫

「田賦附加稅的開始，自咸豐初年按糧隨徵津貼，同治元年駱秉章督川按糧多寡攤派開始。光緒時期附加稅目已漸繁多。……民國三年，因山東、直隸的治河而自徵附稅。民國四年。因國家收入不足，中央有令援山東、直隸之例，增加附稅，以補財政上的不敷……民國四年以後，舊附加稅併入正稅，新附加稅又有增加；農民的痛苦，當有甚於往昔……到民國八年以後，各省獨立各行其事，均以田賦的收入充省縣行政的支出。政費浩大，附加稅因之而增加，田賦制度，乃不可收拾。」[1]田賦是政府向地方和自耕農徵收的，但地主往往將增加的田賦轉嫁到農民頭上，田賦的沉重難以想像，對農村的生產生活都造成了嚴重影響。有數據對比，山東膠州附近的農民賦稅重負比1866年以前的普魯士農民多15倍[2]；1926～1927年在山東的土地稅曾超過農民經濟的總收入。[3]

除正租剝削以外，還有押租、預租和各種附加租額及種種超經濟的人身依附關係。此外在軍閥統治下，各派系為爭奪中央政權和地盤連年廝殺。為了籌措軍費彌補財政赤字，北洋政府濫發公債強徵各種苛捐雜稅。兵災與天災進一步破壞了農村經濟的發展。在多重勢力的侵壓和破壞下，農村經濟迅速衰落，主要表現為：資金匱乏，難以擴大再生產；生產技術落後；耕地面積增加減少，有些地方還在減少；某些地區或某些農作物的產量下降；小生產者經濟地位下降，生活日益貧困。[4]雖然北洋政府時期頒布和實施了一些有利於農業生產發展的政策，但是這些發展遠不能挽救農村經濟衰退和破產的趨勢。

---

1 馬札亞爾著，陳代青、彭桂秋合譯：《中國農村經濟研究》，神州國光社，1934年版，第567頁。

2 瓦格勒著，王建新譯：《中國農書》下冊，中山文化教育館，1936年版，第721頁。

3 馬札亞爾著，陳代青、彭桂秋合譯：《中國農村經濟研究》，神州國光社，1934年版，第284～285頁。

4 陸仰淵、方慶秋編：《民國社會經濟史》，中國經濟出版社，1991年版，第207頁。

二、科學技術的成熟與普及

19 世紀末 20 世紀初，電報、電話、海底電纜作爲最新的技術手段開始在中國通訊領域發展起來，同時現代郵政體系在水路交通的發展背景下也越來越豐富完善。與新聞業相關的印刷技術也獲得重要發展。

（一）民國後電報技術的完善與運用

電信業務分爲電報和電話兩類，每種又可分有線和無線兩種；從區域上分，有國際電信業務與國內電信業務兩大類，國際又可分國際電報與國際長途電話兩種，國內方面分電報、長途電話和市內電話三種。中國電信事業自清末誕生後，一直以電報爲主。到 1911 年民國成立前，電話和電報業務已經建立起來。

1、電報技術的發展

1911 年底，中國的電報線路 100002.03 里，電報局 503 所，遍及青海以外的所有省區，國內的電報網絡基本成型。[1]民國成立後，電報傳輸技術和應用突飛猛進發展起來。1912～1928 年間，中國有線電報局共增加 575 所，電報機械共增加 1739 部，電報線路共增加 100964 多千米。電信業務發展迅速。1909 年其業務量爲：電報（含國際國內，官營商營）590 餘萬字，收入爲銀元 461 萬多；電話（含長途電話費在內）收入爲 28 萬多元，僅占 6%。到 1923 年，電報業務已達 11300 萬字，電話容量（自本年度開始有此項統計數字）36600 餘號，電報收入爲 1180 餘萬元，電話爲 190 餘萬元，占全部收入的 17%。

在各種電信業務中，新聞通訊基本上屬於特殊的一種，享受不同程度的優惠，這對新聞事業發展有積極作用。1912 年元旦，中華民國成立，孫中山就任臨時大總統，張季鸞及時向《民立報》拍發新聞電，報導南京臨時政府成立和大總統就職情況。這是民國後中國報紙第一次拍發的新聞專電。民國後，社會普遍對電報這種新技術手段賦予了特殊色彩，成爲各種政治團體、派別、政客，甚至是政府機構部門之間相互溝通的重要手段，形成一種獨特電報文化，多麼重要的事情，只要不是電報傳遞，就不被重視；但反過來，不論多小的一個事情，只要是電報傳送的，就成了大事。各種「專電」滿天飛，洋洋灑灑不計成本。在這種氛圍下，「新聞專電」更是各大報館競爭的重

1　交通史編纂委員會：《交通史·電政篇》（第二冊），上海書店，1936 年版，第 47 頁。

要內容，其迅速及時的報導和昂貴的成本，成爲報紙新的賣點和顯示報館實力和吸引讀者的重要手段，「報紙之所賴以發展者，電訊之靈敏」。應該說，是「新聞專電」促成了中國報紙重政論輕新聞報導時代的完結。

2、電報制度對新聞業等的影響

電報業作爲技術對新聞業的影響是積極的，但其具體制度對新聞業的影響還是比較複雜的，其中包括收費標準、發布時間和明語暗語的使用等等。

在收費方面，民國後繼續加大清末開始的新聞電報優惠措施，1912 年 5 月 4 日，《交通部飭各電局新電報收費辦法電》規定「新聞電報，不論遠近，每字收費三分，原爲優待報館，開通風氣，故不惜特別減價，以爲提倡。」[1] 各登記報館可以領取新聞專電執照，以普通電報三分之一的價格拍發新聞電。這一政策隨著新聞專電量的增長而顯示出不合理之處：新聞電費的收取，本省和外省並沒有根據距離分別計價，一律都是每字 3 分。其他如商電則本省比外省要便宜一半。在當時新聞比較發達的北京和上海，省內的新聞電是最多的，但還是和外省一樣的收費，且按照原規定三等急電比四等商電要貴兩倍，對新聞界來說「未免苛重，此應請關於本省新聞電，以每字 1 分 5 釐計算」；1928 年上海日報公會向民國政府交通部遞交了包括減免新聞專電費用在內《報界使用郵電案之陳述書》，因此希望新聞急電也能按照普通新聞電優惠辦法比例收費，即外省每字 9 分，本省每字 4 分 5 釐[2]。經過新聞界爭取，郵政總局經討論協商後進行了自有新聞專電以來的第一次價目調整：「查新聞電報價目現經本部核減，不論本外省華文明語，每字收費二分半」[3]。

除了有線電報發布新聞外，無線電也可以用來傳送新聞。其優點是經濟方便，報館只要裝有收音機就可以接收，收費比有線電要便宜，總成本比起有線電來要節約很多。其不便之處是利用無線電傳送消息保密性差，凡是按裝收音機的都可以收到，對於報館非常重視的獨家新聞，接收起來殊不安全。各報館希望能發密電，但密電與明電收費又有不同，因此報界申請能制訂新

---

1 《政府公報》民國元年 5 月初 8，第 8 號，電報欄。因此從該電報中可以看出，新聞電的優惠辦法在這之前就已經出現了，並不是我們通常認爲的 1915 年袁世凱時期。

2 以上索引全部出自《報界使用郵電案之陳請書》，《新聞學刊》全集，《民國叢書》第二編，第四十八卷，上海書店，1990 年版，第 471～473 頁。

3 《交通部不允劃一郵費之原呈》，《新聞學刊》全集，《民國叢書》第二編，第四十八卷，上海書店，1990 年版，第 484 頁。

聞無線密電，每字收費 5 釐。郵政總局的答覆是「案此為交通部與建設委員會競爭營業，但無線新聞電每字僅收 2 分」[1]，駁回了報界的請求。

在發布時間上，由於新聞專電在價格上比較優惠，因此在拍發時間上就排在了最後，這也導致了為等待夜裏才到的重要新聞專電，新聞編輯開始值夜班；一些地方上的電報局因為業務不多，新聞電並不一定要等到夜裏才發，但因為新聞電報字數太長，而拖到最後才發。因此有經驗的記者針對電報這一工作規則，積極採用對策。如《新聞報》駐長沙記者陶菊隱，一次採訪譚延闓的湘軍總司令部緊急會議，正值長沙電局職員因拖欠工資消極怠工，積壓緩發長電，只有短電隨到隨發，於是他攜譯電員同去採訪，分工合作，他記錄會議，分三次交譯電員送電局派發，當會議結束時，電稿已經全部送到電局，在第二天全部見報。這次報導非常成功，使《新聞報》在湘滬兩地的發行有顯著增加。特別是在長沙，《新聞報》一舉超過《時報》，成為發行最多的報紙。

至於使用明語還是暗語發報，清末沒有規定。記者對於重大新聞為了保密，防止電報在傳輸過程中被洩露轉賣出去，需要用暗語。第一次禁止報紙發新聞電報不得用暗語的是袁世凱當政的 1915 年 2 月，中日「二十一條」交涉期間。目的除了堵住輿論議論之口，也防止出現因不實或敏感的信息，造成不必要的外交障礙。至於後來報業又要求無線電傳送新聞時使用暗語，也被當局拒絕。

電報技術對新聞業的助力不容置疑，但當時新聞業發展良莠不齊，各種鬼報紙、馬路報紙充斥京滬等大城市，他們也借當時電報局可以賒賬的經營模式，拖欠電報費用。民國初期，電報局云「近來各報館往往積欠電資，並有營業停板，報資無從收取，款項攸關，自應核定辦法，俾資遵守」[2]。對此電報局制定規定，鼓勵用現金當場結算，如有記帳的，則必須半個月一結，逾期 3 日未結的，不再辦理相關業務。

（二）電話技術的出現與初步使用

中國電話最早出現在清末，1882 年 2 月，丹麥大北電報公司在外灘設立電話交換所開放通話，成為中國首個經營電話的單位。其後英商上海電話互

1　《交通部不允劃一郵費之原呈》，《新聞學刊》全集，《民國叢書》第二編，第四十八卷，上海書店，1990 年版，第 484 頁。

2　《政府公報》民國元年 5 月初 8，第 8 號，電報欄。

助協會也獲得經營電話業務。後來幾經經營方面的轉接合併、技術制式的統一規範。隨著用戶的增多，上海首先成為中國電話網絡成型的城市，據記載，1910 年左右，上海的電話用戶突破萬戶。上海電話用戶的增長促進了電話技術的更新換代，當城市的電話用戶達到一定規模後，原來採用的磁石式和共電式人工電話由於等候時間長，錯誤多，線路不穩定等原因受到用戶詬病，自動電話開始被介紹到上海來。但電話制式的自動化升級受資金、設備質量甚至上海潮濕氣候對系統的影響等，直到 1935 年上海電話公司才完成市中心的自動電話改造工程，上海電話制式基本完成從人工向自動的轉變，前後耗時 30 多年。

國內城市與城市之間的電話網絡起始於 1905 年，當年收回外商所辦平、津、沽長途電話，為我國第一條長途話線。1913 年太原包頭間長途電話開辦；1923 年 3 月上海至南翔間再設長途電話。此後數年中國長話逐步發展。電話在北洋政府時期不甚普遍，全國各城市，開通市內電話的有 20 個，共約 4 萬號[1]。

報館利用電話還視其實力狀況。日本大正初期，日本主流媒體可以做到每個記者桌子上有一部電話，但同時期電信事業發達的上海，報館電話也不多見，如《時報》僅有主筆房和營業部共計兩部電話。電話傳送消息有諸多不便。比如當時的長途通話規定，以十分鐘為限，超過了就要被掛斷重接，因為信號不暢，常常出現消息傳到一半，通話時間已到的情況，後來接通了還好，但有時電話卻再也接不通了，消息有頭無尾。由於長途電話費並沒有像電報費那樣有優惠政策，很多地區並不使用。報業曾向郵政總局申請，新聞電話的收費應比普通電話便宜，以普通話費的二成收取；每天晚上規定時間，專門為新聞界輪流使用；另設滬寧間三線，專門供新聞界使用。但並沒有獲得當局滿意的答覆。不過有報館開始將電報和電話結合起來使用，克服了當時郵局將新聞專電壓在最後，線路壅塞，影響時效的問題。

當時新聞界利用電話溝通比較頻繁的是上海和南京之間，收費非常高。國民政府建都南京後，《新聞報》成立南京採訪科，改用長途電話把新聞電碼發給上海，搶佔新聞時效性，結果被其他報館競相模仿，寧滬長途電話成為

1　王開節、修域、錢其琮編：《鐵路　電信七十五週年紀念刊》，臺灣文海出版社，第102 頁。

熱線，直至壅塞。該報館另闢新線，派人到常州設分館接聽南京電碼再轉到上海，雖然多費一番周折，但線路不被擁擠，結果各報館再次仿傚。該報館又將中轉站移到鎮江、無錫等處。為了搶新聞，各種通訊技術被應用到極致。

　　由於電話線路短缺，費用昂貴，所以新聞業利用國內電話傳輸新聞的還是少數。1924 年到 1927 年間，國內電話整體費用收入僅占電信系統的 2.6% 左右，電報費收入一直在 74% 到 75% 之間，國際電話費用幾乎沒有。據載，中國最早的一例國際間電話傳送新聞發生在 1936 年。當年 2 月 21 日，日本西部的大阪和神戶地震，適巧在事前一星期上海和東京間的無線電話已建設完成並正式開放，東京英文《日本廣知報》總主筆弗烈許氏就打電話給上海英文《字林西報》報告地震的詳情。《字林西報》記錄了下來載在次晨報端，標題是《日本地震消息由電話中傳送至上海》。

（三）印刷技術的提升與報紙大眾化時代的到來

1、「一戰」後中國媒體第一次印刷機械大提升

　　印刷機的發明和改進，是大規模複製出版物的開始，對於報紙來說，印刷機是促使報紙進入大眾媒體的加速器。報紙出版在經歷了最早的手工操作後，19 世紀初期開始有鐵製的手搖印刷機。19 世紀後期開始的印刷機重要部件工作原理的改進，使得印刷效率不斷提升。值得提及的幾次重要進步包括，1846 年美國人理查德·M·豪發明的高效率滾筒印刷機，其工作原理是將版面裝置在極平的鐵板上，中間放紙張，用圓筒壓於其上並滾動壓制，這樣印刷速度比平版印刷機提高很多。緊接著 1865 年，印刷過程中另一個重要材料紙張被設計成捲筒樣式，美國人威廉·布勞克在費城首先使用卷紙，再次推高了滾筒印刷機的印刷速度。但這種機器造價很高，每架數萬元起，進口設備的價格是國產的兩倍。之後，最後一個可以被設計成圓筒狀的關鍵部件的改革，誕生了更為快速的輪轉印刷機。即，將報紙的鉛版裝在圓筒上面，這樣只要滾動版面進行印刷，速度將更為快捷，但這一技術的關鍵在於要製造出能使紙型彎曲的鑄版。1889 年巴黎博覽會上展出了一臺輪轉印刷機，該機開動後，滾筒輪轉不停，可以連續對規格不同紙張的進行雙面印刷，然後切紙、折疊成完整的報紙，震驚了印刷界，印刷工藝水平不斷提升。一年之內，各種具有獨特技術的輪轉印刷機開始在市場上流行，分別佔領不同的市場，輪轉印刷機開始成為報紙印刷的主力，助力近代報刊的發達，成為工業時代最偉大的發明之一。

伴隨著世界印刷技術的發展，中國報館的印刷水平也在緩慢提升。1864
年冬上海有了供應煤氣的公司，15 年後的 1879 年英國人創辦的《文匯報》第
一使用了煤氣作為動力引擎驅動印刷機；1890 年《申報》不甘落後，也引進
了煤氣動力的印刷機，這使得申報館一下子節約了 13 名印刷工人，並將每天
印刷報紙的時間由 18 個小時降低到 5、6 個小時。《申報》是當時中國最流行
報紙，但發行也就在數千份左右，因此在印刷機的選購上，並沒有付諸多少
力量，因為當時報館一般視發行量的多少來決定印刷機器的品種，報紙銷量
一萬以上的一般使用英美造的多普樂式平版卷紙機，每架約 1 萬元，每小時
可印 3、4 千大張；如果發行量在 5 萬左右，則多購置美德制的司柯特式輪轉
印刷機，每架大約在 6、7 萬元。這種機器有印 12 頁、16 頁、24 頁和 32 頁
等數種，每小時可印 2 萬 5 千大張。以上兩種機器是專門供應報館使用，自
動印刷，並自動切紙，自動記數。如果是銷數不多的報紙，一般就使用中國
造木版印刷機，一小時可印一兩千大張的，單價約 2、3 千元，這種機器同時
也可以印刷書籍，雜誌，並不是報紙專用的印機，所以中國報館大規模採用
進口輪轉印刷機的時代還要再等 20 年以上。

2、各種印刷機器與紙張的進口與運用

整個北洋政府時期，中國印刷業的技術和原材料還是以進口為主，主要
表現在印刷機和紙張等原材料的進口額比較高，「關於新印刷術所用之原料，
以國內工藝不振，類皆仰給於外國，每年漏巵，不下數千萬，間雖有自製印
刷機械，印刷材料及機製紙以圖挽回利源者，然其出品與外洋進口者相比較，
實有天壤之別」[1]。中國新聞業所需的設備紙張等物質基本上依靠進口。如進
口紙張，在清末光緒年間每年所費不過數十萬元，到 1912 年後達到 300 多萬
兩白銀，而到 1928 年竟高達 2900 多萬兩。其他鉛印石印材料，印刷機的輸
入也同樣耗資巨大。如圖所示：

表 1-2：中國歷年紙張、印刷設備材料和印刷機輸入總數統計表

年　份	進口紙張數值（兩）	鉛印石印材料輸入（兩）	印刷機輸入（兩）
1912	3,446,547	無數據	無數據
1916	8,208,850	無數據	無數據

1　賀聖鼐、賴彥於：《近代中國印刷術》，《中國印刷年鑒》1982、1983 年版，中國印
　刷技術協會編，北京印刷工業出版社，第 237 頁。

1917	5,559,986	無數據	無數據
1918	6387,306	無數據	無數據
1919	9,359,809	無數據	無數據
1920	13,102,116	912,560	無數據
1921	13,257,664	858,261	無數據
1922	12,682,993	816,051	無數據
1923	18,078,717	1,139,350	無數據
1924	22,628,894	1,315,655	1,032,449
1925	19,080,977	818,982	651,487
1926	27,668,692	1,440,982	579,681
1927	25,416,384	978,810	434,528
1928	29,048,825	1,781,792	796,093
1929	24,245,715	1,550,368	1,319,953

　　據《海關華洋貿易報告》可知，紙張的分類有數十種，其中以印刷用紙中的普通印書紙（白報紙）為最多，約占 25%，油光紙次之，約占 15%，上等印書紙又次之，約占 13%；在所有的進口國中，日本最多，占全額的 37%。

　　有實力的大報和外國在華報紙是使用進口輪轉印刷機的主體。1914 年 7 月 15 日上海《新聞報》成為中國新聞界第一次使用輪轉印刷機的報館：兩層巴特式輪轉機[1]；1916 年該報發行超過 3 萬份，為提早出報，開始使用新購進的波特式（Porter）三層輪轉機 1 架，四層高斯式（Goss）輪轉機 2 架[2]。《申報》館的印刷機器更新換代比較頻繁，1935 年申報館總結「印刷機之進步關係於報業之發達甚巨。本報初創之時，用普通鉛印。印於竹連紙單面，機件簡單。不足稱述。民元後改用手版機。可印全張或半張每小時凡一二千份。其後銷數日增，乃始購置日本造單式輪轉機一架，每小時可印二張一份者五六千份。開中國報業使用輪轉機之先河。不數年後，銷數又日見增加。此機出報之數已不敷當時之需要。乃於民國七年改購美國造三層輪轉機一架，是機同時可印十二張一份者每小時 1 萬份。且可分印兩張或四張為一份。隨意

1　*Gutenberg in Shanghai, chinese print capitalism 1876～1937*, Chirstopher A. Reed, UBS press 2004, p76：in 1914，the city's Xinwen newspaper plant installed a two-tiered cylinder press rotary press.

2　汪仲韋：《我與新聞報的關係》，《新聞研究資料》第 12 輯，展望出版社，1982 年版，第 133 頁。

增減。尤形便利。其後基於民國十二年及十五年，陸續添置同式而構造略有不同者二架。是即今日本報舊機器房所有者也。是時機房中三機器同時開印，可節省出版時間不少。惟自近年以來，郵電交通日益便利，國內外重要消息，時有發生於午夜十二時以後者，此種機器因構造關係，速率不高，仍難應付，於是當日報紙，勢且不及載入。因於民國十七年購置美國最新式司各脫直線式輪轉機一架，其速率爲每小時可印四張一份者三萬六千份。於是每日上午二時以前所得之消息，均可見之於當日報紙。去年（民國 23 年），復添置同式一架，其速率爲每小時可印四張一份者四萬八千份。且可套印顏色，至此則每日上午四時前所得之消息，亦可從容披露於六時前出版之報紙。自最後發稿以至全部印成，需時不過二小時許，可謂極迅速之能事矣。」[1]

上海報業較全國發達，20 年代前後該地區引領中國印刷技術進入工業化時代。《時事新報》在 1919 年 4 月 1 日開始採用輪轉機印刷[2]；國民黨的上海《民國日報》是 1921 年 5 月更新了印刷設備[3]。《時報》在 1925 年使用上德國福美四色套印輪轉印報機，每小時可印兩大張報紙 8 萬 1 千份，時爲亞洲第一。

隨著新聞業務的發展，照相製版設備等各種印刷配套設備也開始被中國大報館重視。該技術不僅製造印刷用的照片銅版，而且可以製作銅製招牌，因此一些報館開闢了製作銅字招牌的業務，服務社會。《新聞報》在「民國九年，添設照相製版部，專製銅版鋅版鉛版，及各式照片，各種鉛字銅模。以應各業之需要，繼又添置新機，鑄製各項新式銅招牌，聘用名技師監造，並名畫家備書各體字樣，任人選擇，定價低廉，以資提倡，主其事者爲周君珊寶、沈君頌岡。蓋本埠以機器製造銅招牌、唯本館一家始倡耳，此本館業務逐年進行之實在成績也。至本年復添國外通電，冀以世界新潮流趨勢之消息，貢之國家社會，爲自謀發展之一助。是本報之職志也」[4]。

---

1 《申報概況》，1935 年版。在 *Gutenberg in Shanghai, chinese print capitalism 1876～1937*, Chirstopher A. Reed, UBS press 2004, p77 中提到，1925 年申報還引進了一臺德國產的 Vomag 彩色輪轉機，可同時套印多種顏色。但這一證據僅在該書中看到，並沒有其他佐證。

2 袁昶超：《中國報業小史》，香港新聞天地出版社，1957 年版，第 88 頁；方漢奇主編：《中國新聞事業編年史》（上），福建人民出版社，2000 年版，第 872 頁。

3 袁義勤：《上海〈民國日報〉簡介》，《新聞研究資料》第 45 輯，中國社會科學出版社，1989 年版。

4 《新聞報三十年之事實》，《新聞報三十年紀念》，新聞報館，1923 年版。

3. 民族印刷廠與民族造紙廠的出現

進口設備和原材料雖然能很快提升中國報業技術水平，但那時國人更希望中國民族工業可以發達起來。借一次世界大戰列強無暇東顧之際，上海印刷業率先發展起來。自清末起上海就是我國印刷工業的中心，1919 年上海產業工人中，印刷業大約有 10，000 人，印刷廠為 16 家[1]，占當時 18 萬產業工人中的 1/18。1929 年，上海年均各種印刷機的生產產值幾近 50 萬兩，其中比較著名的有華東機器製造廠、魏聚成機器廠、順昌機器廠、姚公記機器廠和明精機器廠等五家。明精機器廠以生產各種與報紙印刷有關的機器和配件著稱。

1929 年，上海前 5 家印刷和造紙機器廠生產了大量的印刷機器，從價格為 7800 元的滾筒機到只有 135 元的手動平板機，種類齊全。其中 7800 元的「鋁版印刷機」是報紙印刷機器的首選，「此機可用鋁版或鉛皮版印刷。每小時可印一千八百張，無論單色、套色，皆可照印。機身縱長三十二英寸，橫長四十三英寸。……此機用以印刷新聞報紙最為適宜」[2]。另外價格約 3000 元的凸版印刷機，也適合於各種書報雜誌的印刷。

上海民族印刷工業企業還生產過自來墨印刷機（SELF-INKING PRINTING PRESS），滾筒印刷機、五色石印機、印鈔機和照相銅辛版機器、膠印機等；同時也生產印刷輔助機器，如裁紙機、裁版機、鑄字機、烘紙版機、澆鉛版機等。

在國產紙張方面，民族資本造紙廠也利用一戰的契機快速發展。1915、1916 年寶源造紙廠和寶源西廠先後成立，成為近代中國著名的造紙企業；1916 年上海龍章造紙廠等成立。據 1919 年統計，當時全國共有造紙廠 7 家，總資本額 176.5 萬元，占全國所有工廠資本總額的 1.73%。但中國紙張質量不高，特別是新聞印刷用紙無法和進口紙張相比，因此對進口紙張的需求量還是逐年遞增。

由於地域經濟等的差距，中國南北兩地新聞技術採用情況相去甚遠。天津《益世報》自 1919 年開始使用輪轉印刷機，是目前發現最早的記載；到 1926

1　數據來自英文版《中國年鑒》，1919 年出版。轉引自《五四運動在上海史料選輯》，上海社會科學院歷史研究所，1980 年版，第 11 頁。

2　《上海印刷機工業之調查》，《工商半月刊》第一卷第二十二號，1929 年 11 月 15 日出版。轉引自《中國印刷年鑒》，1982、1983 年版，第 242 頁。

年，包括天津和北京等地在內的眾多北方報館，就還有日本的《順天時報》被記載採用輪動轉印報機。天津新記《大公報》在 1926 年創辦時，使用的是國產的「老牛牌」平版機；1927 年年底，《大公報》發行數已達一萬兩千餘份，平版機不能滿足生產需要，於是 1929 年從上海《新聞報》買來一架二手的輪轉機；1930 年底，該報發行量再次提升到 3 萬份，又花 20 萬元向德國西門子洋行買了一部高速輪轉機。

印刷科技技術的進步更新對紙質新聞事業意義重大，快速的輪轉印刷機不僅直接提升印報速度和質量，而且對新聞時效性的爭取也至為重要。快速優質的印刷可以讓截稿時間推遲，讓出報時間提早，這是報紙等印刷新聞媒體間競爭的重要因素。如果我們與清末時期對比，就會發現報館截稿時間大為延後，甚至改變了報館的作息時間，清末時，報館自下午到傍晚即是截稿、編排和定稿的時間，「每日辦報時間，自午後起至上燈時，報務已一律告竣。同時相率星散，各尋其娛樂之方」[1]。但自從輪轉機開始在報館使用後，截稿時間大大推遲，甚至編輯開始有了值夜班的職業作息。

（四）郵政系統的現代化與報紙發行範圍的擴大

在北洋政府時期，伴隨中國鐵路建設的緩慢進步，中國郵政系統也都有不同程度的建設完善，郵政系統發展直接拓展了信息交流延伸的廣度和地域，也擴大和拓展報紙發行的範圍。1912 年前，中國有鐵路 9618.10 公里，1912 年到 1927 年新建 3422.38 公里，1928 到 1937 年為新建 7895.66 公里，1938 年到 1945 年新建 3909.38 公里。1945 年前中國鐵路總長度為 24845.52 公里。

1912 年後民國政府借助外國借款，先後修建湖廣鐵路、隴海鐵路（包括汴洛）、隴海鐵路東、西段，粵漢鐵路湘鄂段，京綏鐵路，北京環城鐵路等，總長度 1700 公里。在東北，日本人和東三省官商合辦的鐵路建設速度和規模也基本相當，其中包括日本出資建設的南滿鐵路幾條支線，如四洮鐵路、洮昂鐵路、吉敦鐵路、天圖鐵路；張作霖用京瀋鐵路營業收入建設的幾條重要鐵路，如奉海、吉海、齊克、呼海等。這些鐵路的建設，主要是從經濟和戰略兩個方面進行考慮的。但後來因為歐戰，金融緊張，緊接著又受中國數年內戰影響，鐵路建設速度緩慢。

1　雷瑨：《申報館之過去狀況》，《最近之五十年》，上海申報館，1923 年版。

因為鐵路的修建，郵政系統開始擴建，在通郵的地區間，運輸費用大大降低，客觀上促進了新聞業的發展。從 1923 年到 1926 年包括鐵道郵路在內的中國所有郵路普遍增長。具體如下：

見表 1-5：1923 年到 1926 年中國郵路里數比較表[1]

	1923 年（里）	1924 年（里）	1925 年（里）	1926 年（里）
主要郵差郵路	499700	503622	506373	513136
次要郵差郵路	168200	180149	183691	190808
輪船及民船郵路	83500	85589	91895	90433
鐵道郵路	22400	22923	23403	23796
共計	773800	792283	805362	818173

除此以外，這些年全國的郵局數量除二等郵局數量有所降低外，基本呈緩慢上升趨勢。見表 1-6：

表 1-6：1923 年到 1926 年民國郵局數量表2

	1923 年	1924 年	1925 年	1926 年
郵務管理局	24	24	24	24
一等郵局	41	41	41	41
二等郵局	1333	1343	1231	1227
三等郵局	772	792	929	981
郵務支局	278	280	284	289
郵寄代辦處	9148	9310	9498	9662
共計	11596	11790	12007	12224

新聞業在採集信息和報紙發行等方面還是大大利用了鐵路建設所帶來的便利。鐵路的修建，直接加快了信息流通。如 1912 年津浦通車後，從北京和天津來的信兩天就能到達上海，徐州以南地區的信一天就可以到達，這對報紙的發行和收集新聞很有便利。同時各條線路之間的聯運更加速了信箋的流通，對新聞事業本身有直接的促進作用。

1　數據來自《中華民國 15 年郵政事物總論》，中華民國交通部郵政總局，1927 年版。轉引自《北洋政府時期的新聞業及其現代化》。
2　《中華民國 15 年郵政事物總論》，中華民國交通部郵政總局，1927 年版，第 10 頁。

第四節　馬克思主義傳入中國與新文化運動

一、中國早期的馬克思主義宣傳活動

（一）中央政府統治薄弱與新思潮的傳播

　　袁世凱死後，北洋軍閥登上歷史舞臺。對內他們缺乏深厚的政治資源和基礎，號召力弱，也沒有威懾和鎮壓其他大小軍閥的絕對軍事優勢；對外也不如袁世凱那樣獲得主要西方國家的認可，西方勢力明裏暗裏扶持各大小軍閥與中央抗衡的情況十分嚴重。中央和地方大小軍閥間既沒有建立起共同的政治組織，對未來中國政治制度又沒有共同的觀點；集權思想在政治實踐領域的消失，中國迎來了自由主義在思想和制度上的一個高潮。軍閥們「所製造的分裂與混亂，卻爲思想的多元化和對傳統觀念的攻擊提供了絕好的機會，並爲之盛行一時。無論中央政府還是各省軍閥，都無法有效的控制大學、期刊、出版業和中國知識界的其他機構。」[1]因爲沒有強有力的中央政府，因此對包括新聞業在內的教育、文化事業就無從進行控制管理，爲它們的發展提供了比較消極的自由環境。新聞業正是在這樣的「自由」中獲得相對巨大的發展空間。林語堂曾通俗地解釋道「一個政府越『強大』，報刊就越弱小，反之亦然。」[2]

　　民元以來，在青年人和知識分子群體中傳播的新思潮越來越多，報紙和刊物成爲傳播新思潮最有力的媒介。這些新思潮包括無政府主義、吉爾特社會主義、實用主義、新村主義、工讀互助主義、合作主義、易卜生主義、馬克思主義、民主與科學等思想；另外叔本華、尼采的哲學也流行過，內容龐雜、良莠不齊。

　　無政府主義來源於 19 世紀末的歐洲，以德國施蒂納、法國蒲魯東、俄國巴枯寧和克魯泡特金等爲代表。20 世紀初爲留日學生、旅法學生和同盟會會員所接受。1907 年，中國留日學生劉師培、張繼、何震等人發起組織「社會主義講習會」，聲明其宗旨「不僅以實行社會主義爲止，乃以無政府主義爲目的者也。」他們出版《天義報》（1901 年 6 月 1 日創刊，出至第 11 號被日本政府禁止），宣傳無政府主義思想主張。同時期在法國巴黎的李石曾、吳稚暉、

1　《劍橋中國史》第 12 冊，民國篇 1912～1949（上），費正清總主編，臺北南天書局發行，1999 年版，第 395 頁。

2　林語堂 *A history of the press and public opinion in China*, New York, Greenwood Press 1968, P.114。

褚民宜等也編輯出版《新世紀》週刊（共出 121 期，至 1910 年 5 月停刊）、《新世紀雜刊》，又發行《新世紀叢刊》等小冊子，內容都以介紹巴枯寧、蒲魯東、克魯泡特金等人的學說和各國無政府黨活動爲主。這些知識分子和孫中山先生領導的同盟會有比較緊密關係，對中國資產階級民族民主革命產生了一定影響。

　　無政府主義的基本主張是：反對一切權力與權威，否認一切國家政權與社會組織形式，主張絕對的個人自由，要求建立無命令、無權利、無服從與無制裁的「無政府」社會。辛亥革命後無政府主義在國內流行，1912 年 5 月，劉師復組織「晦鳴學社」爲無政府主義第一團體。在這個組織的影響下，1914 年起，廣州的石心組織了「無政府共產主義同志社」、江蘇常熟的蔣愛眞組織了「無政府共產主義傳播社」、南京的楊志道組織了「無政府主義討論會」，北京的實社、南京的群社等無政府主義團體也紛紛成立。1911 年還出現了一個鼓吹無宗教、無家庭、無政府「三無主義」的中國社會黨。新村主義、工讀主義等均屬於無政府主義的一種。新農村主義描繪了人人平等、互助友愛的理想新生活，這對積極探求改造中國社會的年輕知識分子頗具有吸引力。工讀主義對第一次世界大戰後中國知識界興起的赴歐勤工儉學運動，起到一定的推動作用。

　　實用主義是美國哲學家杜威提出的。他在五四時期的中國演講之旅，從上海出發走遍北京和華北、華東、華中 11 省市，講學 15 個月，系統介紹了他的實用主義哲學，爲各地教育界、思想界、文化界留下許多眞知灼見，對實用主義在近代中國思想文化的發展產生很大影響。後來流傳很廣的「五大演講」即：《社會哲學與政治哲學》《教育哲學》《思想之派別》《現代的三個哲學家》和《倫理講演紀略》，講演發表在《晨報》《新潮》等報紙雜誌上，還被彙編成書由北京晨報社出版，還在杜威離華之前就重版了十次，每版印數都是一萬冊，產生了轟動效應，在中國知識界產生了極大的反響和強烈的興趣。

　　時任北大教授胡適在《新青年》雜誌上發表了《實驗主義》一文，系統地評介了實用主義哲學流派的形成、淵源及主要代表人物的觀點，同時還對實在論、眞理論和方法論等實用主義哲學的核心問題進行了詳細的解說。關於實用主義方法，胡適概括爲「大膽的假設和小心的求證」，成爲流傳至今的一句名言。在後期提出「多研究些問題，少談些主義」的主張，與陳獨秀等進行了「主義與問題」之辯，在一些知識分子中很有市場。

　　基爾特社會主義，這是一種很龐雜的社會主義理論系統，本質上歐洲文化保守主義和資本主義調和的產物，是想將中世紀的行會手工業管理思想同現代資本主義思想、無政府工團主義等思想混合起來，意即同業聯合或行會為社會的最基本構成和發揮作用的機構，基爾特的意思就是「行會」，故又稱「行會社會主義」。實質是否定階級鬥爭，鼓吹在工會基礎上成立專門的生產聯合會，廢除「工資制度」，因為工資本質上是欺騙和罪惡的，它束縛了工人的創造性，應該建立工人監督工業的制度；為了完成社會改革的使命，主張改組工會，擴大工會的範圍，把所有的體力勞動者和腦力勞動者都包括在內，把各個工會合併成較大的團體，以形成統一的力量；設想在未來的社會裏，應以基爾特為社會單位，按著職業性質不同分成若干基爾特組織，由高度集權的全國基爾特來統一領導，用基爾特製度代替資本主義制度。其實這種思想本質上是只追求改善工人出賣勞動的條件，卻不消除的根本制度，反對建無產階級的政黨，從而維護資本主義的根本利益，否認國家的階級性，誘使工人階級脫離階級鬥爭，反對無產階級革命和無產階級專政。

　　基爾特社會主義曾在中國知識分子中引發重要影響，五四時期，羅素來華大力傳播基爾特社會主義，經梁啟超、張東蓀等研究系知識分子鼓吹，傳入中國並形成過一陣風潮，在《解放與改造》《時事新報》的「社會主義」專刊等雜誌上發表文章宣傳。在中國的思想界佔有一定勢力。但隨著馬克思主義在中國的廣泛傳播，特別是在中國早期馬克思主義者等與基爾特社會主義者論戰後，逐步消沉下去，至 1922 年 6 月後，在中國便無人提及。

（二）五四時期對馬克思主義的集中介紹

　　與其他西方學說一樣，馬克思主義傳入中國也是部分知識分子在尋求救國路徑的背景下開始的。從清末到民初，洋務派、資產階級改良派、革命派都先後介紹過馬克思及其學說。從零散、片段、知識性的介紹，漸漸到某個方面、比較系統的思想啟蒙。直到十月革命勝利，馬克思主義成為中國先進知識分子救亡的武器，並很快成為中國救亡運動的指導理論。在馬克思主義指引下的中國共產黨成立，中國社會進入新的歷史時期。

　　除去清末駐外使節在歐洲對馬克思主義指導下的工人運動的感性認識，1870 年代法國巴黎公社革命爆發後，中國香港的部分報紙如《華字日報》等就進行過報導；而在江南製造局編印的《西國近世彙編》中，就出現過「歐羅巴司」（社會主義）、「廓密尼士」或「康密尼」（共產主義）等新鮮詞彙。

在廣學會翻譯的眾多西方哲學社會科學的著作中，也有系統介紹社會主義的書籍，如《泰西民法志》，這是中國第一部系統講解歐洲各國社會主義學說的著作，比較全面地介紹了馬克思的生平及其學說。[1]另外，上海《萬國公報》留日學生在日本創辦的《譯書彙編》《江蘇》等都發表過介紹性文字。在日本流亡的梁啓超在《新民叢報》上發表了一系列文章介紹馬克思包括《干涉與放任》（1902 年 10 月 2 日）《進化論革命者頡德之學說》（1902 年 10 月 16 日）《二十世紀之巨靈托拉斯》（1903 年）等文章。

　　同盟會成立後，機關報《民報》用大篇幅介紹馬克思的學說。在 1905 年至 1907 年先後發表了《德意志社會革命家小傳》《萬國社會黨大會略史》《論社會革命與政治革命並行》《無政府黨與革命黨之說明》《社會主義史大綱》《無政府主義與社會主義》《高非難民生主義者》等文章。此外《民報》還登載了孫中山、廖仲愷、宋教仁等資產階級革命家介紹馬克思主義、社會主義的文章。廖仲愷在《社會主義史大綱》中認爲，麥喀士（馬克思）的學說如「決堤洪水，浩浩滔天，勢莫能禦」。

　　資產階級革命黨早期的馬君武、朱執信、民國後的孫中山、戴季陶、邵力子等人，都對馬克思生平、著作目錄、階級鬥爭、共產主義等內容在媒體上進行過介紹，其中一些人甚至對中國共產黨的成立也有過積極的作用。馬克思著作的原文翻譯從《共產黨宣言》到《資本論》的部分內容在 1907 年前後就開始了。張繼、劉師培等人在 1907 年 8 月東京還成立了中國第一個研究馬克思主義的團體——社會主義講習會，翻譯馬克思的學術著作等。但圍於階級立場、理論水平等限制存在著歷史侷限性，這些介紹性的文字多屬某個問題或某個側面的介紹，是片面的、零碎的和感性的，甚至有的是曲解的，並沒有系統或全面的進行介紹。

　　十月革命前馬克思主義在中國的傳播，是在中國救亡圖存的大背景下進行的，夾雜在「西學東漸」的社會思潮中傳播進來的。當時的知識分子並沒有眞正意識到中國民族底層民眾的力量，還將中國的未來寄託在以愛國學生、知識分子爲主的「中等社會」上，因此十月革命之前馬克思主義在中國的流傳沒能超過知識分子的圈子，影響和作用都十分有限。但這些傳播在客觀上起到了一定啓蒙作用，爲十月革命後馬克思主義在中國的廣泛傳播奠定了重要基礎。

1　王鈺鑫：《試論馬克思主義在中國的早期傳播》，人民網 2017.06.26，
　　http://theory.people.com.cn/GB/40537/15461460.html

　　「十月革命一聲炮響，給中國革命送來了馬克思主義」，這句大家耳熟能詳的話語形象地說出了「十月革命」後，馬克思主義在中國傳播的新氣象。十月革命的成功，給當時正在探索國家獨立民族解放的中國人民以極大的鼓舞，一個工人和農民當家做主的新國家，使正處於苦悶彷徨壓迫中的中國人看到了曙光和出路，給正在進行民族革命的仁人志士們一個新的現成的啓迪和希望。孫中山曾評價十月革命爲中國樹立了一個榜樣，說明一個民族怎樣從外國壓迫和不公平的桎梏下解放出來。當俄國蘇維埃政府宣布歷史上俄國與中國簽訂的一切不平等條約「概行作廢」的消息傳入中國後，對被壓迫的中國民眾產生了巨大影響，稱讚俄國國民是世界上「最可愛的人類」，對這一新型國家的好感無以復加，「以俄爲師」就成爲當時中國人民對蘇俄政權仰慕的最好說明。榜樣的力量催生了一批堅定的馬克思主義信仰者，馬克思主義在中國的傳播變得迅速而全面。

　　首先，馬克思主義慢慢從各種思潮中凸顯出來，成爲社會思潮的主流。當年五四時期的四大副刊，成爲傳播包括馬克思主義在內的新思潮的重要陣地。形成了如陳獨秀、李大釗等堅持馬克思主義信仰的一批優秀知識分子。他們系統深入傳播馬克思主義，並成爲初步具有共產主義信仰的知識分子。需要指出的是，當時國民黨的一些刊物和成員，如邵力子、戴季陶等也都極力宣傳過馬克思主義，如國民黨《民國日報》的《覺悟》在邵力子的主持下，先後發表的關於馬克思主義的政論性文章達 950 篇，特別是對社會主義進行了專門的介紹。邵力子自己撰寫的主要作品有《提倡社會主義決不是好奇》《布爾什維克有眞相》《共產與公道》《拒受遺產和共產主義》《馬克思底思想》《救中國的對症良藥》《社會主義與公妻》《讀蘇維埃俄羅斯代表加拉罕氏宣言》等。在《覺悟》副刊上發表過文章的共產黨人有李大釗、陳獨秀、李達、瞿秋白、李漢俊、惲代英、陳望道、施存統、沈雁冰、沈澤民、蕭楚女、向警予、包惠僧、劉仁靜、張聞天、張太雷、方志敏、蔣光赤、任弼時、羅章龍、陳毅、楊之華等。

　　第二，傳播的內容也開始從碎片狀態進入到系統傳播。此時的馬克思主義已經跳出了十月革命前的片段性內容、介紹性文字、甚至曲解的狀態，呈現出系統、全面和深入的特點，涵蓋了馬克思主義政治學說、經濟學說及唯物史觀等方面，對馬克思主義的階級鬥爭學說、剩餘價值理論、科學社會主義、歷史唯物主義等都進行了比較系統全面的宣傳。開始注重馬克思主義學

說的戰鬥力和對實踐的指導，將其視爲改造社會的重要理論力量。李大釗深刻地指出，「依據馬克思的唯物史觀，社會上法律、政治、倫理等精神的構造，都是表面的構造。他的下面，有經濟的構造作他們一切的基礎。經濟組織一有變動，他們都跟著變動。換一句話說，就是經濟問題的解決，是根本解決。經濟問題一旦解決，什麼政治問題、法律問題、家族制度問題、女子解放問題、工人解放問題，都可以解決……而對於他的第二說，就是階級鬥爭說，了不注意，絲毫不去用這個學理做工具，爲工人聯合的實際運動，那經濟的革命，恐怕永遠不能實現。」[1]將馬克思主義同工人運動的實際結合起來，指出了馬克思主義中國化的正確路徑。

　　隨著馬克思主義在中國的傳播，一批重要媒體出現了。其中陳獨秀和李大釗創辦的《每週評論》發表了大量介紹馬克思主義和俄國十月革命的文章；《新青年》也是馬克思主義傳播的重要陣地，1919 年 5 月，李大釗在他輪值主編的《新青年》時出版了《馬克思研究專號》，並發表他的文章《我的馬克思主義觀》；第二年 5 月《新青年》又發行《勞動節紀念專號》；在李大釗的影響下，北京《晨報·副鐫》也改組設立了「馬克思研究」專欄，發表大量馬克思主義的文章。馬克思主義在中國形成的多元路徑傳播熱烈景象，爲中國共產黨的成立奠定了思想基礎。

二、新文化運動的反傳統思潮

　　辛亥革命推翻了清朝政府，但沒有根除封建主義思想對人們的束縛，同時國家對外面臨帝國主義的侵略，內憂外患使得國家和民族處於危亡之中。袁世凱陰謀復辟封建帝制，繼續在社會上推行尊孔讀經，落後的思想文化嚴重阻礙了人們思想的覺醒。受西方民主自由思想影響的進步知識分子深感到思想啓蒙、啓迪民智的重要性。在這種背景下，1915 年 9 月，陳獨秀主編的《青年雜誌》（第 2 卷起改名爲《新青年》）在上海創刊，標誌著新文化運動的開始。新文化運動的倡導者積極向國人介紹西方文化，宣傳資產階級民主主義思想，對封建專制思想進行猛烈抨擊。

　　作爲一場反封建的思想啓蒙運動，新文化運動對封建政治制度和封建文化思想提出批判。新文化運動反對封建專制制度，反對文言，提倡白話，反

1　《再論問題與主義》，《每週評論》第 35 號。見《李大釗文集》下卷，人民出版社，1984 年版，第 37 頁。

對舊文學，提倡新文學，文學革命運動由此而起，它包括文學的內容和形式兩方面的改革。同時新文化運動宣傳民主和科學，解放了國民的思想，掀起了廣大青年追求新知識、追求眞理的熱潮。

（一）白話文的興起

提倡白話文是新文化運動文學革命的重要體現。晚清至民國初年，當時小學到大學的教科書、報刊雜誌、應用文是文言文的天下，形式主義的陳詞濫調阻礙了知識青年對新思想的追求，成爲新思想傳播的障礙，因此，胡適、陳獨秀等人發起文學革命，在文學形式上提倡使用白話文，向文言八股發起進攻。

晚清時期就有知識分子提出改變語言觀念，提倡白話文。最早提出「言文合一」觀念的是黃遵憲，他在《日本國志·學術志二·文學》中提出「……若小說家言，更有直用方言以筆之於書者，則語言文字幾幾復合矣。余又烏知夫他日不變更一文體適用於今，通行於俗者乎？」[1]1897 年，維新志士裘廷梁在《蘇報》上發表文章《論白話爲維新之本》，直言「文言興而後實學廢，白話行而後實學興。實學不興，是爲無民。」[2]1903 年，梁啓超在《小說叢話》中指出：「文學之進化有一大關鍵，即由古語之文學變爲俗語之文學是也。各國文學史之展開，靡不循此軌道。……苟欲思想之普及，則此體非徒小說家當採用而已，凡百文章，莫不有然。」晚清這些文人提倡白話文，但仍保留有一些古文中的雅言，他們並沒有全盤採用白話的堅決勇氣，也沒有成熟的社會條件和思想運動作爲基礎，因而沒有發展起來。但這可以看成是新文化運動中白話文運動的先導。

隨著新文化運動的展開，西方新思潮在國內的傳播範圍越來越廣，程度日益加深，打破文言文束縛、採用大眾所易於接受的白話文的要求也越來越迫切，關於統一語言形式和文字的討論慢慢展開，白話文運動由此興起。在這方面的主要代表人物有胡適、陳獨秀、錢玄同、劉半農、魯迅等人。

1917 年 1 月，《新青年》上發表胡適的《文學改良芻議》一文，文中提出文學改良須從八事入手：「一曰，言之有物。二曰，不摹仿古人。三曰，須講求文法。四曰，不作無病之呻吟。五曰，勿去濫調套語。六曰，不用典。七曰，不講對仗。八曰，不避俗字俗語。」[3]胡適指出舊文學的流弊，主張書面

1　黃遵憲：《日本國志》，第三十三卷，光緒富文齋刊本（1895 年版）。
2　裘廷梁：《論白話爲維新之本》，載《清議報全編》第二十六卷。
3　胡適：《文學改良芻議》，《新青年》第二卷第五號，1917 年 1 月。

語與口頭語相銜接，以白話文學爲正宗。胡適 1918 年稱自己「建設新文學論」的唯一宗旨是「國語的文學，文學的國語」。宣稱「我們所提倡的文學革命，只是要替中國創造一種國語的文學。有了國語的文學，方才可有文學的國語。」[1]陳獨秀對白話文的主張也是堅定的，他說「改良中國文學，當以白話文爲正宗之說，其是非甚明，必不容反對者有討論之餘地，必以吾輩所主張者爲絕對之是，而不容他人匡正也。」[2]

　　北大教授錢玄同、劉半農也是白話文的積極倡導者。錢玄同是當時北大的著名教授，研究音韻、訓詁等學。他在《嘗試集序》和《中國今後之文字問題》等文章及通信中指出，腐朽的舊文學和八股文內容荒謬，「不到半頁，必有發昏做夢的話，青年子弟讀了這種舊文章，覺其句調鏗鏘，娓娓可誦，不知不覺便將爲其文中之荒謬道理所征服。」[3]所以必須革除文言文，代之以質樸的白話文。他說「現在我們認定白話是文字的正宗，正是要用質樸的文章，去剷除那階級制度裏的野蠻款式；正是要用老實的文章，去表明文章是人人會做的，做文章是直寫自己腦筋裏的思想，或直敘外面的事物，並沒有什麼一定的格式。」劉半農發表《我之文學改良觀》，提出改革韻文、散文和使用標點符號等意見，推翻古人作文的死格式，只有這樣，新文學才能得到發展。他主張白話文沒有取得正宗地位之前，可將文言與白話處於對待的地位，文言應力求淺顯與白話相近，白話應吸收文言的優點。

　　魯迅以自己的文學創作表現出對於白話文運動的支持。他把反對舊禮教的鬥爭和白話文運動緊密地結合起來，在文學的形式和內容上表現出一種嶄新的革命精神。1918 年 5 月，魯迅發表他的第一篇短篇白話小說《狂人日記》，同時也是中國第一部現代白話文小說。魯迅指出白話文的重要意義，對那些摒棄白話文的所謂「文人雅士」進行了無情的譴責和嘲笑，他在《現在的屠殺者》中這樣描述反對白話文的「高雅的人」：「做了人類想成仙；生在地上要上天；明明是現代人，吸著現在的空氣，卻偏要勒派朽腐的名教，僵死的語言，侮蔑盡現在，這都是『現在的屠殺者』。殺了『現在』，也便殺了『將來』。」魯迅尖銳指出封建統治階級利用「僵死的語言」宣傳「腐朽的名教」、用之屠殺「現在」和「將來」，因此不僅要徹底打倒「腐朽的名教」，同時必

1　胡適：《建設的文學革命論》，《新青年》第四卷第四號，1918 年 4 月。
2　載《新青年》第三卷第三號「通信」欄，1917 年 5 月。
3　錢玄同：《中國今後之文字問題》，《新青年》第四卷第四號，1918 年 4 月。

須徹底摒棄文言文這種「僵死的語言」，用「四萬萬中國人嘴裏發出的聲音」也就是人民的語言寫文章。魯迅同時指出「腐朽的名教」可以用文言文去擴散，也可以用白話文去宣揚。因此，文學革命要提倡白話文，但首先要做的是改良思想，「倘若思想照舊，便仍然是換牌不換貨」[1]。這種見解是對胡適文學革命的唯一宗旨是「國語的文學，文學的國語」的尖銳批評，他把白話文運動與反對封建思想的鬥爭緊密結合起來，有力地推動了文學革命的發展。魯迅用白話文創造了自己獨特的語言風格，成為五四新文化運動時期文學革命的典範。

從 1918 年出版第 4 卷第 1 號起，《新青年》便改為白話文的刊物。在新文化運動同人的倡導下，白話文很快在新知識界和進步報刊中得到廣泛應用。隨後出版的《每週評論》《新潮》《晨報副刊》等都採取白話文，採用文言文的報紙也漸漸出現白話文的副刊，隨後報紙的短評、通訊、社論也都採用白話文和新式標點。1919 年下半年起，全國白話文報刊風起雲湧，達到 400 種之多。[2]到 1920 年，在白話文取代文言文已成為事實的情況下，北京政府教育部頒布部令，通令國民學校的教材改用「國語」即白話文。這一舉動牽動了整個教育界的教材改革，白話文得到進一步的普及，逐漸成為國民教育的普通工具，兩千多年來言文分離的局面結束，白話文運動取得了勝利。

（二）北大教授的反古文運動

文學觀念的革新是新文化運動文學革命的重要內容。在中國傳統文化中，文學歷來佔有重要地位，被視為治國興邦的事業，唐、宋諸儒提出「文以載道」、文學「代聖賢立言」的觀念，並逐漸成為中國正統的文學觀念。這使得中國的傳統文學不僅具有文化性，還帶有濃厚的封建政治色彩，它成為封建政治禮教的附屬物和封建思想文化的傳播工具。

從 20 世紀初開始，隨著各種革命運動的開展和新思想的傳播，反傳統文化的言論就已經開始出現。隨著新文化運動的漸漸開展，這種反傳統文化的文化革新思想日漸活躍，批判傳統歷史文化的呼聲日益強烈，並且提倡者態度激烈，表現出徹底的、全面的思想解放要求。對傳統歷史文化的批判，首當其衝的就是孔學儒教。自西漢「罷黜百家，獨尊儒術」以來，中國的政治

---

1 魯迅：《過河與引路》，《新青年》第五卷第五號，1918 年 11 月。
2 朱棟霖、丁帆、朱曉進主編：《中國現代文學史》（上冊），北京，高等教育出版社，2000 年版，第 20 頁。

體制和社會倫理都是以孔學儒教爲核心，它代表著中國文化的正統和權威。因此，批判儒學孔教乃是批判傳統文化價值的集中表現。

　　對傳統歷史文化的批判也主要體現爲北京大學教授的反古文運動。北京大學作爲當時新文化運動的陣地，集結了一批接受新思想的知識分子。他們看到陳腐的封建文學不僅統治著文學界，並且帶有濃厚的封建政治色彩，嚴重束縛了人們的思想和社會的進步，於是掀起了一場反古文運動。爲消除封建文學對青年思想的腐蝕，新文化運動的倡導者們在打出「打倒孔家店」的口號後，繼續對包含封建思想的古文發起攻擊。他們力圖把宣傳封建思想的舊文學改造成適於傳播民主和科學思想的新文學。

　　1917 年，陳獨秀在《新青年》上發表了《文學革命論》一文，文章大膽攻擊了當時的主要文學流派，提出「文學本非爲載道而設」，把「三大主義」作爲新文學的征戰目標，對封建舊文學宣戰：「曰推倒雕琢的阿諛的貴族文學，建設平易的抒情的國民文學；曰推倒陳腐的鋪張的古典文學，建設新鮮的立誠的寫實文學；曰推倒迂晦的艱澀的山林文學，建設明瞭的通俗的社會文學。」[1]陳獨秀主張對舊的文學實行「革故鼎新」，反對「朝代頂替」。他批評韓愈等人的「文以載道」和八股家的「代聖賢立言」，斥責八股家「尊古蔑今」、「咬文嚼字」、「無病呻吟」，「此等文學，作者既非創造才，胸中又無物，其伎倆惟在仿古欺人，直無一字有存在之價值，雖著作等身，與其時之社會文明進化無絲毫關係。」[2]因此，必須把這類封建文學和「滿紙之乎者也矣焉哉」的老八股徹底打倒。

　　胡適的《文學改良芻議》發表後引起了當時新文化同人們的注意，最早給予強有力支持的是錢玄同。他致信陳獨秀，攻擊當時文學流派的領導者們，把當時舊文學中的桐城派和文選派列爲主要抨擊對象，稱他們爲「選學妖孽」、「桐城謬種」[3]。桐城派強調文理，崇尚以「詞章」來宣揚封建「義理」，傚仿唐宋諸家，以孔孟儒學風格爲基礎，反對新的思想內容和創作形式，認爲新文學和新思想「怪誕不經，似其爲禍之於人群，直無異於洪水猛獸」[4]。文選派則注重堆砌辭藻，過分拘泥於修辭，崇尚魏晉，宣揚古代的舊制度和舊的倫理思想，抵制新文化運動。桐城派和文選派彼此爭雄消長，統治北大

1　陳獨秀：《文學革命論》，《新青年》第二卷第 6 期，1917 年 2 月。
2　陳獨秀：《文學革命論》，《新青年》第二卷第 6 期，1917 年 2 月。
3　水如編：《陳獨秀書信集》，新華出版社，1987 年版，第 91 頁。
4　《請看北京學界思潮變遷之進狀》，《公言報》，1919 年 3 月 13 日。

文科數十年。錢玄同喊出「選學妖孽」、「桐城謬種」，便是針對於此。自此以後，新文化人便把桐城派和文選派視為文學革命的主要打擊對象，不斷予以抨擊。

儘管新文化人視選學為妖孽，視桐城為謬種，但桐城派、選學派文人始終不公開出面反撲。在這種情況下，錢玄同、劉半農上演了一齣「雙簧戲」。1918 年在《新青年》第 4 卷第 3 號以「文學革命之反響」為題，發表署名王敬軒（實為錢玄同所寫）的反對文學革命的來信，同時也發表了劉半農對此信的長篇覆函。新文化人利用「王敬軒」的來信把舊文人反對新文學的種種理由羅列在一起，把「王敬軒」塑造成一個復古主義的典型人物形象。劉半農在覆函中逐條反駁王敬軒的觀點，用犀利筆鋒把這些謬論駁斥得淋漓痛快，給反對者沉重的打擊。錢玄同在信中曲意加以維護和吹捧以供覆函抨擊的舊派文人，其實就是桐城派的林紓、嚴復二人，這二人堪稱守舊派文人的代表。

面對新文化人的抨擊，林紓站在守舊文人的立場於 1919 年 2 月在上海《新申報》發表了文言小說《荊生》，強烈批判新文化運動，對新文化思潮進行詆毀和攻擊，並且表達了想借用軍閥勢力來鎮壓新文化運動的企圖。同年 3 月，他在北京《公言報》上發表了給北京大學校長蔡元培的公開信《致蔡鶴卿太史書》，頑固維護封建倫常和文言文。稱新文化運動的宣傳是「叛親滅倫」、「人頭畜鳴」、「禽獸自語」。面對林紓的反駁，新文化人抓住時機奮起反擊，由此形成一場頗具聲勢的新舊思潮交鋒，這是文化思想領域中新舊派人物鬥爭的高潮，當時輿論界稱之為「新舊思潮之激戰」。

在封建復古分子大肆批判新文化運動的同時，北京政府也加緊對北京大學施加壓力，一方面通過報紙散佈北京大學「驅逐」陳獨秀、錢玄同等進步教授的謠言，另一方面脅迫北京大學校長蔡元培辭職。新文化運動的倡導者們在壓迫下並沒有屈服，北京大學教授陳獨秀、李大釗、魯迅、錢玄同、劉半農等先進知識分子對復古主義者的進行了無情的批判，獲得了廣大有志青年和進步輿論界的支持。這次激戰在輿論界、知識界產生了很大的影響，對舊文學、舊的思想文化造成很大衝擊，改變了傳統的文學觀念，起到了思想啟蒙的作用。

白話文運動的深層和長遠意義在於改變了中國人的思維路徑，動搖了中國文化的一些基礎性內容。「書面語言的變革不只是文學形式問題，它在強有

力地動搖著傳統的文化──心理結構」；「魯迅先生強調文言文語法不精密，說明中國人思維不嚴謹；周作人指出古漢語的晦澀，養成國民籠統的心理」[1]。白話文在抗戰時期的大規模推進，就是一種反證。

（三）科學民主思想的傳播

《新青年》在發刊詞《敬告青年》中指出：「國人而欲脫蒙昧時代，羞爲淺化之民也，則急起直追，當以科學與人權並重。」[2]此處的「人權」即「民主」。新文化運動同人們憑藉民主與科學爲思想武器，沉重打擊陳舊腐朽的封建思想。

1919 年 1 月，陳獨秀在《本志罪案之答辯書》一文中寫道：「只因爲擁護那德謨克拉西和賽因斯兩位先生，才犯了這幾條滔天的大罪，要擁護那德先生，便不得不反對孔教、禮法、貞節、舊倫理、舊政治；要擁護那賽先生，便不得不反對舊藝術、舊宗教；要擁護德先生又要擁護賽先生，便不得不反對國粹和舊文學。」[3]由此可見，新青年同人們的目的是傳播科學與民主思想，反傳統是爲實現這一目的採取的手段。

新文化運動所提倡的「科學」，是指提倡科學思想，強調科學精神和科學方法，要求破除封建迷信。新文化運動的倡導者們批判當時爲宣揚復古、傳播鬼神思想的《靈學雜誌》，魯迅曾經說道：「現在有一班好講鬼話的人，最恨科學，因爲科學能教道理明白，能教人思路清晰。」[4]他們宣傳科學思想，用科學作武器來抨擊封建迷信落後思想。在科學方法方面，他們提倡懷疑精神，倡導實驗室的科學態度。對此，陳獨秀曾指出：「頭腦不清晰的人評論事，每每好犯籠統和以耳代目兩樣毛病……就是缺乏實驗觀念。」在社會歷史領域，開始運用馬克思主義分析社會歷史問題，使中國社會歷史問題的研究逐漸走向科學化。不過，也有學者指出：「新文化運動雖然提倡科學，卻並不眞正關心在中國如何發展科學事業，當時大多數的科學家對新文化運動表現出冷漠的態度，可能與此有關。」[5]20 世紀 20 年代的科玄論戰，就是在這大背景下進行的。

---

1 李澤厚：《記中國現代三次學術論戰》，《中國現代思想史論》，天津社會科學出版社，2003 年版，第 44 頁。
2 陳獨秀：《敬告青年》，《青年雜誌》第一卷第一號，1915 年 9 月。
3 陳獨秀：《本志罪案之答辯書》，《新青年》第六卷第一號，1919 年 1 月。
4 《魯迅全集》第 1 卷，北京：人民文學出版社，1981 年版，第 377 頁。
5 樊洪業：《「賽先生」與新文化運動──科學社會史的考察》，《五四運動與中國文化建設──五四運動七十週年學術討論會論文選》（上冊），社會科學文獻出版社，1989 年版，第 483 頁。

新文化運動前期所提的「民主」，就個人而言，是指反對封建綱常倫理，獲得個人解放；就國家而言，是推翻封建君主專制統治。《新青年》開始創刊之時沒有直接攻擊袁世凱的反動統治，並宣稱「批評時政，非其旨也」[1]。但袁世凱破壞臨時約法，復辟封建帝制，《新青年》宣揚民主思想，反對專制，實際上就是對時政的抨擊。追求民主，也就是在追求人與人之間的一種平等關係，呼籲用民主精神來代替封建思想。新文化運動前期所強調的民主實質上是資產階級民主制度和資產階級民主思想，強調個人的解放。到了新文化運動後期，民主被馬克思主義者賦予新的深刻內涵，不再是狹隘的資產階級民主，而是以廣大勞工階級為主體的民主。馬克思主義者李大釗就指出，「蓋民與君不兩立，自由與專制不並存，是故君主生則國民死，專制活則自由亡。」[2]

新文化運動在一定程度上打破了兩千多年來知識分子對語言文字、文學的壟斷，破除了知識分子與人民大眾之間的界限，將兩方之間存在的思維習慣、思想信仰的鴻溝縮小。1919 年 10 月，北京大學平民教育講演團發起人之一許德珩說道「原來社會的不進步，只是一般人知識的不進步；那知識不進步的原因，固然是在教育不普及，但是少數有知識的人，從來保守他那階級的制度，不肯拿他的知識灌輸人民。」[3]許德珩對舊知識分子缺乏啓蒙意識提出批評，同時也說明新文化運動的進步所在，新文化運動的發起者們把科學與民主的思想傳播給普通大眾，降低了知識的門檻，啓發更多國民獨立思考，起到啓迪民智的作用。

《新青年》高舉「民主」與「科學」的旗幟，宣傳無神論，批判鬼神之說的荒謬，這有利於摧毀封建主義的堡壘，動搖封建專制制度的思想基礎，進而動搖封建專制統治者的地位。科學與民主這兩個口號是緊密相連、相輔相成的。科學與民主思想的傳播使得國民的思想得到空前的解放，一代青年的思想覺悟提高，投身政治運動、文化運動的青年越來越多，他們奔走呼號，努力爭取自由、民主，解放，企圖挽救國家危亡。

新文化運動時期，新文化人們對科學與民主思想的傳播，給封建主義思想前所未有的沉重打擊，知識青年掀起了追求進步、追求真理、追求解放的

1 載《青年雜誌》第一卷第一號「通信」欄，1915 年 9 月。
2 《李大釗文集》（上），人民出版社，1984 年版，第 173 頁。
3 許德珩：《講演團開第二次大會並歡送會紀事》，參見張允侯等編：《五四時期的社團》（二），三聯書店，1979 年版，第 155、156 頁。

思想熱潮，在各地青年學生中間陸續出現了一些愛國團體和進步組織，如毛澤東、蔡和森等組織的新民學會和中國留日學生在日本組織的新中學會。此外，介紹新思想、新知識的刊物也逐漸增多，比較有代表性的是 1919 年 1 月出版的《新潮》和《國民》雜誌。從文化領域的反封建思想到實際政治上的反對封建軍閥專制統治，新文化運動爲五四愛國運動的爆發奠定了思想基礎。在民主與科學精神的指導下，國民探尋眞理的熱情被激發，中國國民在思想上獲得更廣泛、更深刻的解放，一大批青年由民主主義走上了社會主義的道路，促進了馬克思主義在中國的傳播，爲中國共產黨的成立奠定了思想基礎，成爲無產階級新聞業誕生的「先聲」。

第二章　民國北京政府時期的官方報刊業

官報體系自古代以來，一直是中國政治官僚體系中重要的信息系統。近代官報誕生後，也因襲了古代官報的內容特色，在清末洋務派官員的推動下，一度成爲宣傳新知和政府改革的媒介。民元後直到到民國北京政府時期，各級政府或部門創辦了較爲龐大的公報系統，但卻一直沒有創辦專門的中央官報，成爲中國歷史上爲數不多的沒有政府官報時期。

第一節　民國北京政府時期的政府公報

袁世凱死後，北洋軍閥主導的民國北京政府承繼袁世凱政府的全國主體地位，在法統上與袁政府同處一脈。民國北京政府是 1916 年至 1928 年代表中國正朔的中央政府（包括段祺瑞的臨時執政府和張作霖任陸海軍大元帥的中華民國軍政府）。1916 至 1928 年，民國北京政府一直被北洋軍閥各派系軍閥輪流把持。儘管此階段政變頻繁，經常易主，但民國北京政府的主體沒有被取代。

一、民國北京政府時期的新聞管控

（一）始於袁世凱政府時期的新聞管控

民國北京政府時期的新聞管控，起於袁世凱政府時期，袁世凱時期表現最爲突出。1913 年 4 月 29 日，《國風日報》《國光日報》《新中國報》在評論宋教仁被刺案時使用「萬惡政府」「政府殺人」「民賊獨夫」等字眼，國民黨

報紙之「媒介審判」，直指袁世凱為宋案凶手，激怒了袁世凱。同年 5 月 1 日，袁世凱指令內務部用清末報律來限制報館並責令各省都督一體遵照。1913 年 7 月，孫中山領導的「二次革命」失敗，袁世凱政府把國民黨定性為「亂黨」，以「亂黨報紙」罪名查封、禁售國民黨系統報刊。同年 11 月，袁世凱以國民黨議員和地方軍閥有勾結為由撤銷國民黨議員資格，對各地國民黨系統報刊予以毀滅性打擊。在廣州，袁世凱政府的代理人龍濟光在一天之內就查封了《中國日報》《平民報》《中原報》《民生報》《討袁報》《覺魂報》等六家反袁國民黨報紙。1913 年底，全國繼續出版的報紙由民國初期的 500 家縮減到 139 家，其中北京地區最為明顯，銳減五分之四只剩下 20 家報紙，另外上海地區 5 家，漢口則只剩 2 家。這就是新聞史上著名的「癸丑報災」。

趁著國民黨人革命運動頹勢之際，袁世凱政府內務部緊鑼密鼓地頒發新聞管控法律。1914 年 4 月 2 日頒布《報紙條例》共計 35 條，內容比清末報律「稍嚴」，從政治和經濟兩方面限制新聞出版事業。其中第六條規定：「發行人應於警察官署認可後，報紙發行而是日前，以下列各款規定，分別繳納保押費：一、日刊者，三百五十元；二、小定期刊者，三百元；三、週刊者，二百五十元；四、旬刊者，二百元；五、月刊者，一百五十元；六、年刊者，一百元。在京師及其他都會商埠地方發行者，加倍繳納保押費。專載學術、藝事、統計、官文書、物價、報告之報紙，得免繳保押費。保押費於禁止發行或自行停版後還付之」[1]，使保證金制度法律化。7 月，袁世凱以大總統名義頒布《修訂報紙條例》；12 月 5 日頒布《出版法》，對出版行為進行詳細規定。其中第四條規定「出版之文書圖畫，應於發行或散佈前，稟報該管警察官署。並將出版物以一份送該官署，以一份經由該官署送內務部備案」[2]，事後審查制度成為事先檢查制度。

三項法律大體內容包括禁止軍人學生官吏辦報，出版需登記並交納保證金，設置禁刊載內容和報紙發行前需交警察機關備案。《出版法》不僅把《報紙條例》中的限禁規定推而廣之到所有的文字、圖書等各類出版物，而且在報刊的創辦及其條件方面更為苛刻。《出版法》明確規定所有出版物「應於發行或散佈前，稟報該管警察官署」，成為出版前的預檢制度。該法還給予警察部門必要時沒收出版物的權力，禁止違犯《出版法》的境外出版物入境出售

1　劉哲民：《近現代出版新聞法規彙編》，學林出版社，1992 年版。
2　劉哲民：《近現代出版新聞法規彙編》，學林出版社，1992 年版。

或散佈。之後袁世凱政府根據《報紙條例》的執行情況及《出版法》等有關法律的規定，將《報紙條例》修改為《修正報紙條例》，於 1915 年 7 月 10 日以大總統的名義公布實施。同年，袁世凱政府還頒布了《新聞電報章程》《電信條例》《著作權法》《著作權法註冊程序及規費施行細則》等與新聞傳播活動相關的法律、法令。此外，袁世凱政府頒布的含有鉗制新聞事業條款的法律、法令還有《治安警察條例》《陸軍刑事條例》等。為了給新聞立法提供憲法上的依據，袁世凱政府還在 1914 年 3、4 月間匆匆組織「約法會議」制訂新的憲法性文件《中華民國約法》，於 5 月 1 日公布施行，同時宣告廢止《中華民國臨時約法》。根據《中華民國約法》第二章第五條第四款的規定：「人民於法律範圍內，有言論、著作、刊行，及集會、結社之自由。」這一規定改變了《臨時約法》規定的只有在增進公益、維持治安或非常緊急必要等特殊情況下方可對言論出版自由權利予以法律限制的基本精神，使人民的言論出版自由權利在任何情況下均可予以法律限制。

在 1912 年至 1914 年的兩年多時間裏，袁世凱先後頒布了《戒嚴法》《治安警察條例》《報紙條例》和《出版法》，對報刊的登記、出版、發行和編輯採訪等活動進行干涉或設置障礙。從 1913 年的「癸丑報災」到 1916 年袁世凱為復辟帝制鎮壓輿論界，全國報紙總數始終在 130 種徘徊，形成了持續 4 年的新聞事業低谷。袁世凱在踐踏新聞自由、壓制輿論及鎮壓新聞事業方面，「上繼清朝政府之遺緒，下開民國歷屆反動政府之先河，貽害流毒匪淺」。

（二）民國北京政府時期的新聞管控

袁世凱死後，北洋政府群龍無首，化分成皖系、直系、奉系等派系，控制了北京及全國大部分地區。西南軍閥控制著南方 6 省。兩個派系軍閥雖然對立，但其本質一樣，均為半殖民地半封建地社會畸形發展的結果。共和名存實亡，名義上由袁世凱的個人獨裁恢復共和體制，但徒具形式而已。民國北京政府時期的新聞事業依然處於北洋軍閥的摧殘和壓迫之下，在艱難環境中掙扎發展。被北洋軍閥掌控的民國北京政府，都無一不繼承了袁世凱的衣缽，殘酷迫害鎮壓進步的、革命的出版物，並且花樣翻新，愈演愈烈。正如後人所說「在整個民國時期，這種對進步出版物的迫害，是阻礙我國政治進步和文化發展的重要因素之一」[1]。

1　劉伯涵：《袁世凱政府對進步出版物的壓制》，載《中國文化研究集刊》第 2 輯，復旦大學出版社，1985 年版。

　　一是襲用袁世凱統治時期頒行的有關新聞事業的法律、法令。袁世凱統治時期頒布的《出版法》未被廢止，不僅成為北洋軍閥政府鉗制與迫害進步報刊與報人的主要法律依據，甚至還被帝國主義租界當局用作鎮壓租界內中國人民反帝宣傳活動的工具。袁世凱統治時期頒行的《戒嚴法》《治安警察條例》《陸軍刑事條例》等也一體沿用，被各地軍警濫用為迫害報業與報人的法律根據。例如，據《陸軍刑律》規定，凡「意圖使軍隊暴動而煽惑之者」，即使非陸軍軍人，在戰時也一律適用該《刑律》，可被處以死刑。

　　二是繼續頒布鉗制報業的新法規，如 1916 年 9 月內務部頒布的《檢閱報紙現行辦法》等。1918 年間，北洋軍閥政府還企圖新出臺《報紙法》，於是年 10 月將《報紙法案》咨送國會取決。由於這一《法案》與袁世凱時期的《報紙條例》如出一轍，遭到了新聞界內外的一致強烈反對，眾議院不敢貿然通過，因而議決將《報紙法案》轉交法制股審查了事，挫敗了這起嚴重危害新聞自由的動議。1919 年 10 月 25 日，內務部頒布《管理印刷營業規則》，實行印刷業許可證制度，一切不利於北洋軍閥統治的新聞出版物將被扼殺於「產房」之內。1925 年 4 月 1 日，京師警察廳頒布《管理新聞營業條例》，推出取保制度，規定在首都地區「發行報紙、雜誌或辦理通信社者，均須於呈報時，取具五等捐以上鋪保兩家，以資負責」。此外，1917 年 5 月 26 日，北洋軍閥政府宣布恢復郵電檢查。1918 年 8 月，北洋軍閥政府設立「新聞檢查局」。1919年五四運動後，北洋軍閥政府發布《查禁俄過激派印刷物函》，以防範共產主義在中國的傳播。

　　民國成立後的新聞法律制度以言論出版自由為本，在形式上採取與西方資本主義國家相同的自由新聞體制。以袁世凱為代表的軍閥上臺後，意圖進行獨裁統治，但又不能公然拋棄自由新聞體制的形式。資產階級的民主自由的理念和東西方列強在租界的治外法權，決定了北洋軍閥時期的新聞體制帶有濃重的半封建半殖民地色彩。由於法律不健全，新聞工作者常受到各種威脅。北洋政府司法機構雖然原則上仿傚資產階級國家的形式，但地方審判廳大多未建立，實際上仍由地方行政機關兼理司法。訴訟過程中，刑訊、體罰手段仍被襲用。辛亥革命後，地方政權大都為舊封建軍閥所竊據。這些舊軍人毫無民主觀念，橫行霸道，魚肉百姓。北洋軍閥濫用軍法殘害報人，新聞業受到政治權力的極大壓制。袁世凱之後，由於北洋政府統治時期各派軍閥混戰不休，幾乎常年處於戰爭或戒嚴時期，因而軍事審判在實際取代了普通

的司法審判；所謂的普通法院只不過是軍事審判的一種補充手段。民國北京政府時期，北洋軍閥對報刊及報人濫用軍法處置的事件不計其數，極端殺害著名報人的事情屢有發生。1926 年 4 月 24 日，著名報人邵飄萍因抨擊反動軍閥被奉系軍閥逮捕，於 4 月 26 日被以宣傳赤化和通敵有據，槍殺於北京天橋刑場。1926 年 8 月 6 日，著名報人林白水因撰文抨擊軍閥張宗昌的御用政客潘復，被張宗昌部憲兵逮捕，未經法律程序僅數小時後就被直接槍決。

二、民國北京政府公報系統的建立

中國政府公報可追溯到 1911 年 8 月 24 日《內閣官報》取代《政治官報》（1907 年 10 月 26 日創辦於北京）出版，自此後官報終於被賦予特殊地位。「內閣官報爲公布法律命令之機關，凡諭旨、奏章、及頒行全國之法令，統由內閣官報刊布」；「凡京師各衙門通行京外文書，均由內閣官報刊布，各衙門無庸再以文書布告……」，「凡法令除專條別定實施外，京師以刊登內閣官報之日始，各行省以內閣官報遞到之日起，即生一體遵守之效力，……」；「凡未經內閣官報刊布之章程奏摺，有在商辦報章登載者，不得援據」[1]。以上四條確立了《內閣官報》在公布政府信息方面的法律地位，是等同於正式公布的法令、公文效力，這一點尤爲重要，這是現代官報的本質特徵。因此我們認爲，中國現代官報的誕生是從《內閣官報》開始的，雖然這份官報壽命極短。

民國後官報基本繼承了由《內閣官報》確立下來的章程，即成爲正式刊登國家法令、公文的法定媒體，其發布的法令條例具有「一體遵守之效力」，發布內容和自身管理都有嚴格規定。但民國以後官報的名稱發生了改變，「公報」代替「官報」成爲官方報紙的稱謂。但不是所有的「公報」都是官報（如 1915 年武昌的《崇德公報》是天主堂文學書院發行的，而 1920 年的寧波《時事公報》也是民營報紙，類似情況並不少見），也有官報不用「公報」來命名的。

三、民國北京政府公報系統的重要報刊

民國北京政府時期，國務院直屬各局有法制局、詮敘局、統計局、印鑄局，國務院各部包括外交部、內務部、財政部、陸軍部、海軍部、教育部、

1　戈公振：《中國報學史》，商務印書館，1928 年版，第 52 頁。

司法部、農林部、工商部、農商部、農工部，實業部、交通部、參謀本部、軍事部等[1]。各部、局都或早或晚均刊布自己的官報。在這一時期，中央級官報是《政府公報》（由《臨時公報》而來，1916 年 1 月 6 日到 3 月 23 日被稱爲《洪憲公報》）。

《政府公報》是貫穿民國北京政府時期（1912～1928 年）的中央政府官報，是中央政府的機關刊物。1912 年 5 月 1 日到 1915 年 12 月 31 日，出 1310 號；自 1916 年 1 月 6 日起期數另起，到 1928 年 6 月停刊，每日一刊爲一號，共出 4353 號；從 1912 年 5 月 1 日發行至 1928 年 6 月停刊，共發行了 5663 期。公報由北京政事堂印鑄局發行，當時有單行本，也有分類合訂本。體系上承繼《臨時公報》而來。[2]

《政府公報》在 1916 年時曾有過名稱更迭，袁世凱稱帝後改用「洪憲元年」。1916 年 3 月 24 日，第 78 號開始紀年又改回民國，刊期繼續。《政府公報》歷經袁世凱、黎元洪、徐世昌、曹錕、段祺瑞主政時期，每日出版，並不停輟。修訂體例後，內容較《臨時公報》時更爲豐富，分爲 10 項，「法律、命令、呈批、公文、公電、判詞、通告、附錄、外報、廣告」[3]。具體包括了北京政府時期一切的法令文告，人事任免，議會記錄等等。每一條命令、法令、通告、呈報等均蓋有「大總統印」或「政事堂印」，以示正式。刊載內容體量大，每月按內容集結成數冊出版。

定價上，由 1928 年 1 月 6 日（第 4197 號）「本報價目」來看，規定爲定購一月大洋一元、三個月大洋二元九毛、半年大洋五元五毛、一年大洋十元，外埠購報每全年加郵費二元，半年一元三個月六角。此價目規定至 1928 年 6 月 12 日停刊時都未有變化。公報廣告很少，基本爲發行所印鑄局的介紹，每期涉及其他公司的廣告較少。政府官報的經費常年有保證，如 1915 年 6-10 月

---

1 其中農林部、工商部只有 1912、1913 年存在；1914～1927 年改農商部，農工部和實業部設立於 1927 局版。參見劉壽林、萬仁元、王玉文、孔慶泰編的《民國職官年表》，中華書局，1995 年版，第 1～55 頁。

2 《臨時公報》1911 年 12 月 26 日出版，發行所爲「北京東長安牌樓王府井大街，電話東局二百零一號」。日刊，該報篇幅較少，多數爲 4～6 頁的樣子，爲線裝書冊形式，保持了邸報的樣子。內容有通告、電報、照會、公呈、報告等，每期只有 2、3 個欄目。袁世凱就任臨時大總統後，1912 年 5 月 1 日改出《政府公報》。

3 《政府公報》影印本，中國第二歷史檔案館整理編輯，上海書店出版，1988 年 12 月，第一冊，第 363 頁。

份，5 個月印鑄局的經費爲白銀 9 千兩[1]，所以廣告和發行收入對報紙來說並不是很重要，但這不意味著報紙對成本和收益毫不在意，1916 年 3 月 22 日開始，公報的廣告開始加價，原因就是「其歐戰發生，紙料昂貴，所收刊資，不敷甚巨」。[2]南京國民政府成立後，《政府公報》才告停刊，前後共出 5663 份，成爲研究北京政府時期的重要文獻。

民國北京政府時期除了中央政府的機關公報《政府公報》外，中央政府的有關部、局也辦有不少公報，其他中央各部級公報主要有：

《司法公報》，司法部參事廳主辦，1913 年 10 月創辦於北京，1928 年 10 月停刊。原爲月刊，自第 35 期改爲半月刊，此後又多次變更，設有文牘、論說等欄目。公報主持者多爲司法部官員兼任，如 1926 年該報主任是司法部參事湯鐵樵兼任。該刊的編撰者爲司法部參事廳公報編纂處，發行兼發售者爲司法部總四科公報發行所，代售者爲琉璃廠公愼書局，印刷者爲京師第一監獄。該刊印刷精美，每期有一到兩張光面紙印刷司法界重要官員的照片 1 到 4 張不等。從廣告中可以看出，其刊登和彙集出版的司法例規非常受歡迎，多次印刷不同版本，折射出民初人士對新政權法律知識的重視。該報的廣告客戶中有其他官報中少有的商務印書館等大型民營企業，顯示其發行量和影響力比其他官報要更勝一籌。

1923 年 7 月該報改版，保持月刊，每期 100 頁，如果稿件繁多得增至 120 頁；增加關涉司法的攝影圖片一兩張；內容主要分兩部分，「例規」「僉載」，例規分類是按照司法部改訂司法例規的種類：憲法、官制、官規、審判、律師、民事、刑事、監獄、外交、公式公報、服制禮儀、統計報告、會計、官產交通、戒嚴、行政訴訟、雜錄等多種，按照事由標注，同時標注發文號數和日期，按照時間順序發布。篇幅過長的還可以出臨時增刊。從章程中可以看出，該官報的內容和編排均有嚴格限定，並在形式上用字體不同表示重要程度的差異，如第 7 條規定，對於不屬於例規但又比較重要的文件，其字號要比例規小一號。《司法公報》的廣告刊登因版面次序不同而分爲特等、上等和普通三個級別。特等爲底頁外面，上等爲封底面裏頁，其餘則爲普通。廣

1　但印鑄局的職能除掌管印刷公報外，還包括官文書用紙，鑄造印信、關防、勳章等，因此報紙的經費只是其中的一部分。

2　《政府公報》，1916 年（民國 5 年）3 月 23 日，封皮「本公報刊登廣告暫行增價通告」。

告所佔的版面面積有全面和半面之分，普通級的版面可按行刊登，價目各不相同。[1]1926 年，《司法公報》爲月刊，每月售價 0.3 元，半年價 1.6 元，全年價 3.0 元，兩年價格爲 5.6 元。

《交通公報》，袁世凱死後，其所創立的近代官報體系得到繼承和發展。隨著中國近代鐵路交通、郵電通訊事業的發展，國務院交通部壯大起來，成爲北洋政府重要的財政收支部門，交通部歷任要員甚至勾結成爲「交通系」財團，操縱國民經濟命脈。

1917 年 1 月，交通部官報《交通月刊》在北京創刊出版，後遷南京，自 38 期（1920 年 2 月）改爲《交公報通》，並自 1922 年 9 月第 69 期後改爲日刊，1927 年 12 月到 1928 年 5 月改爲旬刊，自 1929 年起在改爲三日刊，期數另起。抗戰期間遷重慶，勝利後遷回南京。1946 年改半月刊，卷期續前。刊登交通部的法令公文報告等，分「命令、法規、公牘、專件、通告、附錄」。編輯單位爲交通部總務廳統計科，編輯處設總編輯一員，編輯主任三員；各司科長均兼職編輯員，其經費來源自總務廳。從章程中可以看出，該報有 4 名專職人員，其餘編撰爲各部門的科長兼任，要求比較高。該報對稿件來源和發布有嚴格程序，顯示了官報對發布信息的謹慎和嚴格。另外從經費的支取和審定中也顯示了它是政府的一個部門。該報無新聞論說等內容，爲嚴格意義之官報。

《交通公報》的廣告因刊登版面數量和面積不同而分爲全篇兩面、一頁全面、半頁版面和全頁四分之一四個類型。全篇兩面廣告價格每一日爲 8 元，每一周爲 48 元，每半月爲 72 元，每一月爲 96 元。一頁全面廣告價格每一日爲 5 元，每一周爲 30 元，每半月爲 45 元，每一月爲 67 元。半頁半面廣告價格每一日爲 3 元，每一周爲 18 元，每半月爲 27 元，每一月爲 40 元。全頁四分之一價格每一日爲 2 元，每一周爲 12 元，每半月爲 18 元，每一月爲 27 元。《交通公報》當時爲日刊，零售價爲銅元 7 枚，單月定價爲 1.0 元，三月定價爲 2.9 元，半年價爲 5.5 元，全年價爲 10.0 元。

---

1 特等全面的廣告一期爲 16 元，三期爲 44 元，六期爲 80 元，十二期爲 144 元。上等全面的廣告價格一期爲 12 元，三期爲 32 元，六期爲 60 元，十二期爲 108 元。上等半面的廣告價格一期爲 8 元，三期爲 22 元，六期爲 40 元，十二期爲 72 元。普通全面的廣告價格一期爲 8 元，三期爲 22 元，六期爲 40 元，十二期爲 72 元。普通半面的廣告價格一期爲 5 元，三期爲 14 元，六期爲 24 元，十二期爲 44 元。普通級每行廣告價格一期爲 0.5 元，三期爲 1.2 元，六期爲 2.1 元，十二期爲 3.6 元。《司法公報》的廣告收費標準在各公報中屬於最高者之一。

　　《教育公報》教育部主辦，1914 年 6 月北京創刊，月刊。1927 年 2-4 月改為雙月刊，期數另記[1]，但很快停刊。內容「分命令、法規、公牘、報告、紀載、譯述、附錄及專件、演講各門」。因此是既包括官方法規，也包括一般信息的綜合性官報，其自稱「既仿公報之體兼備雜誌之長，為公布文告機關，發展教育道線」[2]。該報負責單位是教育部教育公報經理處。自 1926 年 1 月開始報紙進行了增加材料，改良編輯的改革。《教育公報》的廣告刊登時期分為每一期、半年 6 期和全年 12 期三類。每期廣告價格一頁為 10 元，半頁為 6 元，四分之一頁為 4 元。半年 6 期廣告價格一頁為 54 元，半頁為 32 元，四分之一頁為 22 元。全年 12 期廣告價格一頁為 96 元，半頁為 58 元，四分之一頁為 38 元。《教育公報》每月售價為 0.15 元，半年價 0.9 元，全年價 1.7 元。

　　《外交公報》外交部主辦，1921 年 7 月創辦於北京，1928 年後停刊，共出 82 期，月刊。該報「以外交公開」為宗旨，「分法令、政務、通商、交際、條約、僉載、考鏡、譯叢及專件、附錄十門」。重點著錄外交條約、法規、照會以及駐外使節的任免、呈文和外事活動等；也分別介紹重要的國際組織、國際會議和駐外使館的情況。負責廣告發行的部門是「北京外交部圖書處」。以上四份公報 1926 年價格如下（單位：元）。《外交公報》廣告刊登按所佔版面面積可分為兩面頁、一面頁、半頁和四分之一頁四類。兩面頁廣告價格每月為 20 元，半年為 60 元，全年為 100 元。一面頁廣告價格每月為 10 元，半年為 40 元，全年為 60 元。半頁廣告價格每月為 6 元，半年為 24 元，全年為 60 元。四分之一頁廣告價格每月為 4 元，半年為 18 元，全年為 30 元。《外交

1　據《中國報刊辭典 1815～1949》中記載，其在 1926 年停刊，《1833～1949 全國中文期刊聯合目錄‧增訂本》也記載它在 1926 年的某個時候停刊過，但筆者在 1926 年 11 月 31 日出版的《司法公報》上看到該報作的廣告，並沒有停刊跡象。也就是說到 1926 年 12 月，該刊還在繼續出版，那麼按照《聯合目錄》上記載的 1927 年 2～4 月出過雙月刊，就基本可以確定，其在 1926 年並沒有停刊，只是在 1927 年改出了雙月刊。

2　《司法公報》民國 15 年 11 月 31 日刊登的《教育公報》廣告，第 6 頁。該廣告中還有一語頗為混淆「刊行已逾五載，頗受各界歡迎」，以及「自八年一月起改定售報價目表」。如果是刊行已過 5 年，回推應該是 1921 年的時候創刊的，讓人懷疑可能該刊是另外一家教育公報，但售價更改的時間又是八年一月，也就是說 1919 年 1 月前該刊已經創辦，因此筆者認為，其「刊行已逾五載」一句，或是筆誤？而且說，如果要訂購、或登廣告的話，請與「北京教育部教育公報經理處」聯繫，這又指出了其主辦單位就是教育部。因此可以推定此教育公報為教育部主辦的。

公報》每月售價 0.4 元，半年價爲 2.2 元，全年價爲 4.0 元。四份報紙的售價都隨著訂購時間的延長有一定的優惠。

北洋政府時期其他中央級的政府公報如下[1]：

《商標公報》爲商標局機關報，農商部和商標局發行。1923 年北京創刊，半月刊，登載有關商標的法令，公文及註冊登記的資料等。1923 年 9 月到 1927 年 12 月，共出 124 期；1928 年 2 月到 1948 年 6 月重新出版，刊期另記。曾名《商標局商標公報》和《實業部商標局商標公報》。民國期間商標局原隸屬農商部、後改屬實業部，繼改屬經濟部，後又改屬工商部。該報跟隨商標局也數次改變隸屬關係。

《警察公報》爲京師警察廳機關報，京師警察廳發行。日刊。公布警察機關的法規，公文布告等。

《農商公報》爲農商部機關報，農商部發行。1914 年 8 月 5 日北京創刊，月刊，登農、工、商、礦業經濟的命令，條例，法規和調查資料等。1926～1927 年停刊。

《陸海軍公報》爲陸海軍機關報，陸軍部發行。

《財政月刊》爲財政部機關報，財政部發行。停刊數年。

《航空月刊》爲航空署機關報，北京航空署發行。1920 年 5 月創刊，1927 年停刊。原名《航空》。

《憲政會議公報》爲參議院和眾議院的行政官報，在北京發行。1916 年 9 月創刊，1923 年 4 月停刊，共出 60 期，專門記載北京參、眾兩院討論制定憲法、修改憲法的情況。

地方政府的機構設置基本與中央各部局相對應，因此各級公報大量出現。「其名不勝枚舉，亦時事所要求也」[2]。

四、民國北京政府時期國民黨系統的公報

在與國民黨[3]有關的歷次政府組織更迭中，多屆政府基本上設有公報出版機構，但並不連續。除前期湖北《中華民國公報》南京《臨時政府公報》外，主要還有《軍政府公報》。

1　本數據來源於《支那新聞及通訊機構調查》，日本外務省情報局出版，昭和 2 年（1927年），11 月；以及《1833～1949：全國中文期刊聯合目錄·增訂本》，書目文獻出版社，1981 年版。

2　戈公振：《中國報學史》，生活·讀書·新知三聯書店，1955 年版，第 59 頁。

3　這裡的國民黨只是通稱，包括國民黨，中華國民黨，中國國民黨不同時期。

　　《軍政府公報》。1917 年 9 月 17 日軍政府印鑄局公報處發行，日刊，但時常脫刊，如第 2 號為 9 月 20 日出，10 號和 11 號之間則隔了一周時間。之後也是斷斷續續，所幸拖刊時間不長，出版至 1918 年 5 月 14 日，第 79 期停刊。發行初期並不能保證像廣告中所宣稱的每天出版。內容基本為法規、命令、公電、公函、公文、批示、啓示等。從第 9 期開始有廣告欄，但不是商業廣告，僅為政府的一些公開信息和關於公報發行價目的廣告。如第 9 期開始公報上長期刊登三條廣告，一為「啓者大元帥之電話號碼數如左」，公布了秘書處、參政處副官室庶務科以及衛隊室的電話；二為「本公報現暫以長壽直街第四號廖球記代理發行，凡內地外埠欲購閱本報者，希逕向該店訂購可以，此布」；三為「一，本報每日出版一號；二，訂購一月者定價大洋八角，三月二元三角，半年四元五角，常年八元，須先交報費；三，國內及日本每號郵費半分，南洋美洲各埠郵資酌加；四、零售每號四仙」[1]。該報發行的主要對象為各級政府、官員等。前 11 號全部為贈送，從第 12 號開始，除各行政公署以及各公共團體仍繼續送閱一份外，個人不再贈送——這也是廣告中的一條內容，長期刊登。

　　《陸海軍大元帥大本營公報》。大元帥府雖然在 1923 年 2 月廣州設立，但在軍政府時期，也曾組織過大本營，即 1921 年 12 月 4 日，孫中山為實施北伐親臨桂林組織大本營，下設田桐負責的大本營宣傳處，於 1922 年 1 月 30 日發行《陸海軍大元帥大本營公報》。發行的具體負責部門為大本營文官部政務處第三課。當時公報的印刷質量不高，公報在封二上也有檢討，「啓者，桂林交通不便，印刷事業尚未發達，機器及鉛字諸欠完備，且又屆舊曆年關，手民多以返鄉，本報因急於出版缺點殊多，閱者諒之」[2]。內容為法規，命令，訓令、指令、公文、公電、啓事等。只出版了 1 期。

　　桂林大本營到 1922 年 5 月結束，孫中山回到廣州，遇陳炯明叛變。平叛後，1923 年 3 月，孫文在廣州建立廣東大元帥府。1923 年 3 月 9 日，《陸海軍大元帥大本營公報》作為大本營機關刊物再次出版，刊期另計。大本營的秘書處編輯、發行。1923 年該公報為週刊，共發行 42 期，1924 年的公報，改為旬刊，現僅見 1-12 期。1925 年 1 月 1 日起刊期再次另記，為旬刊，出到

1 秦孝儀主編：《中華民國軍政府公報》，中國國民黨中央委員會黨史委員會發行，民國 65 年 12 月。

2 黃季陸主編：《陸海軍大元帥大本營公報》，中國國民黨中央委員會黨史委員會發行，民國 58 年 10 月，第 0002 頁。

第 14 號止，其中前 13 號定期出版，13 號的出版日期是 5 月 10 日，14 號並未標注出版日期，其發布的命令指令等到 6 月 30 日，因此可以推定其出版在 7 月初。篇幅有 200 多頁，爲平時的 4、5 倍之多。各期公報上刊登命令、訓令、指令法規、宣言、公電、布告等欄，內容十分龐雜，還有各機關的收支帳項、對各級人員請假或辭職的批答，獎敘、優撫等。

公報並沒有嚴格按照封面上的日期編輯發行，常常出現延遲現象。公報發布的某些文件日期竟在公報出版日期之後，如，標注發行日期爲民國 12 年 11 月 23 日發行的公報第 38 號上，刊登了一條「命令」，「派許崇智兼滇粵桂聯軍前敵副指揮」，這條命令發布的時間是 1923 年 11 月 24 日，類似的問題共 115 條之多[1]。這種現象說明公報的出版在時間上並不嚴謹，經常拖後，甚至還出現了 1924 年 2 月 29 日發行的第 6 號公報中，其日期竟然標注爲二月三十日，作爲政府的公報竟出現如此的紕漏，實在不應該。由此可以推測該公報的出版管理並不嚴格。

《中華民國國民政府公報》，1925 年 7 月 1 日在廣州出版，爲廣州國民政府的機關刊物，1928 年後南京政府繼續用該名發行公報，成爲民國時期出版時間最長的政府公報。該報當時由國民政府秘書處編輯，內容主要有法規、命令、指令、訓令、批，附錄等。在廣州市內設有兩處分銷處，一爲新豐街官報印刷局，一爲第七莆國華報。初創期爲旬刊（但 7 月份出了 4 號），出至 1926 年 11 月 30 日，共 52 號。1927 年遷到南京出版，自 5 月 1 日復刊，刊期另記，首加「寧」字，如「寧字第一號」，以示區別，依然爲旬刊（7 月到 9 月僅出 5 期：寧字第七號到寧字第十二號[2]）；自 1927 年 10 月 1 日起又開始重新記數，並從該年 11 月 16 日始改爲三日刊。28 年 10 月再改爲日刊，期數再次另記。直到 37 年 11 月遷都重慶，中間曾於 1932 年 2 月 29 日到 11 月 30 日曾遷到洛陽出版，期數另以洛字開頭重記，12 月 1 日遷回南京後，續自第 992 號。到重慶後該報則以「渝字」開頭重記編號，共出 1051 號（1946 年 5 月 4 日），1946 年 5 月 6 日開始又回南京出版，續上前號自 2512 出版至 1948 年 5 月 19 日 3137 號止。後改爲《總統府公報》，期數另記。該報成爲民國時期最重要的政府公報。1928 年南京政府成立後，改爲國民政府文官處印鑄局出版。

1　李振武：《〈大本營公報〉發行時間質疑》，《廣東社會科學》，2004 年版，149 頁。

2　《1833～1949：全國中文期刊聯合目錄・增訂本》及《中國報刊辭典（1815～1949）》等處記載 1927 年 6 月起改爲三日刊，並不確定。

中國古代報紙即起源於官報，通稱「邸報」。邸報自宋以來形成相對固定的採集、編輯，發布體系，其內容和讀者對象相對穩定；清末以降，官報慢慢引入近代報紙特點，從官方主辦的功能複雜的綜合性報紙慢慢演變成爲功能單一、只發布政府法令規章的具有權威性的政府官報，並具有特殊的管理體制和組織機構。自中央到地方，各級機構數量龐大的各類公報，成爲新聞媒體中重要的組成部分，其確立的公報地位、職能和組織管理規則，一直保持到今天。

第二節　民國北京政府的御用報刊

一、民國北京政府的御用報紙及其分布

除公報體系外，民國北京政府直接創辦報刊或間接地津貼資助報館，爲己所用，以鼓吹輿論擴大自身影響，進而鞏固政治合法性。

早在 1912 年 3 月，袁世凱任大總統之時就資助或創辦御用報紙，爲己所用。其中比較有影響力的如北京的《國權報》《亞細亞日報》，上海《亞細亞日報》接辦上海《神州日報》廣州《時敏報》和長沙《國民新報》等。其中影響較大的是北京的《亞細亞日報》和上海的《神州日報》。據不完全統計，在袁世凱時期直接或間接收受過政府津貼的報紙在 125 家以上，其中影響較大的有北京的《新社會日報》《國華報》《黃鍾日報》《京津日報》，上海《大共和日報》《時事新報》，長沙《大公報》，廣州《華國報》等，袁世凱政府津貼報紙的時間長短不等、金額大小不一，形成了一套從官方到民間、從中央到地方、從補貼到收買的輿論宣傳體系。

民國北京政府在府院之爭白熱化時，爲加強對異己報刊的限制，自 1917年 5 月 26 日起恢復了郵電檢查。張勳復辟失敗後段祺瑞重新上臺，段氏蔑視約法和國會，對言論自由的限禁不亞於袁世凱政府時期。1918 年 10 月 17 日重新頒布了有 33 個條文的內容苛細的《報紙條例》。同時以強硬手段，屢屢封報捕人。如 1918 年 9 月 24 日，北京《國民公報》《晨鐘報》《中華新報》《大中華口報》《亞陸日報》《大中日報》《經世報》和北京新聞交通通訊社等八家報紙和一家通訊社，即因報導了段祺瑞向日本大舉借債的消息就被全部查封，經理、編輯人康心如、張季鸞等被捕。儘管有的報紙還是研究系的言論機關，政治上曾是段政府的盟友，被稱爲「政府黨報紙」，但稍不聽命，也照封不誤。

在西南軍閥控制的地區，報紙報人遭到迫害的事也屢見不鮮。如 1917 年 6 月，廣州《南越報》因反對當局開賭禁，編輯兼發行人李匯泉竟被強行從報館架出拉至街上槍殺。1918 年 6 月 23 日，廣州《民主報》社長陳耿夫也因該報抨擊當局把持財政、破壞護法，被桂系軍閥莫榮新下令逮捕，未經審訊即於次晨槍決。綜計 1916 年底到 1919 年五四運動前的兩年半時間裏，全國至少有 29 家報紙被封，17 個報人遭到監禁和槍決等處分。在北、南軍閥的限禁和迫害下，1918 年底，全國報紙總數由 1916 年底的 289 種，降爲 221 種，減少了 23%。

除暴力鎮壓之外，封建軍閥和官僚也像袁世凱一樣普遍以致送津貼等形式賄買報紙和報人，以建立御用和半御用的代言機關。段祺瑞以 10 萬元鉅款資助創辦北京《公言報》，還津貼《北京時報》天津《大公報》漢口《公論報》等。黎元洪津貼了漢口《國民新報》廣州《華國報》。張勳津貼了上海《國是報》，其餘中小軍閥、官僚們也群相仿傚，四處津貼報紙。如浙督朱瑞、川督陳宧、粵督莫榮新等都在上任之初，廣泛賄買省內外報紙，爲其作鼓吹。湖南都督譚延闓就任後，曾通過省政府向長沙、北京、上海、漢門等地 33 家報紙通訊社，發放津貼各 200 至 10000 元不等。

北洋軍閥系統的御用報紙及相關報人主要有：

北京《公言報》：段祺瑞撥款創辦，安福系的喉舌。1916 年 9 月 1 日創刊於北京，日報。林白水爲創辦人，段祺瑞的心腹徐樹錚出資相助，因此該報一度爲段祺瑞唱讚歌。鼓吹段祺瑞的「武力統一」政策，在「府院之爭」、制定憲法、對德宣戰參加第一次世界大戰等方面爲段祺瑞鼓譟，被稱爲「段氏之影片，段黨之留音器」。林白水因揭露當時政界賄選等醜聞被迫離職。之後由段祺瑞親信王士澄、漢奸黃秋岳及段祺瑞等主持。[1]直皖戰爭中皖系失敗，段祺瑞下臺。1921 年 7 月 1 日，該報被直系軍閥搗毀報館而停刊。[2]

天津《大公報》（王郅隆時期）：1902 年由英華創辦於天津，以敢言直言著稱。1916 年，安福系的王郅隆全面接辦《大公報》，王歷任倪嗣沖安武軍後路局總辦、安福俱樂部常任幹事兼會計課主任、安福國會參議院議員等職，被稱爲「安福財閥」。1920 年 7 月皖系軍閥失敗後·被列爲第一批禍首受通緝，

1 方漢奇主編：《中國新聞事業通史》（第二卷），中國人民大學出版社，1996 年版，第 81 頁。
2 張憲文、方慶秋等主編：《中華民國史大辭典》，江蘇古籍出版社，2001 年 08 月第 1 版，第 460 頁。

遂流亡日本。1923 年 9 月 1 日死於日本關東大地震。王接手《大公報》後自任董事長，聘胡政之任經理兼總編，積極鼓吹安福系親日賣國路線，爲讀者不容，最後只能在租界範圍內銷行，《大公報》此時走向衰敗。1923 年，王郅隆死於日本關東大地震，該報於 1925 年 11 月停辦。[1]1926 年，胡政之與張季鸞、吳鼎昌以新記公司的名義接手續辦《大公報》，迎來最輝煌的歷史時期。

漢口《國民新報》：1912 年 4 月 20 日創刊於漢口，日報，對開 8 版。李華堂主辦，袁世凱親信陳宧大力資助。[2]陳宧時任川督，收買該報爲其在省外的宣傳喉舌，並且李華堂接受津貼，成爲四川駐漢辦事處處長。後來李華堂又利用該報通過鄂督王占元的門路擔任湖北財政廳長。[3]許止競、朱鳳岩等編撰。旨在「注重民生，維持社會」，「下達輿情，上匡政府，造福和平，共保安寧」。擁護袁世凱、黎元洪。在「二次革命」期間曾捏造不利於革命的不實新聞，打擊革命勢力，誤導民眾。因而得到黎元洪的嘉獎，該報每月接受黎津貼五千元，爲其鼓吹宣傳。[4]1926 年 10 月後被北伐軍以逆產之名沒收，資產由《漢口民國日報》社接收。[5]李振，即李華堂，湖北應山人，主辦漢口《國民新報》，是北洋軍閥袁世凱親信陳宧的侄婿，其在辦報時曾得到陳宧的大力資助。由於接受津貼，進而擔任了川督陳宧的駐漢辦事處處長。後來又利用該報走上了鄂督王占元的門路，當上了一任湖北財政廳長。

《國民公報》：國會請願同志會機關報。1910 年 7 月創刊於北京，日報。社長文實權，主編徐佛蘇，孫幾伊等任主筆，黃與之、吳錫嶺等任編輯。促成實施憲政，召開國民大會爲報紙主要訴求。1911 年 5 月轉讓給徐佛蘇個人經營，梁啓超、黃遠生撰稿。擁護袁世凱，反對革命黨，曾接受黎元洪津貼資助。五四運動中，由孫伏園主編副刊。1919 年 10 月 25 日因觸怒段祺瑞被查封。[6]

1 方漢奇主編：《中國新聞事業通史》（第二卷），中國人民大學出版社，1996 年版，第84 頁。
2 田飛、李果：《尋城記·武漢》，商務印書館，2012 年 7 月，第 316 頁。
3 方漢奇：《中國近代報刊史》，山西教育出版社，1991 年 11 月，第 729 頁。
4 唐惠虎、朱英主編：《武漢近代新聞史上卷》，武漢出版社，2012 年 12 月，第 300頁。
5 張憲文、方慶秋等主編：《中華民國史大辭典》，江蘇古籍出版社，2001 年 08 月第1 版，第 1187 頁。
6 張憲文、方慶秋等主編：《中華民國史大辭典》，江蘇古籍出版社，2001 年 08 月第1 版，第 1172 頁。

漢口《公論報》：辛亥革命前在武漢地區出版的重要報紙之一。[1]1889 年漢口創刊，李涵秋主編，後由江漢關職員宦誨之接辦。該報言論傾向於政府當局，有「官報」之稱。曾接受段祺瑞津貼資助。1907 年後改名為《公論新報》繼續出版。

廣州《華國報》：進步黨機關報。1912 年創刊於廣州。創辦人及發行人馬名隆，張鏡藜、胡伯孝、林粲予等歷任編輯。該報為進步黨政治喉舌，鼓吹中央集權，擁護向各國大借款，連載進步黨擬定的《憲法草案》。曾得到黎元洪一千元的津貼資助。初期以大膽直言為主，攻擊官僚腐化，屢被停版。1916 年發表林粲予《大盜移國論》，抨擊復辟帝制，被勒令停刊兩周。復刊不久即停刊。[2]

上海《國是報》：康有為創辦於上海麥家圈交通路。竭力主張尊孔崇儒，支持張勳復辟，而張勳給予該報津貼以資宣傳。[3]張勳復辟時給予該報津貼支持。

北京《黃報》：薛大可（原為《亞細亞日報》總編輯）創辦的一份小報。段祺瑞為執政首領期間創刊於北京順治門大街。日出一大張，印刷乾淨，言辭出色，論評激烈，銷路甚佳。薛曾向張宗昌尋求津貼以資助《黃報》，也曾接受段祺瑞津助，後因段政府取消津貼，無經費來源，不久之後就停辦。該報總編輯周某，名字不詳，湖北人，北大畢業，文筆敏捷，堪稱當時的報界能手。[4]

《北京日報》：原名《北京報》，1904 年 7 月創辦於北京，1905 年（光緒三十一年）8 月 16 日改為本名。由廣東人朱淇主辦，朱淇曾先後向北洋政府的外交部、交通部等機關和安福系等政客派系索取津貼，以此為輿論所不齒。張展雲、楊小歐擔任編輯。每日可以發行一份以政治新聞為主要內容的報冊。1916 至 1920 年，該報以信息時效性著稱，可以最快速度刊發新聞，並且得到交通系首領梁士詒的關照使其有不菲的廣告費收入，每月五條鐵路廣告使其可以支撐整個報社的運轉，幾乎成為該報固定的經費來源。同時該報附印消

1 唐惠虎、朱英主編：《武漢近代新聞史》（下卷），武漢出版社，2012 年 12 月，第545 頁。
2 張憲文、方慶秋等主編：《中華民國史大辭典》，江蘇古籍出版社，2001 年 08 月第1 版，第 712 頁。
3 何黎萍、李仕編：《正說清代風雲人物》，九州出版社，2008 年 1 月，第 186 頁。
4 全國政協文史資料委員會編：《昔年文教追憶》，中國文史出版社，2006 年 5 月第 1版，第 7 頁。

閒錄一張，重點打造社會娛樂，八卦瑣聞及名人風流韻事，主顧爲上層社會有閒有錢的人士，對一般讀者也有較大吸引力，因此該報一路暢銷。到了段祺瑞執政時，對該報雖特予資助，爲時不久又取消。同時隨消閒錄停刊，報上的新聞也趕不上其他大報，銷路就銳減了。後該報經濟拮据，又與其他不相關的數家報館聯合起來，共編一張政治新聞，換過報頭，各印數百份專送機關、鐵路局，搞點廣告收入支持局面，這樣的局面持續不久即停刊。[1]目前所見最後一期爲 1933 年 10 月 1 日的第 10732 號，藏北京圖書館等處。

《漢口中西報晚報》：1913 年 5 月 15 日創刊。王華軒主辦，王是有名的報刊實業家，當時的《漢口中西報》和《漢口日報》也皆爲王所辦，三報鼎足而居，稱雄一方。《漢口中西報晚報》爲湖北第一家晚報，開啓報紙辦理晚報的先河。[2]在「二次革命」期間曾捏造不利於革命的不實新聞，打擊革命勢力，誤導民眾。因而得到黎元洪的嘉獎，該報每月接受黎津貼五千元，爲其鼓吹宣傳。[3]

《漢口新聞報》：漢口最具影響力的商業報紙。1914 年 5 月 28 日創辦於漢口一碼頭致祥里。最初名爲《新聞報》，爲避免與上海《新聞報》混淆前加「漢口」二字。原《大江報》廣告發行人張雲淵任社長，鳳竹蓀主持編務。該報初期日出 3 大張，日發行量約 2500 份，後因廣告業務興隆，增至 4～5 大張。當地多個富商巨賈均參與投資，該報成爲漢口資本家附股經營和版面最多的一家商業報紙。每日國內新聞佔據三個版面，湖北省內的新聞內容佔據一個半版面。欄目豐富龐雜，闢有新評、緊要新聞、各省新聞、叢錄、專電、外評、譯報等欄目。該報曾一度爲日本領事館所控制，暗中爲日本進行宣傳，在親日的段祺瑞庇護和日本的支持下發行二十多年，1938 年 7 月停刊。[4]

《庸報》：華北地區有影響力的大型日報。在當時天津刊行的對開大報中，《庸報》僅次於《大公報》《益世報》而位居第三位。1926 年 6 月創刊於天津。創辦人是董顯光，曾任國民黨中央宣傳部副部長。王鑪冰擔任經理，

---

1 全國政協文史資料委員會編：《昔年文教追憶》，中國文史出版社，2006 年 5 月第 1 版，第 7 頁。

2 劉望齡：《黑血・金鼓：辛亥前後湖北報刊史事長編 1866～1911》，湖北教育出版社，1991 年 4 月，第 362～363 頁。

3 唐惠虎、朱英主編：《武漢近代新聞史》（上卷），武漢出版社，2012 年 12 月，第 300 頁。

4 袁繼成：《漢口租界志》，武漢出版社，2003 年 12 月，第 320 頁。

邰光典擔任總編輯，姜希節、王芸生、秦豐川等人任編輯。《庸報》創辦時，董顯光接受了直系軍閥吳佩孚的資金兩萬元，為投合吳「尊孔崇孟」的取向，該報按儒學中庸之道取名「庸」，並且間或封建儒家思想內容逢迎吳的心意。[1]該報將時事新聞放於頭版吸引讀者，放棄過去以社論和廣告為主打的排版，在當時報界引起轟動。1927年，經理王鏤冰離任，總編輯邰光典沉迷毒品，報社內部組織渙散，董顯光尋求史量才幫助，該報成為上海《申報》在天津分館，蔣光堂出任總經理，此後《庸報》的經營管理和編輯發行按《申報》模式運行。1935年，被日本在津特務機關以五萬元價格通過他人予以收買，漢奸李志堂出任社長，張遜之出任副社長實為日本情報人員，《庸報》成為日寇在華御用報刊。1937年「七七」事變後，改組成為日本北支派遣軍機關報，大矢信彥、板本楨年分任社長和總編輯，宣揚「大東亞共榮圈」與「中日提攜」。另出北平版。主要由日本同盟社和汪偽政權的中華通訊社供稿，一般不用外稿。發行強迫「按戶派訂」。1944年4月1日由管翼賢主持，改名《天津華北新報》，只在天津範圍內發行。抗戰勝利後，《庸報》1945年8月停刊。[2]

《東方時報》：英人辛博森發行，係由張作霖出資，由奉系軍閥操控。1919年在北京創辦，英文刊行，第一次直奉戰爭時因奉系失敗而停刊。第二次直奉戰爭時奉系獲勝，該報在天津東浮橋小洋貨街復刊，前東北教育部長的劉治乾主持。英文《東方時報》後由四川人吳昆如接辦，改為漢文版，吳與奉系楊宇霆有關係，接辦後大加整頓，著名報人王小隱為總編輯，吳秋塵編輯副刊「東方朔」，薛不器編輯要聞，吳雲心主持發行業務。1924年，該報記者就建國政策等問題採訪孫中山。1928年皇姑屯事件後張作霖被謀殺，該報因後臺倒塌而停刊。[3]該報副刊《東方朔》在當時風靡一時，頗受追捧。

《中華新報》：1916年創刊於廣東，發行人高鐵德，社長容伯挺。容伯挺以同盟會員資格，曾獲選為廣東第一屆議會議員。陳夢生、鄧警亞、陳覺是、沈瓊樓等為編輯和撰述。該報的創辦資金來源為華僑資金的捐獻。曾投

---

1 馬藝等：《天津新聞史》，天津人民出版社，2015年5月，第369～370頁。

2 張憲文，方慶秋等主編：《中華民國史大辭典》，江蘇古籍出版社，2001年8月第1版，第1677頁。

3 中國人政治協商會議天津市委員會文史資料研究委員會，《天津文史資料選輯》第18輯，天津人民出版社，1982年01月第1版，第52～53頁。

靠桂系軍閥，接受時任廣東督軍莫榮新的宣傳費津貼，作爲桂系喉舌。第一次粵桂戰爭中 1920 年援閩粵軍回師廣東打入潮梅後，該報爲保全自身安危，盡量報導處於戰爭優勢的粵軍戰況，對桂系軍閥戰敗的消息選擇不予刊登，故桂系軍閥潰敗標封全城報紙時，《中華新報》未能幸免。10 月 29 日，粵軍進入廣州，夏重民等人接收《中華新報》，全面改動，並更名爲《中華晨報》。[1]

《東三省民報》：張作霖發起創辦。1922 年 10 月 20 日在奉天創刊。宋大章、趙鋤非、羅廷棟、陳溥賢、趙雨時先後擔任社長。每日出版兩大張、定價大洋一角，報社地址在奉天大南里文廟胡同。[2]闡發三民主義，強調挽回主權，發展經濟解決國計民生，提倡民族文化，以維護東北利益的民族主義立場反對日本的帝國主義統治，揭露日本侵華野心。1924 年與日寇在華御用報紙《盛京時報》就文化侵略問題展開論戰，該報反對日本的文化殖民。初由東三省民治促進會主辦。1925 年，該報連續多次刊登「日本侵略滿洲史」，後因日方刁難被迫終止。五卅慘案發生後，該報對帝國主義殘殺上海工人的全過程加以報導，積極聲援上海工人運動。九一八事變後由漢奸趙欣伯接辦，改名《民報》，爲日本侵華做辯護，兩年後停刊。[3]

另外，由於政權更迭和政局多變，北洋政府對輿論的收買不再是長期性的，而多是爲了救急臨時爲之。1923 年 12 月，據邵飄萍在《京報》載文《應徹底根究有關報界之新聞》所述，日本電報通訊社日前發布消息，指出北洋政府因「金佛郎案」欲收買輿論，12 月 4 日晚「在東城三條五號某宅，邀約某報記者密談至三小時之久。對於收買京內外報社，預定三十家，月給津貼三萬五千元。對於某社每月另撥補助費四千元。如駐京某報記者，某某通信社，某日報，被其收買者，已有十八家。其津貼數目，自一百元至千元不等」。北洋當局用這種手段鼓動輿論，以期第二年春天通過「金佛朗案」解決政府危機。在數量上，1922 年交通部津貼各報館的金額達十二萬五千元多。1925年，段祺瑞政府參政院等六單位一次撥出 2 萬元「宣傳費」，津貼報館 125 家，每家 50 到 300 元不等。另據 1925 年 11 月 19 日的北京《晨報》統計，當時有

1 廣東省地方史志編纂委員會編：《廣東省志·新聞志》，廣東人民出版社，2000 年 11 月，第 44 頁。
2 梁利人主編：《瀋陽新聞史綱》，瀋陽出版社，2014 年版，第 15 頁。
3 張憲文、方慶秋等主編：《中華民國史大辭典》，江蘇古籍出版社，2001 年 8 月第 1 版，第 519 頁。

四個等級、共一百多家京津報館接受了北洋政府六大機關贈送的「宣傳費」，基本上涵蓋了當時稍具影響的報紙，引起社會的極大震動。據報導，提供津貼的六個機關是參政院、國憲起草委員會、軍事善後委員會、財政善後委員會、國民會議籌備會、國政商榷會。

二、政府對御用報紙的控制與利用

反袁運動勝利後，社會上擁護共和的情緒高漲，北洋軍閥畏於聲威在政治上恢復《臨時約法》恢復國會，報界獲得短暫的弛禁。各派軍閥在言論自由方面或暫時有所收斂，或稍微做開明姿態。1916 年 7 月 6 日和 8 日，北京政府內務部都先後兩次通咨各省區：「現在時局在宣達民意，提攜輿論」，前此查禁各報「應即准予解禁」，「一律自可行銷」。曾被停郵和查禁的《民國雜誌》《民信日報》，《民國日報》《救亡報》《覺民日報》等 21 家報刊宣布解禁，也恢復出版了《國民公報》等報刊，並在 8 月創辦了《晨鐘報》以加強政治宣傳，向記者發布消息的國務院新聞記者招待所也恢復了。到 1916 年底，報刊比前一年增加了 85%，全國其有報刊 289 種，新聞出版事業似乎出現了一線轉機。

新聞出版行業的短暫復蘇跡象沒有持久，旋即便陷入更大的蕭條。1917 年 3 月，張勳復辟後，段祺瑞專權，袁世凱時期的新聞界高壓政策捲土重來，實行言論禁錮政策；再加上北洋政府的皖系、直系，奉系等各系軍閥相繼執政，各種政治勢力你爭我奪，明搶暗鬥，從屬於各種致治勢力的報人、報刊和整個報界，政策高壓，怪象橫生。

（一）賄買報紙，以為己用

早在袁世凱時期，袁政府就為裝點門面而四處拉攏賄買報人報紙。據不完全統計，直接或者間接接受袁世凱賄買的報紙總數在 125 家以上。北京的《國華報》《黃鍾日報》《新社會日報》《國權報》《津京時報》《大自由報》，上海的《大共和報》《時事新報》，長沙的《大公報》檀香山的《華興報》，以及廣州的《華國報》等，不同程度的接受過袁世凱收買。收買方式多種多樣，有的是一次付給鉅款，有的是長期發放津貼，有的則僅是零星的施捨。在這方面，袁世凱不惜血本，奉派去上海代他收買報紙的人一次就攜款 30 萬元。代他去北京某報「商情轉移論調」的一出手就是 10 萬元。由此培養了一批奴才報人報紙為其歌功頌德，以粉飾太平。

　　到北洋軍閥統治時期，不少報紙接受津貼淪為軍閥、官僚政客的喉舌。從中央到地方的各派軍閥官僚政客，也紛紛以津貼賄買報紙為自己鼓吹。如黎元洪之於漢口的《國民新報》天津的《大公報》漢口的《公論報》廣州的《華國報》，段祺瑞之於北京的《北京時報》天津的《大公報》漢口的《公論報》，張勳之於上海的《國是報》。張勳復辟時，全國輿論譁然，紛起聲討，唯有上海《國是報》繼續為他捧場，直到印刷工人出來抵制，「誓不再為排印」才罷休，就是一個例子。

　　除了以上這些在全國範圍內有影響的大軍閥大官僚大政客外，一些盤踞在地方獨當一面的中小軍閥官僚政客們，也極力以津貼的方式賄買報紙，為自己做宣傳。朱瑞就任浙督後，除派私人攜巨金到到北京辦報外，「杭滬各報，多以賄買」。陳宦就任川督後，就立即命令督府軍需課按月給省城某些報紙發放津貼，同時賄買了後期的漢口《國民新報》，充當自己在省外的喉舌。唐繼堯在取得護國戰爭勝利後，為了擴充勢力於省外，立即匯出大洋一萬元，資助省內一些人在北京辦報。桂系軍閥莫榮新擔任粵督後，也通過他的參謀長郭椿森，按月給容伯挺在省城主板的《中華新報》方法「宣傳津貼」，是這個報紙成為他在廣東的代言機關。在這方面，多次出任湖南督軍兼省長的譚延闓，從他初任湖南都督那一天起，就十分重視賄買報紙，曾經通過湖南省政府，向長沙、北京、上海、漢口等地的三十三個新聞單位（包括二十七家日報，三家期刊，三家通訊社）發放過津貼，沒加收受津貼的數字自二百元至一萬元不等，使他的喉舌，遍於國內。

　　由於津貼賄買成風，落魄之文士政客，甚至不少資產階級報人視報紙為鑽營敲詐之事。例如主辦《北京日報》的朱淇就以到處伸手著名，曾經先後向北洋政府的外交部、交通部等機關和安福系等政客派系索取津貼，只要有權勢的軍閥官僚，誰出錢，就為誰幫腔，以此為輿論所不齒。在廣州，有的報紙竟公然為煙館作掩護，藉以牟取暴利。其做法是騰出報社的一部分館舍，以高價租給鴉片煙館，作為秘密營業地點，用報社的招牌掩護煙民吸食鴉片。據有人統計，在廣州出版的三十六家報紙中，就有二十多家以此為業，報館賣鴉片成為公開的秘密。至於利用報紙進行敲詐勒索的事件，更是司空見慣。由於和軍閥們來往密切，不少資產階級文人還把辦報作為夤緣奔競的終南捷徑。例如《國聞新報》的李振，由於接受津貼，進而擔任了川督陳宦的駐漢辦事處處長。後來又利用這個報紙搭上了鄂督王占元的門路，當了湖北財政廳長。由辦報而被擢任縣長、局長的，更是數不勝數。

相關報紙接受津貼情況如下表[1]：

名　稱	已　准	已　發	說　明
中華民報	10000 元	10000 元	都督令
民國日報	10000 元	10000 元	都督令
長沙日報	5000 兩（特別津貼）	5000 兩	都督令
湖南政報	500 元	500 元	都督令
湖南編譯社	200 兩	200 兩	都督令
亞東新報	10000 元	10000 元	都督令
上海軍中白話宣布書	5000 元	5000 元	都督令
湖南民報	1000 元	1000 元	都督令
中國日報	1000 兩	1000 兩	都督令
湘漢新聞	1000 兩	1000 兩	都督令
實報	400 兩	400 兩	都督令
警察巡報	400 兩	400 兩	民政司擬議都督批准
司法巡報	400 兩	400 兩	民政司擬議
法學雜誌	2000 元	2000 元	都督批准
黃漢新聞	2000 元	2000 元	都督令
天民報	2000 元	2000 元	都督股票一紙
湖南公報	2000 元	2000 元	都督令
鐵道日報	500 兩	500 兩	都督令
東西雜誌	3000 元	3000 元	都督令
湖南商報	3000 元	3000 元	都督令
實業叢報	2000 元	2000 元	都督批准
天鐸報	2000 元	2000 元	司長條示照發
民國日報	2000 元	2000 元	都督令
實業公報	5000 兩	5000 兩	都督批准
實業雜誌	500 兩	500 兩	都督批准
自治旬報	400 兩	400 兩	都督批准

1　據方漢奇先生在《中國近代報刊史》中記載，當時上海報紙刊登的湖南省政府《各報館津貼一覽表》，說明有二十七家報紙，三家雜誌，三家通訊社經常接受該府津貼。參見方漢奇著：《中國近代報刊史》（下），山西教育出版社，2012 年 6 月，第657 頁。

邊事白話報	400 兩	400 兩	都督批准
女權日報	1000 兩	1000 兩	都督令
沅湘日報	3000 元	3000 元	都督令
北京新聞社	1000 元	1000 元	都督緘司照撥
東亞新聞社	5000 兩	5000 兩	都督令
軍民日報	5000 兩	5000 兩	都督令
軍國日報	10000 兩	10000 兩	都督令

（二）資產階級政黨報紙言論虛偽

此時的資產階級政黨報紙名聲江河日下。政黨政治和政黨報紙經過烏煙瘴氣的表演，已經名聲狼藉。國民黨、進步黨兩大黨，經過袁世凱專制風雨的襲擊，也已七零八落，陷入解體。袁世凱死後，基於廣大群眾厭倦政黨政治的心理，社會輿論包括租界，普遍地批評政黨。進步黨人和國民黨穩健派也都標榜「不黨主義」，高唱「拋開常見」、「通力合作」，但國會一開仍然黨派林立。不過，兩黨均不再以原黨的名義出現，而是以結「社」集「會」乃至成立「俱樂部」的形式、組成「無形政黨」。原進步黨以梁啓超爲首的「憲法研究同志會」和湯化龍爲首的「憲法案研究會」（後合併爲「憲法研究會」，人稱「研究系」）。舊國民黨人分分合合，先後組成過「客廬派」等。張勳復辟失敗，段祺瑞重新當政後，段派議員還組織了御用政黨「安福俱樂部」，時稱安福系。這些政黨比起原先的進步黨和國民黨還不如。不久就成了以黎元洪爲代表的總統府和以段祺瑞爲代表的國務院之間相互鬥爭的工具。

上述黨派或明或暗掌握著一些言論機關。梁啓超的「研究會」擁有北京《國民公報》等報，湯化龍 1916 年 8 月創辦《晨鐘報》，舊國民黨演變的各派系控制著北京《中華新報》《東大路民報》等報。「安福系」則擁有北京的《公言報》天津的《大公報》等，這些報紙淪爲軍閥、官僚和政客們的喉舌和工具，不僅《公言報》被認爲是段政府的御用報，就是研究系的《晨鐘報》，由於執行擁段的路線，也被稱爲「政府黨報紙」。《甲寅日刊》的主持人章士釗則站在總統黎元洪一邊，「日與達官貴人往還，腦筋不能自制，社事日廢弛，主張日乖謬」，大搞政治投機，報紙上的言論繁複無常。像對德絕交問題，該報始則帶頭反對，不十日忽又改爲贊同，因而遭到讀者的非議。政學系的北京《中華新報》也「不脫個人利害之關係之支配，未見其有光明痛快的主張

態度」。[1]這些報紙既接受黨派、官僚、政客控制，又要遮遮掩掩標榜不黨，「立論巧黠異常，凡挾不可告人之隱而有所記載，必爲光明正大態度以出之」，表現得非常虛僞。

（三）殘酷迫害報人報業

民國北京政府從 1917 年 5 月 26 日起實行新聞郵電檢查。1918 年 10 月又頒布《報紙法》。在 1916 年底到 1919 年五四運動前的這 4 年內，封報、捕殺報人的事件仍然層出不窮。主要事件如下：

1916 年 11 月 22 日，北京《公言報》以揭載北洋政府擬向美國秘密借款五百萬美元消息，被控洩漏機密，發行人黃希文、編輯人王德如被捕。

1917 年 3 月，北京《國風報》以「抨擊段祺瑞太過激烈」，被判罰款。

1917 年 5 月 18 日，北京英文《京報》記者陳友仁以揭露了段祺瑞與日本政府商借鉅款的消息，被警廳逮捕，旋以「妨害公務」罪，判處徒刑。

1917 年 6 月，廣州《南越報》以反對開賭，觸怒地方當局，編輯兼發行人李匯泉被捕，不經審訊，即被槍殺。

1918 年 6 月 23 日，廣州《民主報》記者、國民黨員陳耿夫以攻擊當局把持財政，破壞護法，被桂系軍閥莫榮新逮捕，次晨六時以「故爲挑撥軍心」罪名，押赴刑場槍決。

1918 年 7 月 7 日，長沙《大公報》《正義報》以刊載馮玉祥部在常德宣布獨立的消息，被湘督傅良佐封閉。《正義報》經理杜啓榮判刑三年六個月，《大公報》罰停二十天。

1918 年 9 月 24 日，北京新聞交通社及《晨鐘報》《國民公報》《大中報》《中華新報》《經世報》《大中華日報》《民強報》《亞陸報》等八家報紙和一家通訊社，以揭露段祺瑞政府向日本方面舉辦滿蒙五路大借款的消息，被京師警察廳以「破壞邦交，擾亂秩序，顛覆政府」罪名予以查封，經理編輯人康心如、張季鸞等被捕入獄。

爲了抗議封建軍閥的這種限禁和迫害，不少資產階級報刊曾經進行過鬥爭。例如廣州各報曾經在陳耿夫被害後的第二天聯合自動停刊一天，以譴責當局的這一暴行。福州的《心聲報》還曾以發表宣言宣布自動停刊的辦法，

1　《北京新聞界之因果錄》，《民國日報》1919 年 1～2 月連載，參見楊光輝，熊尚厚等，《中國近代報刊發展概況》，新華出版社，1986 年版，第 173 頁。

來控訴當局對報紙的迫害和抗議言論出版的不自由。但是都不可能有任何結果，整個新聞出版事業仍然處於被禁錮的狀態。

（四）多數報紙的館舍和編輯出版條件十分簡陋

「鼎革後，人民漸知報紙之用，各黨遂均以儘管寶爲培植勢力之法」[1]。於是，北京各地大量創辦發行報紙，然而除了《申報》《新聞報》《時報》等老牌報紙和經費比較寬裕的幾家大報外，多數報紙出版條件簡陋。這些報紙一般只要籌集三四百元經費，能夠應付一兩個月的資金流通，就宣布創刊。「多數報紙既無機器以印刷，又無訪員之報告，斗室一間，即該報之全部機關，編輯僕役各一人，即該報之全體職員，印刷則託之印字局（以每日一千份計，每月之印刷費一大張約需 150 元，兩大張約需 200 元）。由此觀之，凡具數百元之資本，即可創設報館」[2]。北京一地是報紙略況實則全國報業之縮影。上海多數報紙的條件也十分簡陋。時出現稱爲「馬路小報」的報紙，這些報紙「有報無社」，往往「出版之前夕，在旅館開一房間，作爲臨時主筆房，……以報費收入，即充印刷紙張之需，印多印少包與印刷者，廣告費作爲執筆者潤筆，發行所則在四馬路拐角報販攤上」[3]，連報館都沒有。

報紙的編輯工作人員很少，一般只有三五個人至十幾個人，多數報業從業人員一人而數任，所以主編一旦被捕或被傳訊拘押，報紙就得關門。在發行上，一兩萬份就已經是當時報紙的最高銷數。一般只有千分或幾百份，如下表所顯示，北京地區北洋軍閥派系所創辦的報紙，沒有發行量上萬的報紙，多數在一兩千份。最少的只有兩份：一份交警察局備案，一份在自己門口張貼。這一類報紙，往往是用北京地區北洋軍閥派系所創辦的報紙的辦法，即利用另一份報紙的現成版面只換一個報頭的辦法，印製出來的。目的是爲了向出錢辦報的人交差。北京、上海、廣州都曾經有過這類報紙。僅廣州一地，見於記載的就有《南方報》《商權報》等兩家。前者是用《民權報》的版套印的，後者是用《總商會新報》的版套印的，「其發行地點雖分爲二，而編輯印刷則實同一機關」[4]。

1　熊少豪：《五十年來北方報紙之事略》，載楊光輝，熊尚厚等：《中國近代報刊發展概況》新華出版社，1986 年版，第 434 頁。
2　同上。
3　景學鑄：《報界舊聞》，1940 年《新聞學季刊》第一卷第二期。
4　《廣東之報界》，1915 年 2 月 6 日《申報》6 版。

對各派系報紙的介紹如下[1]：

報　名	性　質	社　長	主　筆	備　註
黃報	純粹直魯聯軍機關報	薛大可	蔡建生、胡霖藩	日刊四頁，發行 3000，直魯聯軍機關報，對盟軍的戰況報導比較誇大，對將領的活動報導比較敏捷。1920 年 9 月 5 日創刊，奉天派機關報
鐵道時報	交通部	李警呼	李晚璞	1916 年 5 月創刊，發行 600 份，主筆魏新斆，發行人李所年；交通部出資 5000 元，每月補貼 1000 元，本報 4 頁，全部四號活字。
輿論報	民黨系	陸少游、侯疑始	王蘷清	1922 年創刊，日刊四頁外加附錄，發行約 1000，現在受山東派補助，爲直魯聯軍機關報。袁世清出資 850 元
北京時報	山東派			日刊 4 頁，發行 500 以內，張宗昌機關報
日知報	擁護政府	王薰午	李田文	1919 年創刊，日刊 4 頁，發行 800，曾爲交通系機關報
大義報	國務院	宋吾我	吳哲懷	1912 年 5 月創辦，發行人劉星吾，宋出資 3000 元
民國公報	安福系	羅毅夫	羅毅夫	1918 年創刊，發行 3000，安福系俱樂部出資 4000 元，操縱者王輯唐。
津京時報	安福系	汪立元	金逢時	汪出資 1000 元，浙江人，官僚出身，安福系執政時得勢。
鐵道時報	交通系	魏邦珍		日刊四頁，發行 800，交通系機關報，交通部每月補助，讀者中有若干鐵道從業者
北京報	營業本位	任振亞	徐伯動	1919 年創刊，日刊發行 1000，與直隸總督吳佩孚有特殊關係，有下層階級讀者
公報	安福系			安福系機關報，發行數量達 2000，現爲全面振興階段。

---

1 根據 1926 年 9 月 5 日日本南滿株式會社發行的《支那新聞一覽表》和 1927 年 11 月日本外務省情報局做的秘密調查《支那新聞及通訊社機構調查》整理而成。該表爲北京地區北洋軍閥派系所創辦的報紙，其中，我們可以看出，報紙的發行量和資金都比較少。

實事白話報	營業本位	戴蘭生	何卓然	1918 年 9 月創刊日刊發行 8000，曾為研究系機關報，現脫離，白話，下層讀者多，現存白話報中最老。
北京晚報		劉煌	陳冷生	1920 年創辦，發行約 5000，交通系機關報，現受銀行界智齒
世界晚報	民國軍系	成平	吳前摸	1924 年創刊，發行約 4000，吳景濂一派出資
正言晚報	山東軍系	陸少游	李定壽	日刊，發行 3000，受山東補助，張宗昌機關報

第三節　民國北京政府時期的地方官報

一、比較重要的地方官報

　　民國北京政府時期的各級公報系統比較發達，名目繁多，發布公報成為一級政府部分日常工作內容。據不完全統計，當時國內各級公報出版超過百種以上，從地區上看，全國共有京、津、滬、直隸、山東、陝西、河南、福建、廣東、廣西等 18 個省市出現了官報，而東北地區尤為完善；從內容上看，以教育、財政、實業和政府綜合性官報為主，其中教育官報數量最多。其中比較重要的如下表。

表 2-8：其他比較重要的公報列表[1]

名　稱	時　間	地點	創辦部門	備　註
四川政報	1912 年 8 月 29 日	成都	四川軍政府	原名為《四川都督府政報》，不定期。
農林公報	1912 年 8 月	北京	農林部	半月刊，最後一期出版於 1913，24 期。
安徽實業雜誌	1912 年	安慶	安徽省政府	創辦不久停刊，1917 年 5 月 10 日復刊，省政府關於經濟實業的命令、公函等。
貴州實業雜誌	1913 年 1 月		貴州實業司	論文，電文、公牘，調查報告等。月刊。

1　本數據來自王檢林、朱漢國主編：《中國報刊辭典（1815～1940）》書海出版社，1992年版。轉引自王潤澤：《北洋政府時期的新聞業及其現代化》61～67 頁。

國民	1913 年 5 月	上海	交通部機關報	僅出兩期。
山東實業報	1913 年 5 月	濟南	山東行政公署實業司	月刊，有法令、公牘、調查等 10 個欄目。
國會叢報	1913 年 6 月	上海	中華民國國會機關報	月刊，內容有法律等。
雲南實業雜誌	1913 年 7 月	昆明	雲南行政公署實業司機關刊物	月刊，內容有文牘、專件、報告等。1916 年 11 月改名《雲南實業週刊》，1917 年 1 月又改名《雲南實業要聞週刊》。
江蘇教育行政月報	1913 年 11 月	南京	黃炎培，江蘇省行政公署教育司	月刊，內容有法律、命令、文牘等。
湖北公報	1913 年	武昌	湖北省政府公報局	月刊，內容有文牘、命令等，1924 年停刊。
秦中公報	1913 年	西安	陝西省公署機關報	月刊，內容有命令、公牘等，1925 年停刊。
海關華洋貿易統計總冊 海關中外貿易統計年刊	1913 年	上海	上海海關總稅務司統計科編印的統計資料。	1948 年停刊。
廣西教育公報	1915 年 1 月	南寧	地方性官辦教育刊物	月刊，設有公牘，報告，記載等欄。
廣西公報	1912.1～1913.12	南寧	廣西公署	週刊。
廣西公報	1926～1929	南寧	廣西省政府	旬刊。
貴州政治公報	1915 年 1 月	貴陽	貴州省政府政務廳機關報	中央、本省通令及選錄。「本省各官署通行文件除用文書特別宣布外，均在該刊公布」。1915 年 5 月停刊。
實業淺說	1915 年	北京	農商部主辦的經濟刊物	初為週刊，後該為半月刊。
湖北財政	1915.6～1933		湖北省財政廳	季刊。
湖北交涉署交涉節要	1916 年 8 月		湖北交涉使署主辦	月刊。

憲法會議公報	1916 年 9 月	北京	參議院、眾議院的行政官報	刊期不詳。專載參、眾兩院討論制定憲法的情況。
江蘇省議會匯刊	1916 年	江蘇鎮江		不定期。內容包括江蘇省地方議會歷次會議的記錄、決議、以及與國內各省地方議會見的公函，文箚等。
雲南實業週刊	1916～1917 年	昆明	雲南省行政公署政務廳	共出 100 期。
雲南實業雜誌	1913～1915 年	昆明	雲南省行政公署實業司	
雲南實業要聞週刊	1916.11～1920.4	昆明	雲南省長公署	
雲南財政公報	1925.12～1929.4	昆明	雲南省財政廳	
雲南教育雜誌	1912.6～1923 年	昆明	雲南省教育總署	不定期。
安徽教育	1918 年 1 月	安慶	安徽省教育廳機關報	月刊，1929 年改半月刊。
廣州市政公報	1921 年 2 月	廣州	廣州市市政府	旬刊。
實業來復報	1922 年 1 月	天津	直隸省實業廳	週刊，內容多是知識論文。
河南財政月刊	1922 年 7 月	開封	河南省財政廳	內容有公牘、法律等。1925 年停刊，1928 年 10 月改為《河南財政週刊》，1933 年改為季刊。
河南實業週刊	1922 年 8 月	開封	河南省實業廳	內容有公牘，法令等。1926 年 2 月停刊。
河南自治週刊	1922 年 9 月 24 日	開封	河南省政府主辦，全省自治籌備處	登載地方自治理論的探討及關於自治運動的各種文件等。
甘肅財政月刊	1922 年 11 月	蘭州	甘肅省財政廳	
昆明市政月刊	1922 年 12 月	昆明	昆明市政公所	

昆明市教育週報	1923 年 1 月	昆明	昆明市政公所教育課	
直隸實業叢刊	1923 年 1 月	天津	天津直隸實業廳第一科編輯	
京師稅務月刊	1923 年 7 月	北京	京師稅務公署	1927 年停
湖北實業月刊	1923 年 7 月	武昌	湖北省實業廳	
甘肅教育公報	1923 年	蘭州	甘肅省教育廳第一科	月刊。
遼寧財政月刊	1924 年 7 月	瀋陽	遼寧省財政廳公報處	1931 年停。
善後會議公報	1925 年 2 月	北京	善後會議秘書處	週刊。刊登關於善後會議的一切事件，共 9 期。
四川教育公報	1925 年 3 月	成都	四川教育廳	1928 年 6 月停。
京兆財政月刊	1925 年 5 月 1 日	北京	京兆財政廳月刊處	刊登財政方面的法令，法規等。1925 年 10 月停。
京師學務公報	1925 年 6 月	北京	北京京師學務局機關報	登載命令，公牘，論著撰述等。1926 年 12 月停刊。
國憲起草委員會公報	1925 年 8 月	北京	國憲起草委員會事務處	共 5 期，週刊。
廣西公報	1926 年 1 月 11 日	南寧	國民黨廣西省政府秘書處	旬刊。
廣東建設公報	1926 年 8 月	廣州	廣東省建設廳	1929 年 6 月改名廣東建設月刊。
四川實業公報	1926 年 11 月	成都	四川省實業廳	月刊。
福建省政府公報	1927 年 1 月	福州	福建省政府	刊登法規，命令，公牘等，1946 年 10 月停。
浙江省政府公報	1927 年 5 月	杭州	浙江省政府秘書處	月刊，後改五日刊。1949 年 4 月停。
江西建設月刊	1927 年 5 月	南昌	江西建設廳	1933 年 10 月停。
廣西財政月刊	1927 年 7 月	南寧	廣西省政府財政廳	1931 年 9 月停。

杭州市政週刊	1927 年 7 月	杭州		後多次改名,抗戰中一度停刊。
無錫教育	1927 年 8 月 24 日	無錫	無錫縣教育局	1935 年 6 月停。
陝西教育月刊	1927 年 8 月	西安	陝西省教育廳	11 月改名爲週刊。1933 年又改名爲陝西教育旬刊,1935 年恢復本名。
上海特別市政府公報	1927 年 8 月,	上海		自 58 期（約 28 年 2 月）改名《上海市政府公報》。
新廣西	1927 年 9 月	南寧	廣西省政府主辦	旬刊,綜合性刊物。
南京市市政公報	1927 年 9 月	南京	南京市政府	月刊,1948 年 11 月停。
甘肅省建設月刊	1927 年 9 月	蘭州	甘肅省建設廳	
江西教育公報	1927 年 9 月	南昌	江西省教育廳	週刊,後改爲旬刊,30 年 5 月停。
江西省政府公報	1927 年 10 月	南昌		旬刊,34 年改爲月刊,38 年又該旬刊,46 年改雙週刊,48 年停。
農工公報	1927 年 11 月	北京	農工部總務廳	月刊,1949 年 1 月停。
河南教育週報	1927 年 11 月	開封	河南省教育廳	1928 年 7 月停。
安徽教育週報	1927 年 12 月	安慶	安徽省教育廳	1942 年 12 月停。
陝西財政週刊	1927 年	西安	陝西財政廳	31 年 2 月改名《陝西財政旬刊》,35 年停刊。

二、東北地區的地方官報

　　東北地區處於中國邊疆,包括黑龍江、吉林、遼寧及內蒙古的東北部。清朝統治者視東北爲「祖宗肇跡興王之所」,長期對東北實行封禁政策。閉塞的地理位置,落後的交通設施,再加之被清朝冠以「龍興之地」的名號,一直處於較爲封閉的狀態。直到清末新政,清政府決定有限度地開放「報禁」、「言禁」後,人民才擁有創辦報刊的自由權利。民國北京政府時期,東北地區仍被封建

殘餘勢力牢牢控制，該地區報紙無論是內容上還是分布上都有一定的地域性特徵，處於從封閉到開放的過渡時期。東北地區官報在黑龍江、吉林、遼寧三省都呈現出不同的特點和分布情況。總體而言，東北地區官報儘管因起步晚而發展略滯後於國內其他地區，但其發展路徑具備了報紙這個紙質新媒體所具備的一切特點，同時對當時社會的發展和時局的變化有著深遠的影響。

（一）東北地區官報的發展狀況

晚清時期東北地區的報業是隨著列強的入侵而產生發展起來的。由於東北擁有豐富的自然資源，一直被列強覬覦，代表者爲日本、俄國。隨著列強對東北地區的染指，其侵略的輿論工具——報紙也進入東北。以遼寧爲例，甲午戰後，1898 年俄國侵佔了旅順、大連，於 1899 年在旅順創辦了俄文報紙《新邊疆報》，這是殖民者在旅大地區第一份實施文化殖民的報紙，也是「遼寧地區出現的第一種報紙」[1]，爲東北地區最早的外文報紙。1904 年，俄國在旅順創辦的《關東報》和在奉天的《盛京報》，爲東北地區出版最早的中文報紙。在遼寧營口，日本人於 1902 年創辦日文《營口新聞》，這是日本人在遼寧出版的第一份報紙，隨後 1905 年，日人在營口又創辦了其在遼寧的第二份報紙《滿洲日報》，同時用中、英、日三國文字出版。所以，清末民初東北地區報業的起步，是日俄列強率先推行文化侵略的結果。在報業發展方面，在戊戌變法後，全國興起了第一次辦報高潮時，東北地區由於地理及其他因素的限制，沒能跟上這次廣泛發展的步伐，多爲日俄創辦的報刊，國人創辦的報刊尚未出現。

就報紙分布而言，東北各省的數量、發展進度略有不同。據不完全統計，1904～1914 年的 10 年間遼寧省創辦各種報刊 60 餘種，其中國人創辦的有 30 餘種，俄國人和日本人創辦的共有 20 餘種，分別分布在瀋陽、營口、鞍山、大連、旅順、丹東、鐵嶺等地。1904 年俄國人在旅順、瀋陽創辦的《關東報》和《盛京報》是東北最早的近代中文報刊 1905 年謝蔭昌創辦的《東三省公報》是東北地區國人最早創辦的中文報刊。當時遼寧省創辦的報刊種類五花八門，內容包羅萬象，總數居東北三省之首。吉林省報業始於 1907 年。吉林省第一份報刊《吉林白話報》創辦於 1907 年 8 月 4 日，隨後，《吉林官報》《吉林報》《公民日報》《自治報告書》《吉林日報》陸續問世。至 1908 年末，吉林省共出版 10 餘種報刊。此後，每年都有新創報刊誕生。至 1915

1　《遼寧報業通史》編纂委員會：《遼寧報業通史（1899～1978）》（上冊），遼寧人民出版社，2016 年 9 月，緒論第 3 頁。

年末，吉林省創立了 20 多家報社、出版了 30 多種報刊。其中官辦報刊 10 種，團體和民辦的新型報刊約 17 種，蒙古文、漢文對照報刊 1 種，日文報刊 3 種，朝鮮文報刊 1 種。東北三省報業發展最早的是黑龍江省。俄國侵略者出於向中國侵略與灌輸沙俄文化的目的，在黑龍江省創辦了大量近代報刊。哈爾濱作為俄國侵略東北的基地，最早的俄文報刊便問世於此，1901～1911 年，俄國人陸續創辦多達 18 種俄文報刊，幾乎都集中在哈爾濱。黑龍江省報業發展雖早，但卻不算發達，特別是中文報刊的數量不多，比遼寧省、吉林省都要少。

民國北京政府時期，封建殘餘勢力牢牢控制的東北三省當局殘酷地鎮壓和破壞新聞事業的發展。在此之前東北地區存在三種類型的報紙，一是俄文報紙，二是日文報紙，三是國人報紙。由於當時東北地區時局環境的特殊，三種報刊的發展受到了不同程度的影響。沙俄在第一次世界大戰中無暇東顧，哈爾濱的俄文報刊一度蕭條；在舉國反對「二十一條」的愛國運動中，東北的日文報刊處於低潮；至於國人報刊的發展，由於袁世凱當政而舉步維艱，直到袁世凱暴病而卒，東北地區國人報刊的命運才重見光明；隨著一戰結束，特別是俄國十月革命與五四運動的爆發，東北新聞事業為適應錯綜複雜的政治鬥爭、軍事行動以及經濟發展，加快了發展的步伐。

東北三省比較而言，黑龍江報業發展較早，遼寧報業最發達，吉林報業數量和起步都屬於居中。同近代報刊全國的區域分布一樣，東三省內的報刊分布極不均衡，多集中於政治、文化中心的省城奉天、吉林、哈爾濱。一個值得注意的現象就是，遼寧省和黑龍江省的報紙除省城外，還散見於丹東、大連、營口、旅順、海城、黑河、齊齊哈爾等地。這與當時日俄兩國對東北地區的軍事侵略與文化擴張密不可分。

從報刊文種而言，俄文報紙最多在哈爾濱，1903 年中東鐵路全線通車後，中東鐵路機關報《哈爾濱公報》創刊。其他如《新生活報》《傳聲報》《俄聲報》等；「日資中文報紙，最出名、影響最大的是 1906 年 10 月 18 日在奉天創辦的《盛京時報》，這是日本人在東北地區出版的第一份中文報紙，停刊於抗戰勝利之時，也是日本在華出版歷史最長的中文報紙；日人辦報最多的地方是大連，日文版報紙《遼東新報》《滿洲日日新聞》《滿洲日報》《大連日日新聞》等；有蒙文報紙，如 1908 年 4 月 1 日創辦的《蒙話報》。」[1]中文報紙

---

1 霍學雷：《近現代東北報刊的創立與變遷》，東北史地，2014 年版（5）。

比較著名的如清末創辦的《醒民報》《白話日報》《新東陲報》，1915 年創辦的《通俗教育報》，1916 年創辦的《星期報》，1919 年前後又有《極東商報》《東三省新聞》等報紙相繼問世。此外還有英文報紙，波蘭文報紙，猶太文報紙，德文報紙，開創了東北報業的短暫繁榮時期。

雖然，東北地區報刊業發展遠遠落後於北京、武漢、上海等地，但縱觀全國，和一些更偏遠更落後的地區相比，報業的發展已取得了非比尋常的進步，這對平衡全國的地域文化發展，尤其對促進東北地區的社會文化的進步，民眾意識的開化，推進新聞事業的發展，都發揮了顯著的積極作用。

（二）東北官報的特點

1、起步晚，分布不均衡

官報的興起始於清朝末年的新政時期，但是由於東北地區地勢閉塞，加之封建勢力的壓制，國人報刊一直遲遲沒有出現。反而是日本和俄國佔據了先機，在東北地區掀起辦報的高潮。民國初年，國民政府開放言論自由，東北地區卻受到袁世凱北洋軍閥的控制，仍然處於與世隔絕的狀態。東北的第一份官報是 1906 年在瀋陽創辦的《東三省官報》，新任盛京將軍趙爾巽下令創辦，由曾在日本留學的謝蔭昌籌建報館，主持創辦事宜。這是東北第一家由國人創辦的報刊，是典型的官辦官訂官發，辦報經費由省署撥款，發行上自上而下按照行政區劃分後層層攤派，立場上為清政府在東北地區的喉舌機關。《東三省公報》成為東北地區官報效仿的範例。此後陸續有多種官報誕生，如《奉天教育官報》《奉天官報》《吉林官報》《吉林司法官報》《吉林警務官報》《黑龍江官報》等。大多數官報分布在當時三省的省城、港口城市和邊界城市，落後的交通和郵政也限制了報業向中小城鎮及邊睡的進一步拓展，並增加了發行難度和經營成本。隨著南滿鐵路的修建，沿線興起的城市也開始掀起辦報高潮，例如吉林長春就是最為典型的例子。

2、數量繁多，勃而不興

辛亥革命時期國人又一次掀起了辦報活動的高潮，東北三省受內地辦報形勢的影響也紛紛行動起來。「1906 年初，奉天《東三省公報》創刊，揭開東北國人近代報業的序幕。」[1]1907 年汪洋在瀋陽創辦《東三省日報》，日刊一大張，「是為奉天有報館之始」。至民國成立，共出報刊 52 種，近乎達到中文

1　方漢奇：《中國新聞傳播史》，中國人民大學出版社，2002 年版，第 98 頁。

報刊總數（58）的 90%，超過俄日在東北報刊的總和（51）。自民國初年開始，伴隨著全國報刊業的繁榮，瀋陽及大連、營口、安東等沿海地區的報刊業都得到很大的發展。中國人自辦的報紙出現較晚，同時，官報的發展又是首當其衝，政府的鼓勵下，官報如雨後春筍般地迅速出現，數量上一度達到頂峰。但是官報發展勢頭雖盛，但是都只是曇花一現，這種蓬勃發展的態勢並沒有持續下去。民國初期東北地區經濟不發達，社會風氣未開制約著報刊業的發展——報人缺乏足夠的資金辦報，普通民眾無力購報。加之當時官僚軍閥的壓制與摧殘，也是東北地區官報無法持續壯大的又一原因。

3、發行方式陳舊

當時東北地區的官報主要是以官署派銷的方式來發行。所謂官署派銷是指官署下達文牘，開列名單，並要求訂購報紙若干份。報紙由官署文報局或郵局像傳遞公文那樣向訂戶遞送。國人在哈爾濱創辦的第一家報紙《東方曉報》就曾得到東三省總署、黑龍江巡撫「准呈派銷」該報，奉天 500 份、吉林 400 份、黑龍江 300 分，開創了東北官署派銷國人報刊的先河。再以《黑龍江時報》和其副刊《愛國白話報》為例，由於屬於官報性質，為「增長其經費，擴大其篇幅」，當時兩報得到了黑龍江巡撫宋小濂 6000 兩的撥銀作為經費，但是兩報在發行上卻不思進取和改革，仍然沿用清末由官署紮傷所屬按數派銷的發行方式，以宋小濂的名義下令向全省 25 個府、道、廳、縣共派銷 150 份，無奈時代已變，派銷的方式已經不奏效了。由此可見，當時東北地區官報採用官署派銷的發行方式在當時已經過時了，阻礙了報紙的銷量，以至後來東北報業數量雖多，但大多數都入不敷出，頻頻倒閉。

4、格調正統，語言嚴肅

官報的格調大多比較正統，不苟言笑，以時政信息為主線，新聞較多，以《東三省公報》為例，第一版有「論說」、「本館專電」、「譯電」、第二版「東三省新聞」、「時評」，第四版有「社會新聞」、「時事雜記」等，難以成為市民茶餘飯後的談資，所以零售市場不多，大多靠主辦官府借助行政力量強制發行，從《東三省公報》一則廣告就可看出：「本報自出版以來久為各界所歡迎，惟向於各縣多由機關代派。茲擬再事擴充添設派出處或分館。」[1]所列派出處達 35 縣廳，幾乎遍及整個遼寧地區。官報由於官府包辦，所以呈現衰而不退的特殊現象。

1　「本報闊充派報廣告」，載《東三省公報》1914 年 2 月 9 日。

5、業務上缺乏革新

文字版面一律分欄立文豎排，題目和正文都不跨欄，版式常常固定不變，新聞和評論的文體較少，缺乏變化。且普遍使用文言或淺近的文言，白話少見。另外，官方報刊幾乎都不使用新聞圖片，各種副刊也都不設報名、沒有刊頭，所設欄目多以文苑、說部、雜俎等命名，因此副刊大多也沒什麼特色和吸引人之處，這個時期東北的報刊可謂千篇一律，乏善可陳。以齊齊哈爾《通俗教育報》為例，從現存的 1916 年 5 月 26 日到 5 月 30 日的報紙版面來看。第 1 版有社說、來件欄目。所刊社說有《論奪妻之弊》《為人謀事難為事的人為尤難》《戒驕懲怒》等，都是沒有什麼新聞性的說理性的作文。第 2 版有命令、國外與國內要聞和本省新聞欄目。第 3 版設有學術論壇欄目，連載吳稚暉著的《古今上下談》，小說欄連載的是通俗小說《傻兒福》。第 4 版為全版的廣告。全文豎排、立文 6 欄，標題 1 行多用 2 號字，正文 3 號字。[1] 從報紙的欄目內容和版面看，報紙的新聞時效性不強，信息量較小，也無社論，無新聞圖片，欄目設計也陳舊俗套，毫無新穎性，字體和標題缺乏創新，雷同呆板。

（三）東北官報的出版意義

東北地區官報儘管因起步晚而發展略滯後於國內其他地區，一路走來亦磕磕絆絆，但其發展路徑具備了報紙這個紙質新媒體所具備的一切特點。政治宣傳上，無法擺脫報紙階級屬性所帶來的狹隘性，即在不同時期、不同年代、不同政府的管制下為維護政府統治發揮著論宣傳及引導之功用，同時，一定情境下，它也符合著名報人梁啓超所倡導的「其有助耳目喉舌之用而起天下之廢疾者，則報館之為也」的觀點，作為輿論「利器」可收整飭吏治之功效，從而起到揚善抑惡的社會教化功用，「因為報紙是代表輿論，有監督政府、幫道國民的責任」[2]；新聞傳遞上，能夠利用其傳遞信息的特質加強區域內部與外部之間，社會各行業、各階層之間的交流，並能迅速反映國內外重大事件的發生發展脈絡；娛樂消遣上，由於報人的努力，閱讀報刊成為近代東北人一種生活習慣，它日益成為市民生活的重要內容；教育引導上，開啟了民智，傳播了科學文化知識，開闊了東北民眾的視野，喚醒了人們對殖民統治、殖民文化侵襲的反抗。

---

1 《通俗教育報》，1916 年 5 月 26 日～1916 年 5 月 30 日
2 丁守和：《辛亥革命時期期刊介紹：第 1 集》，人民出版社，1982 年版。

1、政治宣傳

由於民初東北報業受帝國主義新辦報業的刺激，發軔於民國言禁開路之際，故大多都充當了民國時期政府和利益集團的代言人，無法擺脫固有的階級屬性。官報作為官方的輿論喉舌，代表著當時政府的立場和思想理念。民初的東北官報傳播了資產階級民主革命思想，抵制殘餘封建勢力，維護了民國初期政治時局的穩定。創刊於 1912 年 2 月 18 日（民國元年正月初一）的《東三省公報》探究其辦刊目的時說，「省議會議長孫百斛、袁金鎧、曾有嚴諸人，以奉天處特別地位，國體變更不能無一言論機關以溝通南北之情戚，乃特組織公報」，以「宣布民眾公意，維持東省治安」[1]為宗旨。由此可見，這一時期的東北官報將民主的思想融入辦報理念之中，這既是鞏固資產階級統治的體現，也是保持社會政局穩定的有效途徑。

2、政令的傳遞

政令的傳遞是民初東北官報的主要功用，自有報紙起，就被賦予了這項傳遞職能。這就意味著一直應用於官衙之間的文件、政令等通過報紙這個傳播媒介迅速走入了尋常百姓的生活之中，讓民眾足不出戶便能瞭解全省乃至國家發生的動態性的新聞及出臺了何種政策法規等，以此規範生活。此後，許多媒體都把政令的傳遞看做是報紙品位和性質的重要體現，往往安排到一版黃金版面並作頭題報導來處理。這種通過報紙進行政令傳遞的方式在近代一直延續，如《醒時報》上刊登出的《國聯調查團報告書全文》，《新生時報》上發表的《大連市政府布告》等，均起到了區域內部交流聯繫的作用。

3、教化引導

傳播科普知識，對於封閉的東北民眾改變落後的生活方式則有著特殊的引導意義。不少報紙創刊伊始便設置了傳播科普知識的欄目，如《東三省公報》的新聞報導涵蓋了「數學、星學、物理學、化學、動植學、地哲學等類」與「生理、衛生、藥學等」。《安東市報》也設置了常識、衛生和教育三個欄目，即「常識：關於社會家庭及工商業最需要的普通知識；衛生：對全市衛生宣傳指導；教育：凡有益於學校家庭社會教育的事實或論文。」

另外，民國初期的官報大多數採用白話文來傳達新聞事實，比如日俄兩國入侵東北的罪行，和關係人民生活的各種新政等熱門話題，使不識字的人

1　載自《東三省公報》1912 年 2 月 18 日。

一聽即懂。這樣既彌補了當時採集新聞的困難，又收到了開啓民智、推行新政的實效。作爲報紙這個特殊載體，推行白話文則對於把傳統的受古文束縛的報刊推向現代化報刊功不可沒，對於啓蒙民智、開啓風氣有著積極意義。

第三章　民國北京政府時期的政黨新聞報刊業

　　隨著民國創立，清廷黨禁自然消弭。原先處於地下狀態的中國同盟會公開走上政治舞臺，從中分裂出來的章太炎等又組成中華民國聯合會，其他的諸如自由黨、社會黨、共和統一黨、國民公黨等相繼產生。綜其數目，殆達三百有餘，是為民國初期政黨林立時代。隨著各種政黨及政黨政治的登場，政黨新聞業也就無可阻擋地成為這一階段新聞業的重要組成部分。

第一節　民國北京政府時期的國民黨新聞報刊業

　　民國北京政府時期的國民黨，雖然經歷幾次重組和起伏，但始終是一個黨員人數較多、宗旨比較明確、組織比較嚴密並一度在中國政壇上具有較大影響力的政黨團體。而這種影響力則與國民黨的新聞報業有較直接的關係。

一、國民黨報刊的地區分布

　　國民黨的發展經歷了一個演變過程，最早可追溯到 1894 年孫中山建立的興中會，1905 年孫中山聯合黃興、宋教仁等人在日本成立中國同盟會。辛亥革命後，宋教仁聯合其他政黨改組同盟會成立國民黨。二次革命失敗後，1914年，孫中山在日本以中國同盟會骨幹為主組建中華革命黨，以青天白日滿地紅旗為黨旗，以反對袁世凱為主要任務。1919 年 10 月中華革命黨改組為中國國民黨。隨著國民黨自身的發展變化，其所創辦或者領導的報刊也發生了很多變化。

（一）北方地區國民黨報刊的分布與特點

民國初立，南京臨時政府「言論出版自由」政策明載《臨時約法》，極大地促進了報刊業的繁榮，民初繁盛的報刊業「其半數爲私黨」所辦。政黨報刊的興起和發展直接推動了民初新聞業的繁榮，在配合政黨政治鬥爭的過程中，原先不同黨派的報刊爲了擴大勢力、加強聲勢，在政黨聯合的基礎上逐步形成統一戰線。同盟會在宋教仁建議和推動下，於 1912 年 8 月聯合統一共和黨、國民共進會、共和實進會、國民公黨等幾個小黨，改組成國民黨，在全國範圍形成了同盟會——國民黨系統報刊陣營。宋教仁領導下的國民黨主要任務是獲得國會選舉的勝利，從而實現組閣目的，對報刊工作的投入並不盡如人意。雖然《國民黨規約》規定「文事部主幹事」負責宣傳工作，但由於資金和人力原因，政黨並沒有建立起像樣的報刊，多採用個人資助的方式進行宣傳[1]。儘管如此，在當時的政治氛圍中，袁世凱政府擺出遵奉言論自由、尊重報界的姿態，報紙和報人的地位都得到了提高，各種政黨報刊蜂擁而起，國民黨報刊也獲得了較快發展，活躍一時，遍布京津滬漢及各主要省會。北方地區國民黨報刊主要有北京的《國風日報》《國光新聞》《民國報》《亞東新報》《民主報》《民立報》《中央新聞》等；天津主要有《民意報》和《國風報》。

同盟會-國民黨系統的報紙雖然在當時新聞界已形成較大聲勢，但缺少統一的宣傳策略和管理。因黨內成員意見不一致，在對外宣傳口徑上常出現相左之處，如關於唐紹儀內閣借款問題。唐紹儀力圖抵制四國銀行團壟斷另謀他款，惹惱了四國銀行團，他們力圖排唐，袁世凱此時假裝置身事外。與袁較爲親近的統一黨爲此大力攻擊唐內閣。唐紹儀此前已經加入同盟會，但一些同盟會報紙沒有認清形勢也附和對唐大加責難，如《民權報》發短論稱「唐紹儀愚民，殺」；《民立報》相對清醒，意識到敵派報紙試圖營造輿論、力圖推翻唐紹儀內閣，指出「近日統一黨機關報數家，力攻唐總理，示意該黨參議員以唐總理借款爲口實，提出彈劾，謀推翻唐內閣，另舉熊希齡爲總理從新組織。」[2]唐紹儀組閣後因是同盟會成員，又堅持內閣制，力圖牽制袁世凱權力，令袁世凱愈發不滿，迫其下臺是袁的眞實目的。當唐紹儀迫於內外壓力不辭而別時，報界幾乎一致表達了不滿和譏誚，同盟會報刊也參與其中，

---

1 王潤澤：《北洋政府時期的新聞業及其現代化（1916～1928)》，中國人民大學出版社，2010 年版，第 71 頁。
2 《民立報》，1912 年 5 月 14 日，第二版，北京電。

由此可以看出同盟會內部的矛盾嚴重影響了報刊的宣傳和發展，各報刊因立場和言論的不統一，不能形成一致的輿論防線。

在國會選舉運動中，為了在選舉中贏得優勢，不同黨派報刊的政治立場和言論口徑在各自黨派的指導下漸趨一致。國民黨為加強新聞輿論宣傳，將本系統的北京各報館報人聯合起來組建「國民黨新聞團」，並制定章程規定一切言論「皆多本本黨高尚之知識，作政府及國民之指導」[1]。宣傳方式的統一和改進，使國民黨派報刊面貌為之一變，圍繞本黨利益與他黨展開論戰，輿論口徑也變得較為一致，本黨派內部相互攻擊的情況有很大改觀，為國會大選國民黨的勝出創造了輿論條件。此時進步黨組織上雖不如國民黨緊密，但在梁啟超號召，明確了聯合袁世凱反對國民黨的鬥爭策略，特別重視輿論鬥爭。因此在新聞宣傳上顯得較為穩進，進而博取中間派的同情和支持。在宋案發生及二次革命時期，國民黨系統報刊大力進行反袁宣傳，但由於策略不當反使進步黨報刊佔據上風。二次革命失敗使得國民黨失去了存在的合法性，其黨派報刊因而大受摧殘，「袁世凱以武力圍捕《國民日報》社人，搜索北京通訊社，禁止《國光新聞》發行等。他黨言論機關則全被收買，自是無革命的隻字片紙得見於國內。」[2]國民黨「新聞團分子逃亡者半，遭顯戮者半，京中言論界稍帶國民黨色彩之報紙從此無片影之留」[3]。此後，北方的國民黨報刊從政治轉向商業，商業報刊得到了較大發展。

（二）南方地區國民黨報刊的分布與特點

國民黨自成立以來，其勢力主要集中於沿海和長江流域一帶，以廣州、武漢為中心，因此國民黨報刊在南方地區發展較為迅速。尤其是民國建立後，一些省份的國民黨報刊發展較快，主要集中於上海、南京、武漢、廣州等地。上海有《神州日報》《民立報》，南京方面影響較大的是《民生報》；武漢有《民心報》《大江報》《春秋報》《震旦民報》《民國日報》等；長沙有《長沙日報》《國民日報》；廣州有《中原報》《評民日報》《民生報》《中國日報》。其他一些南方省會和某些中小城鎮也有同盟會的報紙，如安慶《安徽船》《青年軍報》成都《天民報》《四川公報》《中華國民報》《四川民報》《寰一報》重慶的《國

1　《申報》，1912 年 11 月 10 日，國民黨新聞團開會紀事。
2　王瑋琦：《中華革命黨之研究》，三民主義研究所博士碩士論文獎助出版委員會，1979年版，第 136 頁。
3　《北京新聞界之因果錄》，1919 年 9 月《民國日報》。

民報》《新中華報》，昆明《天南新報》南寧《民風報》桂林《民報》福州《福建民報》《群報》等[1]。這些報紙在「二次革命」後受到了衝擊，國民黨的報刊轉向了租界和海外發展。

1914 年 7 月，孫中山組建中華革命黨，重新舉起民主革命的旗幟，在東京創辦《民國》雜誌，揭露袁世凱殘害黨人的罪行。1915 年 8 月以後，袁世凱帝制活動緊鑼密鼓的進行，國民黨人在上海租界創辦發行報紙揭露袁的倒行逆施，如《中華新報》《民國日報》等，藏身租界從而躲避袁世凱政府的搜查和迫害，其中《民國日報》的影響逐漸擴大，它 1916 年 1 月創刊，由邵力子、葉楚傖主持，創辦初期以討袁為宗旨，是中華革命黨在國內的主要言論陣地，1919 年中華革命黨改稱中國國民黨後轉為國民黨機關報。因此，「二次革命」後國民黨報刊的發展主要集中於上海。五四新文化運動時期，國民黨的理論刊物《星期評論》副刊、《建設》雜誌等相繼創刊，宣傳各種政治思潮，「最近本黨同志，激揚新文化之波浪，灌輸新思想之萌蘗，樹立新事業之基礎，描繪新計劃之雛形，則由兩大出版物，如《建設》雜誌、《星期評論》等，已受社會歡迎。」[2]國民黨報刊在這個時期獲得了新的發展，為反帝反軍閥運動積累了輿論條件。

二、大革命時期的國民黨報刊

民國北京政府時期處於北洋軍閥割據和混戰狀態，政府政治控制力受到嚴重影響，無法實現對全國的有效統治。隨著孫中山 1923 年在廣州建立海陸軍大元帥府及 1925 年廣東國民政府的成立，中國出現了兩個「中央政府」南北對峙的情形，任何一方都無法實現對國家的全面治理及對思想文化的控制。在此背景下，中國的新聞業獲得了一定的自由空間，商業報刊和政黨報刊都獲得較大發展。第一次國共合作進一步推動了國民黨新聞事業的發展。

（一）共產黨對國民黨宣傳事業的幫助

1924 年國共雙方開始第一次合作，共產黨員以個人身份加入國民黨並在很多部門擔任要職。在國共合作之前，國民黨的宣傳工作已有所起色，但由

---

1 方漢奇主編：《中國新聞事業通史》（第一卷），中國人民大學出版社，1992 年版，第 1022～1030 頁。

2 廣東省社會科學院歷史研究室、中國社會科學院近代史研究所中華民國研究室、中山大學歷史系孫中山研究室：《孫中山全集》（第五卷），中華書局，2006 年版，第 210 頁。

於宣傳思想認識不統一，有時國民黨所出報刊甚至相互辯駁，造成了宣傳工作的混亂。雖然國民黨辦有黨報黨刊，但沒有形成系統，也缺乏有效管理，表現出自由主義的傾向。1924 年，國民黨改組後成立了中央宣傳部，加強了對新聞宣傳工作的管理。共產黨的加入更爲國民黨的新聞宣傳工作注入了活力，毛澤東擔任代理宣傳部長主持國民黨宣傳工作，對新聞宣傳進行改革和加強。

　　由於長期偏重軍事，不注重政治宣傳工作，國民黨並沒有創辦一種能夠完全代表該黨的報刊，「在統一全黨思想上缺乏一個代表權威的宣傳武器」[1]。毛澤東到任時的國民黨宣傳工作很分散，缺乏規劃和組織，即使是宣傳部自己的報紙，廣州《民國日報》編輯部也表示「不敢宣稱代表國民黨」，甚至到了宣傳都不出廣東一省的地步。毛澤東到任後，首先以宣傳部的名義在上海開辦了交通局。作爲中央和各地黨機關聯絡、宣傳的機構，嗣後又陸續將交通局擴張到了 12 個省市。依靠這些交通局作爲據點，在當地開展政治宣傳工作。隨後，毛澤東又以國民黨中央宣傳部名義，主持全面整頓國民黨報刊宣傳系統工作。隨後又創辦了一大批國共合作的統一戰線性質的報刊，一時間國民黨的宣傳頗有聲勢。據統計，到 1926 年 6 月北伐前夕，國民黨系統出版的報刊有近百種，其中絕大部分都是由注重宣傳工作的共產黨人主持的。

　　共產黨人利用自己創辦報刊的經驗幫助國民黨實現黨對刊物的絕對領導。例如這個時期新創辦的刊物《政治週報》，由毛澤東代表國民黨創辦和編輯，也是國民黨政治委員會的機關刊物。創辦該刊的主要目的發刊詞中說得很清楚，除了反擊當時的國民黨右翼勢力的「西山會議派」之外，還要「向反革命派宣傳反攻，以打破反革命宣傳」。毛澤東以極大的熱情投入《政治週報》的編寫工作，以子任、潤之等筆名發表了政論、新聞、時評和通訊等 20 多篇。刊物除了大篇幅用於批判「西山會議派」，還開設了一個叫作「反攻」的專欄，專門刊發短小犀利的時評，注重用事實說話，通過大量事實報導和評論，宣揚在廣東政府領導下於政治、經濟、文化、教育等方面取得的成就，揭露國民黨右派勾結帝國主義和軍閥破壞國民革命的陰謀，指出他們的反革命本質。

1　王潤澤：《北洋政府時期的新聞業及其現代化（1916～1928）》，中國人民大學出版社，2010 年版，第 88 頁。

　　《政治週報》高舉新三民主義的旗幟，熱情宣傳了孫中山的「聯俄、聯共、扶助工農」政策，指出三大政策是國共合作的基礎，是推進國民革命運動的動力，也是革命派與反革命派鬥爭的基礎。他對國共合作後所取得的成就進行大力宣傳，以豐富的事實來告訴人們貫徹三大政策的正確性和必要性。《政治週報》還有效地進行了反對帝國主義、反對軍閥的鬥爭，刊登一系列文章和報導，揭露帝國主義侵略中國的陰謀和軍閥的賣國罪行，號召人民群眾從軍閥手中「奪取政權」，「組織人民的政府」。[1]與此同時還加強了對出版物的整肅，使黨的聲音逐漸統一。宣傳部開始有系統地清查黨內出版物，找出那些不服從黨的決定、反對國民黨「二大」所定政策的刊物。毛澤東不定期地向中央執行委員會提出檢舉，並利用《政治週報》對與國民黨思想步調不一致的報刊加以申斥。

　　在宣傳人才培養方面，國民黨宣傳部主要通過廣東省和地方的宣傳講習所來培養宣傳人員，包括報人以及到地方進行口頭和文字宣傳的人員。1925年後，宣傳講習所在廣東大量出現，有很多共產黨員在這裡管理、講課。講習所在假期派遣學生宣傳隊到偏遠地區進行宣傳，開辦圖書館和閱覽室，開設三民主義課程等形式，激發農民對革命的認識。

　　儘管共產黨員為國民黨的宣傳工作做出各種努力，但國民黨報刊整體上數量較少，影響有限。這一方面是受國民黨政治思想和路線影響，宣傳工作始終不是國民黨的核心工作不受重視；另一方面，儘管擔任代理宣傳部長的毛澤東對宣傳工作進行了整頓，但國民黨報刊受黨內派系鬥爭的影響，政治立場和思想並不穩定，受辦報者個人影響很大，加之毛澤東不久後離開了宣傳部，因此大革命時期國民黨報刊事業雖有發展，但派系鬥爭，組織管理乏力等問題仍沒有根本上解決。

（二）統一戰線報刊的種類與分布

　　1924 年 1 月有中共黨員參加的國民黨第一次全國代表大會在廣州召開，標誌著以國共合作為核心的各革命階級統一戰線正式建立。統一戰線報刊是指那些以國民黨名義出版、實際主持者為共產黨的報刊[2]。主張與共產黨合作

1　方漢奇主編：《中國新聞事業通史》（第二卷）中國人民大學出版社，1996 年版，第 166 頁。
2　關於統一戰線報刊的定義參見王潤澤：《北洋政府時期的新聞業及其現代化（1916～1928）》一書第 86 頁注腳。

的國民黨左派其主要勢力範圍在廣州的國民黨中央黨部，宣傳部工作在廣州開展的最爲全面。

　　國共合作實現後，國民黨的宣傳機構逐步建立起來。首先是廣州《民國日報》的創辦，由國民黨中央宣傳部主持，發揮中央機關報作用。在孫中山北上期間發表了北上宣言、講話，闡明北上目的和意義。國民黨中央宣傳部派人改組《香江晨報》，使之成爲國民黨在香港的輿論陣地。上海《民國日報》也得到了改組，成爲國民黨上海執行部的機關報。該報綜合性副刊《覺悟》由邵力子、陳望道編輯，共產黨人瞿秋白、鄧中夏、惲代英等爲該刊撰稿。《覺悟》堅持國共合作立場，積極宣傳孫中山三大政策，還發表一些介紹馬克思主義和俄國情況的文章。

　　在國共合作的推動下，中國民主革命運動迅速出現高潮，國民黨的報刊活動也空前活躍。國民黨中央各黨部紛紛創辦報刊加強宣傳。比如宣傳部的《政治週報》，農民部的《中國農民》《農民運動》，工人部的《革命工人》，青年部的《革命青年》，軍人部的《軍人週報》，婦女部的《婦女之聲》等。國民黨各省市黨部大都出版了報刊，湖南有長沙《民國日報》《新民》《湖南工人》，江西有南昌《民國日報》《貫徹日報》，湖北有《楚光日報》漢口《民國日報》《武漢星期評論》，北京有《民國日報》《國民新報》，福建有福州《民國日報》，香港有《香港新聞報》。此外，《民國日報》也在各中小城市創辦，如瓊崖、汕頭、梧州、寧波、無錫等地都創辦了相應的《民國日報》。國共合作後的國民黨報刊得到快速發展。據《政治週報》第 14 期統計，至 1926 年 6 月，在國內不包括北京、廣東，其他 14 個省市國民黨出版的報刊有 66 種之多。[1]

　　這一時期，由於國共兩黨的合作及兩黨革命黨員的努力，聯俄、聯共、扶助農工的新三民主義被推廣到全中國，推廣到了一部分教育界、學術界和廣大青年學生之中。共產黨的《嚮導》週報、國民黨的上海《民國日報》及各地報紙作爲陣地，曾經共同宣傳了反帝國主義的主張，共同反對尊孔讀經的封建教育，共同反對了封建古裝的舊文學和文言文，提倡了以反帝反封建爲內容的新文學和白話文。在大革命高潮中，廣州、武漢、長沙等市相繼成立以共產黨和國民黨左派報人爲骨幹的統一戰線性質的新聞記者聯合會。民

---

1 方漢奇主編：《中國新聞事業通史》（第二卷），中國人民大學出版社，1996 年版，第 161～162 頁。

主聯合路線的思想、策略擴大及於新聞界，形成了新聞界統一戰線格局。總體而言，大革命中，共產黨方面的新聞媒體對國民黨尤其是國民黨左派的新聞宣傳態度是積極的，報導多是正面的。甚至於《嚮導》作為中共中央機關報「對於民族革命理論的解釋和鼓吹」，在中共四大上還受到「過於推重了資產階級的力量，忘了自己階級的宣傳」的批評。

從 1925 年 10 月 5 日到 1926 年 5 月 28 日，毛澤東一直主持國民黨的宣傳工作，除了《政治週報》之外，還負責當時國民黨「二大」各項草案撰寫和宣傳工作報告，直到 1926 年 5 月國民黨右派的《整理黨務案》獲得通過，才不得不辭去部長一職。

（三）統一戰線報刊的內部鬥爭與結局

改組後的國民黨，左派同右派的鬥爭從未停止，這一鬥爭在報刊活動中被表現出來。國民黨右派也創辦報刊搶佔輿論陣地，特別是五卅運動後，面對共產黨力量的迅速增長，工農兵運動的廣泛開展，國民黨右派為了抵制革命宣傳，先後在廣州、上海等地創辦《國民革命》《革命導報》《革命青年》等報刊，公開進行反對共產黨、反對工農運動和國共合作的反革命宣傳。

國民黨右派通過奪取報紙的領導權，改變報紙宣傳方向等手段，建立自己的輿論陣地。上海《民國日報》在國民黨「一大」後改組為國民黨機關報，但始終未成為國民黨真正的言論機關，對國民政府的方針政策不作積極的宣傳，反而連續刊登西山會議的消息，宣稱西山會議是「中國國民黨中央執行委員會全體會議」等，已成為西山會議派的機關報。此後連續發文攻擊共產黨和國民黨左派。長期在共產黨人影響下的《民國日報》副刊《覺悟》這時也被右派控制，主編邵力子被排擠出去，由陳德徵接編，拒絕刊登共產黨人的文章，《覺悟》失去了原有的進步性。廣州《民國日報》改組後堅持革命宣傳，但在廖仲愷案發生後，右派開始散佈謠言，說該報總編輯與廖案有關，總編被迫離職，右派趁機奪取了廣州《民國日報》的領導權，《民國日報》也被國民黨右派控制。

在黃埔軍校，國民黨右派組織「孫文主義學會」出版《國民革命》週刊，以與革命組織「中國青年軍人聯合會」的《中國軍人》《青年軍人》相對抗。他們還挑起事端，製造矛盾，蔣介石以此為藉口解散中國青年軍人聯合會，同時停止孫文主義學會活動，另行組織由他直接控制的黃埔同學會，出版《黃埔月刊》，成為右派的重要輿論工具，以後又創辦了《黃埔週刊》《黃埔軍人》

《黃埔生活》等報刊[1]，黃埔軍校完全淪為國民黨右派的勢力範圍和興論陣地。

北伐戰爭後，國民黨報刊左派右派的鬥爭日趨激烈，不少宣傳陣地為右派所佔據。但從全國看，在汪精衛反革命政變前左派報刊仍占很大優勢。右派奪取報刊陣地的行為遭到全國革命勢力的聲討。上海《民國日報》為西山會議派把持後，《政治週報》等國民黨和共產黨報刊展開強大的批判運動，使該報顯得很孤立。汪精衛叛變後，國民黨左派報刊全部喪失，統一戰線報刊多被國民黨控制。

大革命後期，國共合作局面被破壞。國民黨右派利用新聞檢查撤下《國民新聞》擬發的《共產黨致中國國民黨書》的文章，剝奪共產黨的言論自由。此時的共產黨卻在鮑羅廷和陳獨秀的右傾影響下作出「五月決定」，要求共產黨員在國民黨黨部和報館中必須服從國民黨的命令，服從國民黨的指揮，不得有獨立主張。大革命失敗後，中共的報刊遭遇查封，報人遭遇國民黨反動派的逮捕迫害。如《大江》報主編向警予和《嚮導》撰稿人趙世炎就遭遇迫害英勇犧牲。

第二節 民國北京政府時期的共產黨新聞報刊業

一、共產主義小組與小冊子的出版

在十月革命影響下，馬克思主義於五四運動時期開始在中國傳播，新文化運動的統一戰線就此產生了分化，激進的民主主義者及左翼知識分子的政治立場迅速轉向接受馬克思主義，成為中國最早的一批共產主義知識分子。他們認為走俄國十月革命的道路是中國革命成功和人民解放的必由之路。隨著反對帝國主義打倒軍閥運動的開展，各地罷工浪潮不斷襲來，中國無產階級將馬克思列寧主義同工人運動相結合，成立中國無產階級政黨也被提上了議事日程。

（一）上海地區共產主義小組與宣傳工作

1920 年秋至 1921 年春，上海、北京、廣州、武漢等地相繼成立了共產主義小組，早期共產主義小組成立後，相繼創辦了自己的刊物，他們將黨的活動和報刊宣傳緊密地聯繫在一起，具有很強的組織紀律性。

---

1 方漢奇主編：《中國新聞事業通史》（第二卷），中國人民大學出版社，1996 年版，第 171 頁。

1920 年 4 月，共產國際派赴中國工作的維金斯基到上海找到陳獨秀。在他的指導和幫助下，陳獨秀積極開展建立中共組織的活動。8 月，上海革命局率先成立，這是中國共產黨最早的發起組織和聯絡中心，由維金斯基（主席）、陳獨秀、李漢俊等 5 人組成，下設出版部、宣傳報導部和組織部。上海發起組積極進行革命宣傳和組織工作，出版了《勞動界》創刊號和《共產黨宣言》《共產黨員是些什麼人？》《十月革命帶來了什麼？》《論俄國共產主義青年運動》《蘇俄的教育》《俄羅斯蘇維埃聯邦社會主義共和國》《士兵須知》《論工會》等 16 種小冊子；成立了俄華通訊社，由楊明齋主持，為中國 31 家報紙提供消息，後在北京成立分社；上海發起組還在許多大城市建立了工人夜校、工人俱樂部和社會主義青年團，並組建產業工會。上海發起組在陳獨秀的領導下，大力進行馬克思主義的宣傳和革命教育工作。

首先改組《新青年》，決定 1920 年 9 月 1 日出版的第 8 卷第 1 號起改組成為中共上海發起組公開宣傳的機關刊物，由原來的以宣傳新文化運動為主轉變為以宣傳馬克思主義和介紹俄國十月社會主義革命為主。改組後的《新青年》，一面保持原來新文化運動統一戰線的面貌，原有作者的來稿照舊採用，一面擴充作者隊伍增添新生力量，並在內容上逐漸加大馬列主義宣傳的比重。《新青年》編輯部除陳獨秀主編外，增加了李漢俊、陳望道、袁振英等上海發起組成員參與編務撰稿工作。在印刷發行上，專門成立「新青年社」獨立印行。上海共產主義發起組從組織上和經濟上加強對《新青年》的領導，在國外設立代派處擴大《新青年》宣傳的影響。陳獨秀拋棄了先前崇仰的西方資產階級民主共和政治，宣稱擁護馬克思主義的無產階級革命和無產階級專政。《新青年》先後發表陳獨秀、李大釗、李達等人系統闡述馬克思主義社會主義的專論共 10 篇，如李大釗的《唯物史觀在現在歷史學上的價值》《俄羅斯革命的過去和現在》，李達的《馬克思還原》，蔡和森的《馬克思學說與中國無產階級》等，還組織出版了影響頗大的《關於社會主義的討論》《討論無政府主義》兩個專輯，旗幟鮮明地宣傳馬克思主義，批判各種反馬克思主義思潮，劃清了馬克思主義和形形色色非馬克思主義的界限，為中國共產黨的建立清除了思想障礙。除此之外，《新青年》還增闢「俄羅斯研究」專欄，主要譯載外國報刊及著作中有關俄國革命的理論和實際情況、列寧的著作和生平及十月革命後有關俄國的政治、經濟和文化等材料，系統介紹十月革命的經驗，竭力擴大宣傳馬列主義，成為

傳播馬克思主義的重要輿論陣地。袁振英此時自菲律賓回國經上海，陳獨秀要他幫助編輯《新青年》，主編「蘇維埃俄羅斯研究」，每期約有 1 萬字都由袁振英署名為「震瀛」譯稿。[1]

其次編輯出版《勞動界》和《夥友》等勞工刊物。上海發起組成立後，全力以赴投身工人運動。為改良勞動階級的境遇，由李漢俊、陳獨秀發起於1920 年 8 月 15 日創辦《勞動界》週刊，由新青年社編輯出版。《勞動界》在三種工人通俗刊物中是發刊最早、出版時間最長、影響最大的一種，是我國先進知識分子向工人宣傳馬克思主義的最初嘗試。陳獨秀任該刊主編，李漢俊、沈玄廬、鄭佩剛等參加編輯工作，陳望道、袁振英、李達、邵力子、陳為人、柯慶施等為主要撰稿人。《勞動界》設「國外勞動界」、「國內勞動界」、「演說」、「通信」、「調查」、「讀者投稿」、「時事」、「詩歌」、「小說」、「閒談」、「趣聞」等欄目。

《勞動界》的宗旨是啓發工人階級的階級覺悟，促進工人階級的團結，推動工人運動的發展。李漢俊在發刊詞《為什麼要印這個報》中說「我們中國的工人比國外的工人還要苦。這是什麼道理呢？就因為外國工人略微曉得他們應該曉得的事情，我們中國工人不曉得他們應該曉得的事情。我們印這個報，就是要教我們中國工人曉得他們應該曉得的事情」。該刊用淺顯生動的語言，通俗明瞭的事例向工人群眾介紹勞動創造價值、資本家剝削剩餘價值、勞資對立、工人階級的使命、工人階級的解放途經等馬克思主義基本觀點，向工人灌輸馬克思主義和社會主義意識。陳為人寫的《我們的勞動力哪裏去了？》（第 14 冊）、《勞工要有兩種心》（第 18 冊），向工人們揭示出資本家剝削工人的剩餘價值是工人階級遭受貧困的根本原因，以及工人和資本家的利益是根本對立的道理。李達在《勞動者與社會主義》（第 16 冊）一文中向工人指出，必須實行社會革命，推翻資產階級的統治，建立社會主義制度，才是工人獲得解放的唯一道路。《勞動界》號召工人階級組織起來開展革命鬥爭，為此，他在《國外勞動界》專欄中報導了英、法、德、美、意等國工人罷工鬥爭的消息。在《國內勞動界》《本埠勞動界》專欄中，報導了上海、南昌、蘇州、無錫、杭州、廣州、九江、唐山、鎮江、佛山、湖州、武漢、長辛店、南京、水口山等地工人階級舉行罷工鬥爭的情況和經驗教訓，號召工

1　柳建輝主編，肖甡：《中國共產黨史稿・第一卷：中國共產黨的創建（1921.7～1923.6）》，四川人民出版社，2011 年版，第 126 頁。

人階級組織勞動者的團體去和資本家對抗。並指出：實行社會主義，是我們勞工的責任。《勞動界》大量報導國內外工人運動和工會活動的情況，並重視與工人讀者的直接聯繫，發表工人來稿，直接反映工人的生活和願望。如《勞動界》在第二冊上特地刊登《本報歡迎工人投稿》啓事，從第三冊起，又設立工人《讀者投稿》專欄。從第三冊到第十九冊共刊登工人來搞 30 多篇，如《一個工人的宣言》《我們流出來的汗到哪裏去了？》《老虎和老闆》《無影的強盜》等。它對中國共產黨幫助工人建立工會組織的情況也作了專門介紹，如第九冊發表《上海及其工會開發起會記略》，第十五冊發表張國燾《長辛店工人發起勞動補習學校》。由於當時中國共產黨還處在創建過程中，馬克思主義理論水平還不高，因而《勞動界》還存著一些缺點，如有經濟主義和改良主義的傾向等。但總的來說它是我國最早向工人階級進行馬克思主義宣傳的革命刊物，在全國勞動界產生了深刻的影響，受到各地工人群眾的歡迎和支持，被譽爲「工人的喉舌」、「工人的明星」。[1]《勞動界》每期印刷 2000 份，後被軍閥政府以「煽惑勞工、主張過激」的罪名查禁。於 1921 年 1 月 23 日停刊，共出版 24 期。

《夥友》也是上海發起組編輯出版的刊物之一。在組織工人運動的同時，俞秀松、陳獨秀等人還創辦了「上海工商友誼會」，並於 1920 年 10 月開成立會時出版了店員刊物《夥友》，是《勞動界》的姐妹刊。該刊爲 32 開，週刊，每冊 16 頁，星期日出版。陳獨秀爲該刊寫了發刊詞，闢有調查、通訊、討論、評論、閒談、隨感等欄目，總發行所是上海新青年社，編輯所是工商友誼會。由於工商友誼會的成分比較複雜，既有大量的店員工人，也有中小資本家，所以該刊表現出明顯的兩重性：一方面，該刊重視揭露資本家對店員工人的壓迫與剝削，指出店員工人和產業工人都是勞動階級，必須聯合起來；而工人和資本家的利益是根本對立的；工人階級之所以受壓迫是由於社會存在勞動者階級和非勞動者階級的對立而造成的，工人階級要求得到徹底解放，就必須自己解放自己，推翻現存的社會制度。這是進步性的一面，也是它的主要方面。另一方面，存在著嚴重的缺點和錯誤，即宣揚改良主義和勞資調和的觀點。該刊在第 6 冊以後，中斷了與上海共產主義小組的聯繫，新青年社也不留代爲發行。1920 年 11 月 21 日，《夥友》出版第七冊後停刊。同年 12

---

[1] 李景田主編：《中國共產黨歷史大辭典——新民主主義革命時期》，中共中央黨校出版社，2011 年版，第 103～104 頁。

月 26 日出版第八冊，明顯維護資本家的利益。1921 年 1 月出版至第十一期停刊，同年夏季，改名《夥友報》不定期出版。工商友誼會的發起人、店員出身的童理璋也投靠了資本家，後來加入了國民黨。

　　再次，創辦《共產黨》月刊。爲了向各地共產主義者傳播馬克思主義和列寧建黨學說，進行馬克思主義和共產主義的宣傳教育，該刊於 1920 年 11 月 7 日在上海創辦，也是十月革命勝利三週年紀念日，該刊爲 16 開本，據說出版了 7 期，但目前見到的只有 6 期。主編李達，陳獨秀、袁振英等參加了編輯工作，是上海共產黨早期組織秘密發行的理論刊物，也是聯繫各地共產主義小組的平臺。《共產黨》月刊作爲中國共產黨創辦的第一個黨刊，緣於「當時黨的上海小組的工作：一是宣傳工作，一是工運工作。宣傳方面，決定把《新青年》作爲公開宣傳的機關刊物，另行出版《共產黨》月刊作爲秘密宣傳刊物[1]。」實際上這是一份半秘密半公開的刊物，不標明編輯、印刷、發行的地點，作者全部用化名，如李達用「江春」、「胡炎」，沈雁冰用「衛生」，施存統用「CT」，李漢俊用「汗」等[2]，但卻在《新青年》逐期刊出廣告啓事和要目。每期卷首都有一篇社評式的《短言》，以主要篇幅刊登馬克思主義譯著和探討中國革命的文章，設有《世界消息》《國內消息》《中國勞動界消息》等欄目。該刊還第一次在中國舉起「共產黨」的旗幟，發表多篇文章闡明中國共產黨人的基本主張。該刊根據建黨工作的需要，著重刊登馬克思、列寧的重要著作，介紹十月革命的經驗和俄國共產黨及國際共產主義運動，宣傳無產階級的革命理論、共產黨的基本知識和列寧的建黨學說，旗幟鮮明地揭露和批判無政府主義和第二國際修正主義思潮，初步探討中國革命的理論與實踐問題，明確顯示中國共產主義者要按照列寧的建黨思想，建立一個馬克思主義的政黨，實行無產階級專政。

　　《共產黨》月刊創刊時無政府主義在國內泛濫，這對建黨大爲不利，只有明確無政府主義與共產主義的界限，才能建立眞正的無產階級政黨。因此《共產黨》月刊與《新青年》聯合一同對無政府主義進行批判，指出「我們的最終的目的，也是沒有國家的，不過我們在階級沒有消滅之前」，卻「主張要有強有力的無產階級專政的國家」，否則「革命就不能完成，共產主義就不

1　李達：《中國共產黨的發起和第一次、第二次代表大會經過的回憶》，載《一大回憶錄》，知識出版社，1980 年版。
2　馬光仁：《上海新聞史》，復旦大學出版社，1996 年版，第 513 頁。

能實現」。[1]陳獨秀在 1920 年 11 月 7 日在該刊第 1 號《短言》中指出：「要想把我們的同胞從奴隸境遇中完全救出，非由生產勞動者全體結合起來，用革命的手段打倒本國外國一切資本階級，跟著俄國的共產黨一同試驗新的生產方法不可。」「我們只有用階級戰爭的手段，打倒一切資本階級，從他們的手裏搶奪來政權；並且用勞動專政的制度，擁護勞動者底政權，建設勞動者的國家以至於無國家，使資本階級永遠不至發生。」明確提出共產黨人的信條是：「一切生產工具都歸生產勞動者所有，一切權都歸勞動者執掌。」建黨前夕，1921 年 6 月 7 日出版的《共產黨》中申明：「我們共產黨在中國有兩大使命：一是經濟的使命，一是政治的使命。」其經濟的使命，就是在落後國家裏，不應「採用資本」，「資本不必再走人家已經走過的錯路了」，而政治的使命則是，「擔當這改造政黨、改造政治、改造中國底大責任」。《共產黨》月刊是各地共產黨早期組織的必讀教材，上海發起組要求成員除自己閱讀外，每星期還組織一次學習會，由李達和楊明齋負責主講，大家再進行討論。它也是各地共產主義小組交流思想、溝通情況、推動醞釀建黨的一條重要紐帶，[2]在廣大革命者中廣泛流傳，爭相閱讀，產生了重大影響。毛澤東在 1921 年 1 月21 日寫給蔡和森的信中，稱讚《共產黨》月刊「頗不愧『旗幟鮮明』四字」。李大釗領導的馬克思學說研究會在一則《通知》中，也向會員和進步學生推薦過這個刊物。該刊物還被寄給旅歐的共產主義者學習。

鑒於北洋軍閥的嚴酷統治，刊物隨時都面臨著被查封和人員被逮捕的危險，對外不便於使用《共產黨》的名稱，因此它曾以《康敏主義週刊》（英文共產主義的音譯）、《無政府》《安那其》等封面出版，發表文章也多不署真名。[3]《共產黨》月刊於 1921 年 7 月出版第 6 號後停刊，它的最高發行量達到 5000份，對宣傳馬克思主義和統一黨建思想起到了非常重要的作用。

（二）北京地區共產主義小組與宣傳工作

在維金斯基的指導下，北京革命局於 1920 年 8 月成立，由斯托揚諾維奇和柏烈偉負責。不久之後斯托揚諾維奇被派往廣州，柏烈偉參與了領導創建

1　馬光仁：《上海新聞史》，復旦大學出版社，1996 年版，第 513 頁。

2　方漢奇主編：《中國新聞事業通史》（第二卷），中國人民大學出版社，1996 年版，第 69 頁。

3　柳建輝主編、肖甡：《中國共產黨史稿·第一卷：中國共產黨的創建（1921.7～1923.6）》，四川人民出版社，2011 年版，第 127～128 頁。

北京黨組織的活動。9 月開始，李大釗著手籌建北京共產黨組織。此時張申府從上海回到北京，他把在上海見聞告訴了李大釗，李大釗對陳獨秀建黨問題的意見表示贊同。李大釗和張申府發展了當時還是北大學生的張國燾成為北京的第三個共產黨員。10 月，李大釗、張申府與張國燾三人在李大釗辦公室商討籌建共產黨組織，決定正式成立北京共產黨早期組織，叫做「北京共產黨」。這是全國繼上海之後第二個共產黨早期組織，李大釗在創建黨組織的過程中發揮了重要的作用。後來，羅章龍、劉仁靜、李梅羹等人都加入了北京共產黨組織。1921 年 1 月，北京共產黨組織召開會議，正式成立共產黨北京支部，李大釗為書記，張國燾負責組織，羅章龍負責宣傳。

李大釗不僅是黨的創始人之一，也為中國無產階級新聞事業的誕生，做出了開拓性貢獻，他很早就在報刊上發表文章宣傳馬克思列寧主義，1918 年 11 月在《新青年》第 5 卷第 5 號上發表兩篇政論《庶民的勝利》《布爾什維主義的勝利》，宣傳社會主義。為了鼓吹新思潮，1918 年 12 月 22 日，李大釗和陳獨秀在北京創辦《每週評論》，社址設在北京宣武門外騾馬市大街米市胡同 79 號安徽涇縣會館。該刊使用 4 開小報形式，每星期日出版，內容有國內大事評述、國外大事評述、社論、國內勞動狀況、通信、評論之評論、文藝時評、隨感錄、新文藝、讀者言論、新刊批評、選論共 12 類。前 25 期的主要編輯人是陳獨秀，第 25 期以後的主要編輯人是胡適。陳獨秀常用「隻眼」，李大釗常用「常」、「守常」、「明明」、「冥冥」等筆名發表文章。胡適、高一涵（涵廬）、王廣祈（若愚）、周作人（仲密）、張申府（張赤、赤）等人則是該刊的主要撰稿人。

陳獨秀在發刊詞中宣稱該刊物「主張公理，反對強權」為宗旨。他說：「世界各國的人，都應該明白，無論對內對外，強權是靠不住的，公理是萬萬不能不講的了」。他在解釋「公理」和「強權」兩個概念時說：凡合乎平等自由的，就是公理；倚仗自己強力，侵害他人平等自由的，就是強權。該刊對政治舞臺上的人物和事件加以評判，進行反對封建軍閥和帝國主義的鬥爭，積極宣傳俄國十月革命和世界人民的革命鬥爭，同時，它又繼承了《新青年》提倡民主、科學的傳統。五四運動後，《每週評論》更以反映這一重大政治鬥爭為主要內容。從第 21 期起，一連 5 期用全部或大部篇幅詳細報導和評論愛國群眾運動的發展，對愛國運動給予了熱情地歌頌和支持，宣傳反帝反封建

思想和十月革命道路，並從理論上總結運動的經驗教訓。[1]該刊物發表了許多密切配合當時形勢的文字，如連續登載介紹蘇聯憲法、土地法、婚姻法等文章。1919 年 1 月 5 日，李大釗在《每週評論》第 3 號上發表《新紀元》一文，指出第一次世界大戰和俄國十月革命，使人類進入另一個新紀元，「這個新紀元帶來新生活新文明新世界」，這是「世界革命的新紀元，是人類覺醒的新紀元。」1919 年 4 月 6 日《每週評論》第 16 號上最早刊登《共產黨宣言》（摘譯），約 1000 字。這是先進知識分子在國內最先接受十月革命影響的進步刊物之一，給愛國運動以直接的指導，並且彌補了《新青年》在政治方面的不足。由於刊物的革命性質，1919 年 8 月 31 日《每週評論》第三十七期正在付印時被北洋軍閥政府封禁，共出了 37 期。[2]

李大釗廣泛團結新聞界一切進步力量，結成新文化運動和反帝反封建的新聞輿論統一戰線，積極支持《晨報》副刊的改革，使之成為介紹新知識、新文化、新修養的園地。《晨報》前身是資產階級進步黨（後稱研究系）的機關報《晨鐘報》。1916 年 8 月，《晨鐘報》創刊，1918 年 12 月，改組為《晨報》。1919 年 2 月 7 日，《晨報》第 7 版（副刊）進行改組，吸收了當時已具有初步共產主義思想的李大釗參加工作，增設了介紹新思潮的《自由論壇》和《譯叢》兩刊，從而使它變成宣傳新文化和社會主義思想的園地。孫伏園擔任《晨報》副刊編輯。《自由論壇》經常發表論述新思潮，討論青年問題、學生問題、勞動問題和婦女問題，以及社會改造問題的文章，也有關於國內外重要事件的評述。在李大釗的幫助下，於 1919 年 5 月 1 日出版了「勞動節紀念」專號。這是中國報紙第一次紀念「五一」國際勞動界。《晨報》副刊發表了許多宣傳馬克思主義的論著及介紹和討論社會主義的文章，對馬克思主義的廣泛傳播起了重要的作用。1922 年 5 月 5 日馬克思誕辰 104 週年紀念日，《晨報》副刊出版了「馬克思紀念」專號。《晨報》副刊在 1919 年至 1922 年大量刊載了介紹俄國革命和建設的文章及通訊報導，瞿秋白在 1920 年以《晨報》駐莫斯科特派記者的身份赴蘇俄採訪，自 1921 年 6 月至 1922 年 11 月發表了大量通訊，總計 16 萬字之多。1922 年俄國十月革命五週年紀念日，《晨

1　李景田主編：《中國共產黨歷史大辭典——新民主主義革命時期》，中共中央黨校出版社，2011 年版，第 100 頁。

2　柳建輝主編，肖甡：《中國共產黨史稿・第一卷：中國共產黨的創建（1921.7～1923.6）》，四川人民出版社，2011 年版，第 57/82 頁。

報》副刊出版了「俄國革命紀念」專號。這是中國報刊第一次出版專號紀念十月革命。[1]

　　1921年年10月12日起，《晨報》副刊由第七版改成四版單張獨立出版並隨報附送，改稱爲《晨報副刊》，報眉印有魯迅擬就的「晨報副刊」字樣，孫伏園並請《晨報》主編蒲伯英撰寫了報頭《晨報副鐫》。與之前相比，除了形式完全更新外，副刊的欄目設置上還增添了「星期講壇」、「開心話」、「電影」三個欄目，增加其娛樂性和趣味性。此外，在魯迅的指導與支持下，該刊爲發展新文學做出了重要貢獻。除發表魯迅著名小說《阿Q正傳》外，還發表了許多白話小說、詩歌、劇本，特別是大量譯載了高爾基、普希金、契訶夫、托爾斯泰、屠格涅夫、莫泊桑、莎士比亞、歌德等近代著名作家的作品，對中國新文學的發展產生了重大影響。《晨報》副刊對各種社會主義流派兼容並包，所以立場並不鮮明。雖然發表過一些錯誤反動文章，但在宣傳新文化、介紹俄國社會革命和社會主義思想、傳播馬克思主義等方面所起的作用也不可磨滅。1925年「新月派」徐志摩擔任該刊主編後，《晨報》副刊的進步性逐漸喪失。

　　在李大釗的指導和推動下，北京共產主義小組爲了擴大和加強馬克思列寧主義的宣傳教育，於1920年11月7日創辦了《勞動音》週刊（後改名爲《仁聲》），這是一份指導工人運動發展的通俗刊物。初由黃凌霜、陳德榮負責編輯發行工作，後因黃凌霜等人退出北京共產主義小組，主要由羅章龍、鄧中夏負責接辦。目前見到《勞動音》第5期（1920年12月5日），停刊年月不詳。羅章龍是中國共產黨早期工人運動的負責人，早年與毛澤東等人發起成立新民學會，進行驅張活動（即驅逐軍閥張敬堯）。在北京大學讀書時參加五四運動行動小組。1920年11月加入北京共產主義小組和社會主義青年團，同年底負責編輯《勞動音》。

　　《勞動音》的發刊詞《我們爲什麼出版這個〈勞動音〉呢？》由鄧中夏撰寫，署名爲「心美」。他寫道「來提倡那神聖的『勞動主義』，以促進世界聞名的進步，增進人生的幸福。」出版這個刊物的任務就是「闡明眞理增進一般勞動同胞的智識，研究些方法，以指導一般勞動同胞的進行，使解決這不公平的事情，改良社會的組織」。其宗旨是提倡神聖的勞動主義，「排斥那

1　李景田主編：《中國共產黨歷史大辭典——新民主主義革命時期》，中共中央黨校出版社，2011年版，第101～102頁。

班不勞而食的人」，增進勞動者的知識，提高工人覺悟，促進工人團結，推動工人運動發展。內容上主要報導國內工人的工作和生活狀況，包括工廠的組織、生產情況、工人待遇、情感意見、家庭關係和罷工運動等方面。刊登這些內容，是爲了「使國內各工人容易聯絡，及使留心社會問題的人，去求解決的方法；更使世界的勞動者和社會改造家，明白我們國內勞動的眞象，來設法幫助我們解決，共促文化的進步，世界的和平，人類的幸福，那即是我們出版這《勞動音》的本意。」該刊還非常注意指導「實際的勞動運動」，促進馬克思主義同中國工人運動的結合，指出「只向知識階級作『學理』的宣傳，而不向無產階級作實際運動，結果只是空談」，提倡知識分子從事工人運動，進行實際工作，一掃知識分子崇尙空談，不務實際的舊習，使他們到工人群眾中去進行實際的革命活動，走與工人相結合的道路。《勞動音》以大量篇幅報導反映南京、唐山等地工人的悲慘生活，並注重用具體事實和典型事件來啓發工人的階級覺悟，引導他們進行革命鬥爭。如第 1 期以《開灤礦工燒死的悲劇》《礦局年利八倍於資本》《八十分鐘內死亡工人五、六百》《工人一命只值六十元》的標題，報導了 1920 年 10 月唐山煤礦發生瓦斯爆炸，死傷工人五六百人的大慘劇，揭露了煤礦當局草菅人命的罪行。[1]第 5 期以大篇幅報導南京機織工人搗毀省議會和痛打省議員的事件，揭示了事件背後的經濟根源，讚揚了工人的鬥爭精神。[2]《勞動音》出版發行後，很快就在長辛店等地的工人運動中流傳開來，受到工人的熱烈歡迎，引起強烈的社會反響。到 1920 年 12 月，該刊每期的銷售量達到 2000 份。[3]

除《勞動音》外，北京早期黨組織還於 1921 年 7 月創辦了《工人週刊》。這是一份早期北京共產黨組織和中國勞動組合書記部向工人進行馬克思主義宣傳的通俗刊物，也是北方勞動界的言論機關。最初由北京長辛店工會創辦，自第 15 期以後改由勞動組合書記部北方分部承辦，羅章龍主編。該刊爲四開四版報紙，每星期日出版，以「工人週刊社」的名義在北京大學發行。1922 年 7 月，中國勞動組合書記部被上海反動當局查封，8 月由上

---

1 李景田主編：《中國共產黨歷史大辭典——新民主主義革命時期》，中共中央黨校出版社，2011 年版，第 109 頁。
2 張樹軍主編：《圖文中國共產黨紀事 1（1919～1931）》，河北人民出版社，2011 年版，第 39 頁。
3 柳建輝主編，肖甡：《中國共產黨史稿·第一卷：中國共產黨的創建（1921.7～1923.6）》，四川人民出版社，2011 年版，第 148 頁。

海遷至北京。此後，《工人週刊》成爲中國勞動組合書記部指導工人運動的機關刊物。

《工人週刊》下設編委會，李大釗、高君宇、何孟雄、羅章龍等曾擔任編委會常委，下設北京勞動通訊社，通訊社在全國各地布有通訊員和特約記者，他們採集的新聞報導，除了給《工人週刊》供稿，還向國內各大報刊如北京的《晨報》上海的《申報》發稿。[1]《工人週刊》設有評論、工人談話、勞動調查、勞動文藝、通訊、隨感錄等欄目，除介紹國內外勞動消息，宣傳組織工會，報導各地工人受剝削受壓迫的慘痛生活，以及團結戰鬥的情況外，還大力提倡組織工會，號召工人團結，具有鮮明的階級性和戰鬥性。其宗旨是：（1）描寫工人的疾苦；（2）喚醒工人階級的覺悟；（3）指導工人組合的方針及計劃。該刊報導了香港海員大罷工和全國各地支持這次罷工的情況，歌頌了中國工人階級的戰鬥情誼。還總結了幾年來罷工鬥爭特別是二七罷工的經驗教訓。報刊上經常刊登富有鼓動性的口號，如「勞工神聖」、「唯勞動者乃能得食」、「工人應獲得罷工權」、「八小時的工作」、「八小時的教育」、「八小時的休息」、「世界的工人們聯合起來呵」等。鄧中夏、王燼美、高君宇等都爲該刊撰寫過文章。該刊出版後，影響較大，每期印行 2000 份，最多發行量超過了 5000 份，大部分銷售在北方鐵路工人中，受到工人群眾的熱烈歡迎，被譽爲「勞動者的喉舌」[2]，還被《共產黨》稱讚爲「辦得很有精神，他們的努力，實可令人佩服，不愧爲北方勞動界的一顆明星」[3]、「是全國勞動運動的急先鋒」、「爲全國鐵路工人謀利益的」[4]。雖被當局屢次通飭「嚴行禁止」出版發行，但該刊還是在北京東安市場、勸業場等大商場的書店中銷售，還出版了《工人的勝利》《五一節》《京漢工人流血記》等小冊子。由於反動軍閥政府的禁令，《工人週刊》於 1923 年 12 月 30 日被迫停辦。

這些面向大眾、啓發工人覺悟的通俗刊物雖然出版時間都不長，影響有限，但伴隨著這些刊物的出版，中國共產黨的無產階級政黨性質已經明確。

---

[1] 中共北方區委歷史編寫組編《中共北方區委歷史》，中共黨史出版社，2013 年版，第 84 頁。

[2] 李景田主編：《中國共產黨歷史大辭典——新民主主義革命時期》，中共中央黨校出版社，2011 年版，第 110 頁。

[3] 柳建輝主編，肖甡：《中國共產黨史稿·第一卷：中國共產黨的創建（1921.7～1923.6）》，四川人民出版社，2011 年版，第 149 頁。

[4] 羅章龍：《椿園載記》，生活·讀書·新知三聯書店，1984 年版，第 142 頁。

（三）其他地區的共產主義小組與宣傳工作

1920 年，繼上海、北京地區的共產主義小組發起後，武漢、濟南、長沙、廣州等地紛紛建立共產主義小組，並進行報刊宣傳活動。

1、廣州共產主義小組及其報刊宣傳活動

1920 年 12 月陳獨秀應邀前往廣州，幫助廣州方面成立共產黨組織，確定以《廣東群報》爲小組的宣傳機關，開展革命宣傳活動。《廣東群報》原爲宣傳新文化運動的日報，創辦於 1920 年 10 月 20 日，總編輯陳公博，創辦者爲陳公博、譚平山、譚植棠。1921 年 3 月重建廣東共產黨支部以後，該報正式改爲黨的機關報。後來陳雁生、陳秋霖也參加了編輯工作。陳公博參與創建了廣東共產黨早期組織，負責組織工作，還出席了黨的一大。1922 年夏秋，因反對中國共產黨中央政治路線，堅持在《廣東群報》上刊載擁護軍閥陳炯明的文章，被中國共產黨中央局開除黨籍。

《廣東群報》在創刊號「籌辦群報緣起」中闡明，該報創辦的緣由是鑒於「群性」是人類的本能，故致力於宣揚「群性」，其出發點是以「小群效力於大群」，故名《群報》。辦報宗旨是：（1）不談現在無聊政治，專爲宣傳新文化的機關；（2）不受任何黨援助，保持自動出版的精神。[1]辦報目的是「主張改造社會」，並「認定新文化運動是今日改造社會一種很重大、很切要的事情」，「我們群報對於社會，就是擔負新文化運動的宣傳機關，去催促新社會早日實現那個責任」。《廣東群報》每天出 8 頁，第 1 頁刊廣告，第 2 頁刊廣告和特電，第 3 頁刊要聞，第 4 頁專載和廣告，第 5 頁刊文藝、科學小品，第 6、7 頁刊世界和國內要聞、工人消息，第 8 頁刊文學研究、馬克思、列寧學說介紹等。[2]《群報》設有評論、研究、雜著、馬克思研究、特別記載、工人消息、留法通訊等專欄，其主要內容是反映社會現實狀況，宣傳新文化運動，社會改造，報導勞工運動狀況，宣傳馬克思主義，婦女解放，介紹世界新聞和蘇俄的消息。還刊載過馬克思和列寧的傳記俄國共產黨的歷史、共產國際的文件等。[3]

1　許振泳編：《廣東報刊資料選輯（1919～1929）》（上），中央檔案館，廣東省檔案館，1991 年版，第 3 頁。

2　許振泳編：《廣東報刊資料選輯（1919～1929）》（上），中央檔案館，廣東省檔案館，1991 年版，第 3～4 頁。

3　《中國共產黨歷史大辭典——新民主主義革命時期》，中共中央黨校出版社，2011 年版，第 107 頁。

　　《廣東群報》辦得生動活潑，是廣東傳播馬克思主義的一個重要陣地，是廣東各界群眾運動的領導者，在廣東全省乃至中國南部產生了很大影響。《廣東群報》曾在《新青年》第 9 卷第 2 號上刊登出版廣告「本報是中國南部文化運動的總樞紐，是介紹世界勞動消息的總機關，是在廣州資本制度下奮鬥的一個孤獨子，是廣東十年來惡濁沉霾空氣裏面的一線曙光，諸君有關心文化消息、世界趨勢，和社會問題嗎？請看文化運動的中心、世界消息的匯總、改造社會的前驅《廣東群報》」。還陸續發表《共產主義與無政府主義及議會派比較》《社會革命之商榷》等文章宣傳馬克思主義，對無政府主義進行系統揭露和批判[1]。

　　陳獨秀對《廣東群報》的出版表示支持與祝賀，並在創刊號上撰寫《敬告廣州青年》一文，對青年寄予莫大希望，語重心長地說：「我希望諸君切切實實研究社會實際問題底解決方法。」[2]1922 年 6 月，廣東軍閥陳炯明發動推翻孫中山的武裝叛變後，《廣東群報》出至同年秋被迫停刊。

　　《勞動者》也是廣州共產主義小組創辦的刊物，1920 年 10 月 3 日創辦。該刊爲週刊，週日出版。發刊詞寫道：「只有做工的人，是最有用的人，是最高貴的人。」然而現狀卻是「我們至有用至高貴的工人呢，偏偏是：種田的吃不到半飽，紡織的沒有蔽體的衣裳，建築的沒得房子住，機器廠裏的機工，不是使用人工製品的人，舟車工人不是坐車坐船的。把生活上至窮至苦的景遇，統統放在工人的身上。」[3]該刊主編梁冰弦，編輯劉若心，經常撰稿的有黃凌霜、薛劍耘等，經費由蘇俄代表提供。該刊是向工人宣傳社會主義和開展工人運動的通俗刊物，是當時的工人三兄弟刊之一。它先由廣州《天民報》後由《廣東群報》負責總經銷。《勞動者》的內容與《勞動界》相似，憑藉通俗的語言和生動的事實，指出勞資之間的利益是根本對立的，造成勞資對立的根本原因是社會制度的不合理，要改變工人困苦境遇的唯一辦法，就是推翻現存社會的制度，旨在爲了啓發工人階級的覺悟。《勞動者》關注了農民問題，在第六號上發表了《和耕田朋友的談話》一文。此外還介紹了

1　王潤澤：《北洋政府時期的新聞業及其現代化（1916～1928）》，中國人民大學出版社，2010 年版，第 99 頁。
2　柳建輝主編，肖甡：《中國共產黨史稿・第一卷：中國共產黨的創建（1921.7～1923.6）》，四川人民出版社，2011 年版，第 154 頁。
3　柳建輝主編，肖甡：《中國共產黨史稿・第一卷：中國共產黨的創建（1921.7～1923.6）》，四川人民出版社，2011 年版，第 156 頁。

美國和意大利等國的工人運動狀況，報導了上海、廣州、湖南、九江、唐山等地建立工會組織和開展罷工鬥爭的情況；還介紹過十月革命後蘇俄的勞工運動、婦女運動及土地政策等方面的情況，對提高工人的積極覺悟，促進他們團結起來開展勞動運動，具有積極的作用。《勞動者》第二、四、五、六號連載了實際是《國際歌》不準確譯文的《勞動歌》，這是已知最早的《國際歌》中譯文。[1]

因爲《勞動者》的主要編輯人員具有無政府主義的思想，所以該刊曾經散佈了一些無政府主義思想。因而《勞動者》與上海共產主義小組創辦的《勞動界》北京共產主義小組創辦的《勞動音》相比，對馬克思主義的宣傳顯得有些薄弱。儘管如此，《勞動者》在宣傳社會主義思想，提高工人階級覺悟，教育工人團結起來開展罷工鬥爭等方面，還是具有重要的意義。陳獨秀來廣州後，認爲共產黨必須擺脫無政府主義者，因此信奉無政府主義的編輯相繼離開[2]。1921 年 1 月 2 日《勞動者》停刊，共出 8 期。

爲了把廣大勞動婦女發動和組織起來，謀求婦女自身的解放，1921 年 2 月，上海發起組成員沈玄廬主編的《勞動與婦女》在廣州正式出版，每星期日發刊。該刊對於團結教育青年婦女和勞動群眾具有積極的作用。同時，《新青年》雜誌也於 1921 年 1 月遷至廣州，利用在廣東的合法地位，進一步擴大了宣傳陣地。[3]

2、武漢早期黨組織及其報刊宣傳活動

1920 年秋，由劉伯垂召集董必武、陳潭秋、包惠僧、張國恩、鄭凱卿、趙子健，共 7 人，在武昌召開會議成立武漢共產黨支部。武漢共產主義小組成立後組織了馬克思學說研究會，1921 年春，馬克思研究會成員惲代英、黃負生、劉子通等發起創辦了《武漢星期評論》，黃負生、劉子通、李書渠擔任編輯。該刊以改進湖北教育及社會爲宗旨，積極宣傳革命思想，鼓吹社會改造、改革教育、婦女解放，揭露和抨擊舊制度和軍閥統治。[4]內容分爲評論、

---

1 李景田主編：《中國共產黨歷史大辭典——新民主主義革命時期》，中共中央黨校出版社，2011 年版，第 107 頁。

2 參見謝駿《廣州〈勞動者〉研究》，見《廣東革命報刊研究》第 1 輯，中共廣東省委黨史資料徵集委員會，1987 年版，第 23～28 頁。

3 柳建輝主編，肖甡：《中國共產黨史稿‧第一卷：中國共產黨的創建（1921.7～1923.6）》，四川人民出版社，2011 年版，第 156 頁。

4 柳建輝主編，肖甡：《中國共產黨史稿‧第一卷：中國共產黨的創建（1921.7～1923.6）》，四川人民出版社，2011 年版，第 158 頁。

專著、調查、文藝、隨感錄、通信等。每星期發刊一次，星期六出版。[1]編輯部設在武昌黃土坡下街二十七號黃負生宅內，先由惲代英創辦的利群書社發行，後改由武昌時中書局、長沙文化書社發行。1921 年秋，黃負生、劉子通加入中國共產黨後，《武漢星期評論》轉歸武漢黨支部領導，成爲武漢共產黨支部的機關刊物。主要撰稿人有黃負生、劉子通、李漢俊、李書渠、林育南、施洋等；董必武、陳潭秋、蕭楚女、錢亦石、夏之栩等也寫過一些文章。1922 年《武漢星期評論》改由李書渠主編。

　　《武漢星期評論》發表了許多文章，如陳潭秋的《婦女運動》《五一的意義》，劉子通的《改良湖北教育意見書》，林育南的《五七、五四與五一》，蕭楚女的《資本制度底漢水流域》，李漢俊的《中國思想界的寒暑表兼晴雨表的梁啓超先生》，夏之栩的《佃戶》等，這些文章的主旨都是反映和支持學生運動、工人運動和婦女解放運動；揭露宗教本質，宣傳辯證唯物論；揭露和批判梁啓超鼓吹的改良主義，同反馬克思主義思潮進行鬥爭；抨擊資本主義制度和封建軍閥黑暗統治。1922 年武漢第一次紀念「五一」勞動節，該刊還發表了紀念文章。1923 年 7 月前後該刊還在出版，終刊日期不詳。《武漢星期評論》在當時的武漢地區有較大影響，對於傳播和推廣馬克思主義及新思潮，抨擊舊制度，改造社會，推動工人運動，改革教育等活動開展，都具有重要的作用。[2]

　　武漢黨組織成立後，組織翻譯、出版了一些馬克思主義書籍，如 1920 年 6 月出版了張冥飛編輯的《勞農政府與中國》，1921 年 1 月出版了惲代英翻譯的《階級爭鬥》，1921 年 6 月出版了田誠的《共產主義與知識階級》等。

　　田誠的《共產主義與知識階級》在漢口印刷出版，正確分析了中國社會結構，指出中國革命的對象和主要任務，認爲中國已不是傳統的封建社會，也不是歐美型的資本主義，而是「國際掠奪的公共的殖民地」。它旗幟鮮明地號召中國要以俄國革命爲榜樣，建立共產黨，實行無產階級專政。它正確地分析了中國的社會性質，剖析了中國的社會各階級，將知識分子劃分爲若干個階層，並提出知識分子應該「把我們的知識貢獻到勞動者的腦袋裏去。因爲只有共產主義是無產階級的解放者，只有共產主義是解放世界的明星。」

1　黃鋼等編：《黃負生紀念文集》，《武漢星期評論》簡章，武漢出版社，2003 年版，第 247 頁。

2　李景田主編：《中國共產黨歷史大辭典——新民主主義革命時期》，中共中央黨校出版社，2011 年版，第 109 頁。

它號召中國革命的知識分子要走俄國十月革命的道路，要向俄國革命的知識分子學習，成為無產階級的一份子，「推廣這個革命的運動，因為這是你們的唯一責任」。它還指出中國革命的對象是帝國主義和軍閥官僚，並且批評了各種錯誤的思潮，特別是無政府主義和改良救國主義，確定馬克思主義為革命運動的思想指南。這個小冊子是建黨初期宣傳共產主義思想的重要讀物，在正確堅持十月革命道路、共產主義理想、無產階級專政的同時，卻仍舊想仿照俄國的模式，這種企圖超越民主革命階段而直達社會主義、共產主義的戰略構想是錯誤的。[1]

3、其他地區的黨組織及報刊宣傳活動

在上海和北京早期黨組織的影響和幫助下，王盡美、鄧恩銘等在 1921 年春成立了濟南早期黨組織。1921 年五一勞動節，王盡美、王翔千和王復元等創辦了濟南勞動週刊社，並在《大東日報》副刊上出版通俗小報《濟南勞動週刊》，以向工人宣傳馬克思主義，王翔千任主編，其辦刊方針是：（1）增進勞動者的知識；（2）提高勞動者的地位；（3）改造勞動者的生活。[2]該刊推進了工人運動的發展，促進了馬克思主義與工人運動的結合。但後來因經濟苦難而停刊。可惜的是，濟南共產黨小組創辦的這份印有「斧子和鋤頭」徽記的《濟南勞動週刊》至今沒有發現實物。

（四）早期青年團小組的宣傳工作

天津青年團小組為關注工人運動決定出版工人報紙。於是張太雷與俄共黨員柏烈偉共同創辦了天津第一份工人報紙，取名為《來報》（亦稱《勞報》），這個名字有兩重含義：一為摒棄陳舊的過去，爭取嶄新的未來；一為英文 Labour（勞動）的諧音。《來報》於 1921 年 1 月公開出版，以宣傳馬克思主義、報導國內外新聞和中國工人運動的消息為主要內容，由諶小岑任經理兼編輯。出版不到兩個星期被法租界巡捕驅逐，後又改名為《津報》繼續堅持出版。除編印報紙外，還發售《共產黨》月刊和《共產黨宣言》，並把李大釗的《我的馬克思主義觀》印成小冊子，在天津發行。

---

1 柳建輝主編，肖甡：《中國共產黨史稿·第一卷：中國共產黨的創建（1921.7～1923.6）》，四川人民出版社，2011 年版，第 162 頁。
2 中共濟南市委黨史委編：《濟南革命歷史檔案資料選編·第一輯（1919.5～1927.7）》濟南市檔案館，1991 年版，第 3 頁。

（五）一些進步組織的報刊宣傳工作

《湘江評論》是五四運動時期毛澤東在湖南長沙主辦的著名週刊。1919年 7 月 14 日，湖南省學聯爲了進一步提高群眾覺悟，把反帝反封建的愛國運動繼續向前推進，創辦了《湘江評論》，毛澤東擔任主編。該刊爲四開一張，設有西方大事評述、東方大事評述、世界雜評、湘江大事評述、湘江雜評、放言、新文藝欄目。毛澤東在創刊宣言中提出要借平民主義打倒強權，方法是「在學術方面，主張徹底研究，不受一切傳說和迷信的束縛，要尋著什麼是眞理；在對人的方面，主張群眾聯合，向強權者爲持續的『忠告運動』，實行『呼聲革命、『無血革命』。」[1]《湘江評論》共出版五期，另有「臨時增刊」（八開一張）一期。該刊由湘鄂印刷公司承印，寫稿、審稿到編輯工作全都由毛澤東負責。該刊主張在學術方面進行徹底研究，並號召人民敢於向資本家、封建軍閥和帝國主義作鬥爭，熱情讚頌俄國布爾什維克黨領導的十月社會主義革命及其對世界的影響，並用很大篇幅介紹各國革命運動，讚揚英、美、法、德、意等國的工人罷工鬥爭，並預見東歐各國的革命前途將是社會主義的勝利。此外《湘江評論》還報導了全國五四愛國運動的發展和湖南學生聯合會的活動情況，介紹留法勤工儉學的情形及湖南的一些重要事情。《湘江評論》對湖南的革命運動起到了很大的指導作用，並輻射到全國，因此引起軍閥的不滿，1919 年 8 月上旬被張敬堯查封。[2]共出版五期。

《新湖南》是長沙湘雅醫學院專門學校學生自治會會刊，1919 年 4 月 2 日創刊。原名「學生救國報」，由龍毓瑩主編。1919 年 6 月 15 日起改名爲「新湖南」。毛澤東從第七號起擔任《新湖南》週刊主編，使該刊更具有戰鬥性，打破「言論不涉政事」的侷限。[3]

> 本報第七號以後的宗旨是：一、批評社會。二、改造思想。三、介紹學術。四、討論問題。……第七號以後的本報，同人盡其力之所能，本著這四個宗旨去做；「成敗利鈍」自然非我們所願。

1　古耜選編：《百年滄桑・中國夢散文讀本》，《湘江評論》創刊宣言，2014 年版，第30～32 頁。

2　李景田主編：《中國共產黨歷史大辭典——新民主主義革命時期》，中共中央黨校出版社，2011 年版，第 103 頁。

3　湖湘文庫編輯出版委員會編：《湖湘文庫書目提要》，嶽麓書社，2013 年版，第 206頁。

就是一切勢力 Authority 也更非我們所顧。因爲我們的信條是「什麼都可以犧牲，惟宗旨絕對不能犧牲！」（《新湖南》週刊第七號刷新宣言）[1]

《新湖南》繼承《湘江評論》的精神，毛澤東每期都撰寫一篇較長的政治論文，如第七期的《社會主義是什麼？無政府主義是什麼？》，試圖比較深入地宣傳馬克思主義。該刊還經常刊登評論和雜談，對當時國際、國內一些重大問題進行分析批判。由於《新湖南》介紹革命思想，反對封建軍閥，出至第九期被張敬堯強行查封。[2]

《少年中國》月刊是少年中國學會出版的刊物，1919 年 7 月 15 日正式創辦，1924 年 5 月終刊，大型十六開綜合型期刊，共出了 4 卷 48 期[3]。當時李大釗任編輯主任，康白情任副主任，但兩人均因事未能執行職務，前七期實際由王光祁負責編輯。第八期起由李大釗、康白情、張申府、孟壽椿、黃日葵等 5 人負責編輯工作。1920 年 7 月蘇演存任編輯主任，黃日葵任副主任。1921 年 1 月，該刊從北京遷往上海，由左舜生負責編輯。該刊編輯方針是鼓吹青年，研究學理，評論社會，刊登了李大釗、惲代英、鄧中夏、黃日葵、田漢、郭沫若、張聞天等人的文章、通信、詩文和譯著，是研究著名共產黨人早期思想狀況和活動的寶貴資料。[4]

二、中國共產黨的成立與報刊宣傳工作

（一）共產黨成立初期的報刊與出版宣傳工作

中國共產黨的早期報刊是在受到共產國際影響和幫助下，並借鑒了列寧辦報思想與蘇聯黨報經驗的基礎上發展起來的。由於根植於中國大地並面向中國社會和勞苦大眾，加之一批優秀的中國革命先行者殫精竭慮地努力開拓，既運用了外國經驗，也有其鮮明的自身特點和優良作風，爲日後中國共產黨報刊事業的健康發展奠定了堅實基礎。

---

1 中共中央文獻研究室，新華通訊社編：《毛澤東新聞作品集》，新華出版社，2014 年版，第 49 頁。

2 李景田主編：《中國共產黨歷史大辭典——新民主主義革命時期》，中共中央黨校出版社，2011 年版，第 104～105 頁。

3 李永春：《〈少年中國〉與五四時期社會思潮》，湖南人民出版社，2005 年版，第 7 頁。

4 李景田主編：《中國共產黨歷史大辭典——新民主主義革命時期》，中共中央黨校出版社，2011 年版，第 104 頁。

1920 年下半年至 1921 年春，隨著馬克思主義在中國的廣泛傳播，中國工人運動的蓬勃興起，作為兩者結合產物的中國共產黨早期組織在上海、北京、武漢、長沙、濟南、廣州等地相繼建立，留日、旅歐留學生中也相繼成立了黨的早期組織，建黨條件基本成熟。1921 年 7 月中共第一次全國代表大會召開，通過了兩個文件，一個是黨綱，另一個是《關於當前實際工作的決議》，決議確立了共產黨對報刊等出版物的絕對管理權，具體規定如下：

> 雜誌、日刊、百科全書和小冊子須由中央執行委員會或臨時中央執行委員會經辦。

> 各地可根據需要出版一種工會雜誌、日報、週報、小冊子和臨時通訊。

> 無論中央或地方的出版物均由黨員直接經辦和編輯。

> 任何中央或地方的出版物均不得刊登違背黨的方針、政策和決定的文章。

這一原則的確立非常重要，在 1927 年大革命失敗前，共產黨的報刊基本上遵循了這一規定。[1] 共產黨報刊的成功創辦和發行是在中共「二大」召開後。「一大」召開後，黨的宣傳工作並未發生實質變化，《新青年》和《共產黨》月刊仍處於半地下狀態。共產黨決定以書籍出版帶動宣傳，成立了人民出版社並在《新青年》上登載出版重要書籍的廣告：馬克思全書 15 種、列寧全書 14 種、康民尼斯特叢書 11 種、其他 9 種，以上書籍有 10 種付印中，其餘準備在年底完全出版。報刊出版工作的萌芽狀態顯示出共產黨的工作還未進入正軌，中國共產黨雖然誕生了但還很稚嫩，還在尋找政治工作的目標和突破口。[2]

1922 年中共「二大」確定黨章和政治宣言，即打倒帝國主義和軍閥，實行國民革命。但「怎樣實現我們的政治主張呢？黨決定在北京辦一《遠東日報》」[3]，這份報紙的任務就是專門宣傳國民革命。但該決定遭到國際代表馬林反對。於是共產黨決定將秘密刊物《共產黨》月刊停辦，創辦出版黨的公開

---

1 王潤澤：《北洋政府時期的新聞業及其現代化（1916～1928）》，中國人民大學出版社，2010 年版，第 102～103 頁。

2 王潤澤：《北洋政府時期的新聞業及其現代化（1916～1928）》，中國人民大學出版社，2010 年版，第 102～103 頁。

3 蔡和森：《吾黨產生的背景及其歷史使命》，見中共廣東省委黨史研究委員會辦公室編《「一大」前後的廣東黨組織》廣東省檔案館，1981 年版，第 61 頁。

機關報《嚮導》週報，並由選舉產生的主管宣傳的蔡和森親任主編。1922 年
9 月 13 日第 1 期發行，16 開本，週刊。

《嚮導》週刊受到中共中央領導層的高度重視。撰寫文章最多的是陳獨
秀和蔡和森，其餘作者也是黨的高級領導，如李大釗、瞿秋白、羅章龍、張
太雷、高君宇、張國燾、趙世炎、彭述之等，共產國際代表馬林也以「孫鐸」
署名發表過文章，1923 年至 1924 年毛澤東在上海工作期間也參與了編輯工
作。1925 年 6 月，蔡和森因病去北京休養，改由中央宣傳部長彭述之主編，
具體編輯業務由宣傳部秘書鄭超麟負責。宣傳部幹事張伯簡負責印刷和發
行。1927 年春，中共中央遷往武漢，《嚮導》也隨遷至武漢出版，由負責中央
宣傳部工作的瞿秋白主編，羊牧之協助編輯。1927 年 7 月，汪精衛叛變革命
後，《嚮導》出版遇到極大的困難，被迫停刊，共出版了 201 期。[1]《嚮導》最
初發行量約 3000 份，以後逐漸增加，1923 年為 5000 多份，1924 年 9 月為 2
萬份，1926 年 4 月達 2.9 萬份。《嚮導》除在國內發行出版，還遠銷國外，供
在外國學習、工作的同志和廣大華僑閱讀。《嚮導》具有廣大的讀者群體，深
受人民群眾歡迎，被讀者譽為「黑暗的中國社會的一盞明燈」。

《嚮導》週刊從創刊起就大力宣傳中國共產黨的反帝反封建民主革命綱
領。該刊第一期《本報宣言》提出了打倒帝國主義，打倒封建軍閥，建立真
正的民主共和國的主張，並指出「本報同人依據以上全國真正的民意及政治
經濟的事實所要求，謹以統一、和平、自由、獨立四個標語呼號於國民之前！」
蔡和森在該刊發表了大量文章，揭露帝國主義侵略中國，以及帝國主義和封
建軍閥相勾結在中國實行殘暴統治的罪行，並指出「中國國民運動的真意義，
在反抗國際帝國主義，因為國際帝國主義既是壓迫中國的仇敵，又是軍閥存
亡，國家分裂，內亂永續的原動力。」中共中央在該刊八十二期上發表的《中
國共產黨第三次對時局的原動力》號召全國人民：「目前解救中國的唯一道
路，只有人民組織起來，在國民革命的旗幟之下，推翻直系，解除一切軍閥
的武裝，尤其要在根本上推翻外國帝國主義在中國一切既得的權利與勢力。」

《嚮導》熱情宣傳和支持工農革命運動，促進了工農革命運動和國民革
命的迅速發展。在《嚮導》發行期間，刊載的關於工農運動的文章共達 205
篇，其中關於工人運動的文章 171 篇，關於農民運動的文章共 34 篇。在這些
文章中，著名的有趙世炎的七論《上海的罷工潮》（第一五九至一七二期）、《上

---

1 馬光仁：《上海新聞史》，復旦大學出版社，1996 年版，第 514 頁。

海總同盟罷工的記錄》（第一八九期）、《上海工人三月暴動紀實》（第一九三期），彭湃的《關於海豐農民運動的一封信》（第七十期），蔡和森的《今年五一之廣東農民運動》（第一一二期），瞿秋白的《農民政權與土地革命》（第一九五期），毛澤東的《湖南農民運動考察報告》（第一九一期）等。

《嚮導》通過對黨的民主革命綱領的宣傳，給中國人民指出了當前的奮鬥目標和革命的基本任務。《嚮導》積極宣傳中國共產黨以國共合作為中心的革命統一戰線政策，1923 年 5 月 2 日，蔡和森在《嚮導》第 23 期發表《中國革命運動與國際之關係》一文，闡明建立革命統一戰線的重要性，並希望孫中山能夠迅速接受這一策略。國共合作的統一戰線建立後，《嚮導》除繼續宣傳黨的統一戰線政策外，還對孫中山提出的聯俄、聯共、扶助工農三大政策作了重點宣傳。

《嚮導》對國民黨右派進行了長期針鋒相對的鬥爭。在黨中央的領導下，《嚮導》發表許多文章，揭露國民黨新老右派的反革命陰謀和罪行，並要求全黨認真執行「擴大左派、孤立中派、打擊右派」的政策，以鞏固革命統一戰線。在這些文章中，著名的有蔡和森的《商團事件的教訓》（第 82 期）、《馮自由派反革命運動的解剖》（第 111 期）、《何謂國民黨左派》（第 113 期），陳獨秀的《國民黨右派之過去現在及將來》（第 148 期）和《國民黨右派大會》（第 150 期），周恩來的《最近二月廣州政象之概觀》（第 92 期）、《中山北上後之廣東》（第 98 期）等。在大革命後期，由於受陳獨秀右傾投降主義錯誤的影響，《嚮導》在對統一戰線中必須堅持無產階級領導權等問題上，宣傳了一些錯誤的觀點，這在一定程度上影響了《嚮導》的戰鬥作用。

《嚮導》存在近 5 年，在宣傳馬列主義，宣傳黨的路線、方針和政策，在動員廣大人民群眾進行反帝反封建的國民革命，以及指導大革命時期的各項鬥爭等方面，都真正發揮了革命的嚮導作用，為群眾指明了方向，受到讀者的熱烈歡迎，也成為在黨內外享有很高聲譽的革命刊物。蔡和森後來說，那時他們還沒有共產黨的政治觀念，「此報發出後，才把同志們的地方觀念打破，非黨觀念改變過來，所以《嚮導》是統一我黨的思想工具」。共產黨剛剛成立的時候，有兩個暫時的「盟友」，一個是「無政府主義」，一個是「李漢俊和戴季陶主義」，也是通過《嚮導》的宣傳才基本廓清了這些不同思想，將共產黨的主張越來越明確地表達出來。1925 年 1 月，中共四大對《嚮導》週

刊的工作給予了高度評價，指出它已經在全國取得了「輿論的指導地位」，在政治上起到了領導作用。[1]

（二）共產黨領導的「社青團」和工農青婦報刊

中國第一個社會主義青年團組織是 1920 年 8 月 22 日在上海成立的上海社會主義青年團，由上海共產主義小組領導，鑒於當時全國尚無青年團組織，上海社會主義青年團承擔起聯絡各地建團的責任。1921 年 3 月中國社會主義青年團臨時中央委員會在上海成立。但受當時經費缺乏、成員複雜、人員變動等因素影響，1921 年 5 月前後，上海和一些地方的團組織停止活動。直到中國共產黨成立，中央局才開始恢復和加強青年團工作。

青年團刊物最早是由地方團組織創辦的。1921 年春，四川成都團組織出版了《人聲》週刊；1922 年 3 月，廣州團組織出版了《青年週刊》；同年 8 月，青年團旅歐支部在周恩來領導下，在法國巴黎創辦了《少年》雜誌（不久改名為《赤光》）。《少年》月刊是旅歐中國少年共產黨和中共旅歐支部的機關刊物。1922 年 6 月 3 日，旅歐少年共產黨在巴黎西郊布洛涅森林裏召開成立大會，來自法國、德國、比利時的趙世炎、周恩來、李維漢、王若飛、陳延年、陳喬年、劉伯堅等 18 名代表出席，代表旅歐少年共產黨員三十四人。[2]8 月 1日，創辦機關刊物《少年》月刊，編輯部設在旅歐中國少年共產黨中央執行委員會辦公地巴黎十三區哥特伏化街 17 號。《少年》的前期主要由趙世炎負責編輯，陳延年、陳喬年等負責刻蠟板、油印、裝訂和發行等工作。1923 年3 月以後，周恩來接替他們，承擔編輯、發行等工作；李富春、鄧小平、傅鐘等也先後參與了這一工作。《少年》最初是月刊，紅色封面，16 開本，曾停刊過兩個月。1923 年 3 月 1 日副刊，改為 24 開本。到 1923 年 12 月 10 日，《少年》共出版 13 期。

《少年》偏重理論，其重要任務之一就是宣傳馬克思主義理論，對黨團員進行共產主義教育。此外，它還刊載共產國際和少共國際的文件，報導世界工人運動、青年運動和中國青年運動的消息。《少年》的另一重要任務就是宣傳建黨建團的重要意義。《少年》還發表文章專門論證中國革命的道路問

1　李景田主編：《中國共產黨歷史大辭典——新民主主義革命時期》，中共中央黨校出版社，2011 年版，第 111～112 頁。

2　柳建輝主編，肖甡：《中國共產黨史稿·第一卷：中國共產黨的創建（1921.7～1923.6）》，四川人民出版社，2011 年版，第 233 頁。

題，闡明中國走共產主義道路的必要性和必然性，捍衛無產階級專政理論。在宣傳馬克思主義的同時，《少年》對各種反馬克思主義思潮進行了批判，並發文與無政府主義者作理論上的鬥爭。同時，還對受無政府主義思想影響的勤工儉學學生和華工進行了大量的教育和爭取工作，使他們當中一部分有革命要求和受蒙蔽的群眾加入共產主義者的隊伍，投身到中國革命的洪流之中。根據國內團中央指示，旅歐共青團決定將《少年》改名為《赤光》。1924年2月1日，《赤光》創刊號出版，《少年》終刊。[1]

在各地團組織創辦的刊物中影響最大的是《先驅》半月刊，它是中國社會主義青年團初創時期的機關刊物，創刊於1922年1月15日。該刊為4開4版一大張，設有「評論」、「政治短評」、「通信」、「譯述」、「討論」、「隨感錄」等欄目。[2]原定半月刊，後因種種障礙常常不能按期出版。創刊號至第三期由北京地方團組織主辦，鄧中夏、劉仁靜任主編。從第四期起遷至上海，改由團的臨時中央局主辦，施存統任主編。第八期起歸團中央執行委員會主辦，成為團中央機關報。團中央關於時局的主張、重大事件的宣言、重要通知及傳單，大都由《先驅》發表；團中央發起的一些重大活動，也由《先驅》作積極的宣傳引導，並對青年運動和團建等問題進行討論。《先驅》於1923年8月15日以後停刊，共出二十五期。此後團中央出版《中國青年》週刊，作為中國社會主義青年團的機關刊物。[3]

《〈先驅〉發刊詞》闡明了《先驅》的使命：第一，努力喚醒國民的自覺，打破因襲、奴性、偷惰和依賴的習慣，而代以反抗的創造精神；第二，努力研究中國的客觀實際情形，而求得一最合時宜的實際的解決中國問題的方案；第三，介紹各國社會主義運動的成績和失敗之點，以供國內運動的參考。《先驅》大量宣傳了馬克思主義理論，譯載了列寧的一些著作，並突出宣傳列寧關於民族殖民地問題的理論。同時，該刊系統介紹了蘇維埃俄國在政治、經濟、文化、教育等方面的情況和革命經驗，它還積極參加了中國共產黨發動的同張東蓀、徐六幾等基爾特社會主義者的論戰。《先驅》參加了當時進步

1　李景田主編：《中國共產黨歷史大辭典——新民主主義革命時期》，中共中央黨校出版社，2011年版，第111頁。

2　方漢奇主編：《中國新聞事業通史》（第二卷），中國人民大學出版社，1996年版，第136頁。

3　李景田主編：《中國共產黨歷史大辭典——新民主主義革命時期》，中共中央黨校出版社，2011年版，第110頁。

青年開展的非基督教運動，爲廓清帝國主義奴化思想做出了貢獻。《先驅》還用較大篇幅研究中國的社會狀況，宣傳中國共產黨的反帝反封建的民主革命綱領，此外還對中國社會主義青年團的思想建設、組織建設、青年運動的方向、青年團的工作方針、共產黨和青年團的關係等重大問題進行了探討和研究，它還對國際共產主義運動的一些著名人物做過介紹，並號召中國青年學習他們獻身無產階級解放事業的大無畏革命精神。《先驅》雖然存在時間不長，但對擴大中國社會主義青年團在全國革命中的影響，對加強團員的馬克思主義教育，統一全團的思想，都起到了積極的作用。

中國社會主義青年團第二次全國大會後，決定改出新的團中央機關刊物《中國青年》週刊。《中國青年》週刊是中國社會主義青年團（1925 年 1 月改名爲中國共產主義青年團）中央的機關刊物，1923 年 10 月 23 日在上海正式創辦。刊頭爲鄧中夏所題寫，惲代英任主編，蕭楚女、鄧中夏、張太雷、林育南、任弼時、李求實等都參加過該刊的編輯工作，並成爲主要撰稿人。1927年四一二反革命政變後，黨中央和團中央都遷到武漢，《中國青年》編輯部和發行處也隨之遷到武漢，發行量已達到 3 萬多份，成爲廣大青年最喜歡的革命刊物之一。同年 7 月大革命失敗後，《中國青年》由重新遷回上海，在極端嚴重的白色恐怖之下，堅持出版到 10 月 10 日的第八卷第三號。

《中國青年》週刊爲 32 開本，每期 16 頁，從第 100 期起，篇幅有所增加，由中國共產黨籌辦的上海書店擔任發行和編輯通訊工作。該刊設有「社評」、「時事述評」、「討論」、「寸鐵」、「新刊批評」、「新書介紹」、「青年屆消息」、「文藝」等欄目。第 101 期後以後開闢「通訊」專欄，第 126 期以後又開闢《我們的時代》專欄，第 118 期後還增加了漫畫和插畫。《中國青年》在風格上內容豐富，形式多樣，圖文並茂，生動活潑，符合青年的需要，受到當時年輕人的歡迎。一般情況下發行 1.2 萬份，最高時達到 3 萬份。[1]

《中國青年》旨在引導廣大青年走在活動、強健、切實的路上，指導青年走上革命道路並投身於革命運動之中，同時擔負起推翻黑暗腐敗舊中國的歷史重任。該刊編輯也以此爲努力的方向和任務，投入很大精力宣傳介紹馬克思列寧主義和俄國十月革命的經驗，先後出版了「列寧特號」「蘇聯革命紀念特刊」「列寧、李卜克內西紀念特刊」「十月革命號」等專刊。《中國青年》

1　方漢奇主編：《中國新聞事業通史》（第二卷），中國人民大學出版社，1996 年版，第 138 頁。

注重用馬克思列寧主義的觀點和方法，分析研究中國革命的實際問題，宣傳中國共產黨反帝反封建的民主革命綱領，並對「國家主義派」的超階級國家觀，反對無產階級革命和無產階級專政，反對中國共產黨的一系列觀點進行深刻的揭露和批判，對國民黨右派及其反動理論「戴季陶主義」進行了針鋒相對的批判鬥爭，幫助青年提高認識，抵制這些負面思想的侵蝕和毒害。《中國青年》的顯著特點在於聯繫青年的實際問題，關心青年的切身利益，結合青年的思想特點，回答和解決當時青年和青年運動中遇到的各種理論問題和實際問題，來幫助他們尋求正確答案。因此該刊關注的問題涉及廣大青年的工作、修養、讀書、家庭、戀愛、婦女問題和文學思想等。同時它還大量刊登各地青年的來稿和通訊，報導他們在工運、農運、學生、婦女等方面的工作情況和經驗。《中國青年》對中國進步青年產生了重要的影響，它培養和影響了第一次國內革命戰爭時期的一代青年，成爲他們的良師益友和不可或缺的精神食糧，在中國革命中具有重要的促進作用。然而由於國民黨的迫害，《中國青年》週刊於 1927 年 10 月停刊，共出 168 期。[1]

　　中國共產黨成立後，積極開展工人運動，工人報刊也相應得到進一步發展。1921 年 7 月，中共「一大」討論了黨的宣傳工作，並寫入《關於目標的決議案》中，「每一地區，均可視其需要而發行一份工會雜誌，一份日報或一份週報，以及小冊子，臨時傳單等。」

　　1921 年 8 月 11 日，中國共產黨建立了組織和領導全國工人運動的總機關——中國勞動組合書記部，總部設在上海，並出版了機關報《勞動週刊》。這是中國共產黨領導下的第一張全國性工人報紙，主編先後有張國燾、董鋤平，編輯爲包惠僧、李震瀛、李啓漢和董鋤平。該刊的主要任務是通俗地向工人宣傳馬克思主義，引導他們組織起來進行社會主義革命。

　　　　這個勞動週刊是中國勞動組合書記部的機關報，換言之，就是中國全體勞動者議論機關。我們這個週刊是不比得有產階級的報紙，有產階級的報紙，是只記得金錢，哪裏記得什麼公道正義呢！我們的週刊不是營業的性質，是專門本著中國勞動組合書記部的宗旨爲勞動者說話，並鼓吹勞動組合主義。我們希望中國的工人們都拿材料來供給這個唯一的言論機關，都來維護這個唯一的言論機

1　李景田主編：《中國共產黨歷史大辭典——新民主主義革命時期》，中共中央黨校出版社，2011 年版，第 112〜113 頁。

關，擴大解放全人類的聲浪，促進解放全人類的事業實現。中國的
工人們，快快把我們的頭抬起來呀！（《勞動週刊》發刊詞）

該刊為四開四版，每逢週六出版，篇幅簡短，內容生動活潑，體裁多種
多樣，文字通俗易懂，很適合工人閱讀。每期出版 4000 份，從第 11 期起加印
1000 份。每期除分送上海的楊樹浦、斜橋、高昌廟、浦東等工人集中的地區
外，多分寄廣東、湖南、湖北等省。《勞動週刊》著重揭露資本家的剝削與壓
迫，報導工人生活的悲慘處境，呼籲工人推翻行會和幫口的影響，建立自己
的工會團體，並詳細報導工會成立的消息和工人罷工的情況。在出刊第 4 期
時，黨的理論刊物《共產黨》月刊稱讚《勞動週刊》「辦的異常完善，大可以
增進勞動者的智識，這真實教育訓練勞工們的一個最好的機關報」（1921 年 7
月 7 日）《勞動週刊》影響很大，對於樹立黨在工人群眾中的威信、教育提高
工人階級覺悟方面起到了積極的作用。[1]1922 年 6 月，上海《勞動週刊》被公
共租界工部局以「登載過激言論」、「鼓吹勞工革命」的罪名勒令停刊。發行
最多時 5000 份，前後統計印發 16.5 萬份。[2]8 月中國勞動組合書記部遷往北京
並改為總部，在上海設分部，並將共產黨在北京組織創辦的《工人週刊》改
為書記部的機關刊物。

各地勞動分部也紛紛出版自己的刊物，如武漢分部出版《勞動週刊》山
東分部出版《山東勞動週刊》長沙《勞動週刊》漢口《真報》《安源旬刊》《香
港勞動週刊》等。這些工人報刊在反映和指導工人罷工鬥爭，推進中國工人
運動方面做出了重要貢獻。

中國共產黨成立後，十分重視婦女工作，提出各區要切實注意婦女運動，
並創辦了婦女刊物。1921 年 8 月 3 日，黨在上海《民國日報》副刊上開辦《婦
女評論》專欄，每週 1 期，共出了 104 期。《婦女評論》設有「言論」、「翻譯」、
「討論」、「文藝」、「通訊」、「隨感錄」、「書報介紹」、「雜載」八個主要欄目。
該刊由陳望道主編，他在《創刊宣言》中說：「在現在的中國講『婦女問題』，
還有『曠野呼聲』之感；如果我們這微弱的呼聲在這寂寞的荒野裏，能有點
影響，這就是我們已盡了不虛耗百工養我們的一點微意；再如果能使灰色眼
睛的『站在不配罵人的地位』的先生知道兩性問題究竟是怎樣的意義，那更是

1　柳建輝主編，肖甡：《中國共產黨史稿·第一卷：中國共產黨的創建（1921.7～
　1923.6）》，四川人民出版社，2011 年版，第 204 頁。
2　李景田主編：《中國共產黨歷史大辭典——新民主主義革命時期》，中共中央黨校出
　版社，2011 年版，第 106 頁。

我們始料所不及阿！」[1]主要撰稿人有李漢釗、李漢俊、邵力子、沈雁冰、沈澤民、向警予、楊之華等。該刊繼承五四新文化運動的精神，呼籲婦女解放，提倡男女平等。它把婦女問題同私有制及剝削制度結合起來，提出被壓迫婦女應與無產階級聯合起來，讚揚蘇聯社會主義制度，認爲中國婦女應和無產階級走社會主義革命的道路。其間，陳望道發表了大量鼓吹婦女解放、婚姻自由的文章。力求將馬克思主義理論同中國婦女運動的實際問題結合起來。[2]1923年，《婦女評論》與《現代婦女》合刊爲《婦女週報》，同年5月15日終刊。[3]

　　1921年12月10日，中國共產黨領導創辦的第一個婦女刊物——《婦女聲》半月刊在上海創刊，以上海女界聯合會的名義出版發行，並得到會長徐宗漢的經濟支持，主要報導國內外婦女運動的概況及各地女工的罷工鬥爭。該刊以宣傳「被壓迫階級的解放，促醒女子加入勞動運動」爲宗旨，以「喚起一班有知識的女子參加第四階級（即工人階級）的隊伍，從事婦女運動；和海外有覺悟的姐妹們通聲氣，藉以謀得精神上的聯絡」爲目的。[4]由當時中國共產黨中央宣傳部負責人李達親自領導，重要文章多經他審閱修改，由王會悟、王劍虹負責編輯，陳獨秀、施存統、沈雁冰、沈澤民、邵力子、李達等也都爲該刊撰稿。在《婦女聲》宣言中指出：「若是自己覺悟我們所處的境遇；若是自己覺悟我們向前奮鬥的途經，那麼，不久，黑暗中顯現出的一道光明，會要指示我們自由之路！」大聲疾呼：「『婦女解放』，即是『勞動者的解放』，是我們自己切身的厲害問題。」該刊闢有評論、譯述、詩歌、通訊、雜感、談話等欄目，以白話爲主，並採用新式的標點符號，對上海女界聯合會的十大綱領進行宣傳，包括：與男子受同等教育；成年女子的言行概不受父母翁姑或丈夫的干涉；女子應有選舉權、被選舉權、及從事其他一切政治活動之權；女子有繼承遺產權；一切職業允許女子加入工作；工銀與男子同等；保護女工及童工的利益，爲解除女工與童工所受非人道的待遇、痛苦而奮鬥，女子應參加一切農工組織活動；女子與男子攜手加入一切抵抗軍閥、財閥的群眾運動；與外國帝國主義者之侵略鬥爭；與外國婦女團體聯

1　陳望道著，林鴻、樓峰主編：《陳望道全集》第五卷論說，浙江大學出版社，2011年版，第71頁。原載1921年8月3日《民國日報》副刊《婦女評論》第一期。
2　柳建輝主編，肖甡：《中國共產黨史稿・第一卷：中國共產黨的創建（1921.7～1923.6）》，四川人民出版社，2011年版，第236頁。
3　張靜如、梁志祥主編：《中國共產黨通志》第三卷，中央文獻出版社，第694頁。
4　王振川、徐祥之等主編：《新時期黨的工作手冊》，中共黨史資料出版社，1989年版，第567頁。

合。[1]王會悟 1922 年 1 月 10 日在《婦女聲》第 3 期上發表《中國婦女運動的新趨向》，指出：「無產階級的婦女們若不是自己起來掌握政權和奴隸制度開戰，即是社會主義不能實現的時候，真的婦女解放就不能達到目的。姊妹們，不要忘卻我們歷史的使命！」該刊出版至第 10 期後停刊。[2]1922 年 6 月，《婦女聲》停刊後不久，中國共產黨將婦女宣傳重心轉移到上海《民國日報》的副刊《婦女週報》上。各地在共產黨的領導下也創辦了不少婦女刊物，如天津覺悟社社員鄧穎超、李峙山等人創辦了《女星》刊物，1924 年 1 月《婦女日報》也在天津創辦；廣州的《勞動與婦女》等。

　　建黨之後，一些黨員已經注意到農民在中國革命中的重要地位和作用，並開始關注農民運動問題。浙江的衙前農民運動雖然失敗，但具有重大影響和深遠意義，也引發許多人對農民運動的重視和思考。1922 年 11 月 27 日，宣中華、徐白民、唐公憲等人在蕭山創辦《責任》週刊，宣中華爲主編之一。從創刊到終刊，共出 15 期，劉大白、宣中華、沈玄廬等衙前農民運動領導人都是該刊的主要撰稿人。該刊爲 4 開 4 版小報，每星期一出版。《責任》週刊以黨的「二大」提出的反帝反封建的民主革命綱領爲宗旨，宣傳無產階級團結戰鬥的革命思想，抨擊時政，發表擁護社會主義的文章，探討工人、農民、知識分子在民主革命中的作用，同時也對國內國際的一些重大問題進行評論。該刊共發表政論性文章 30 多篇，其中論及農民運動的文章有 20 餘篇。[3]宣中華在《農民和革命》一文中，總結了衙前農民運動失敗的原因，指出：「農民因爲沒有團體的訓練，缺乏一致的精神，所有在事件既發以後，萬一來了外力的壓迫，或者竟受了強有力的摧殘，他們便不能抵抗，不能堅持了。」「依我個人的意見，農民運動的中心人，當屬之鄉村裏底小學教師；而農民運動的初步，則在給他們以群眾運動的訓練。」他還指出革命知識分子是工農革命隊伍中不可缺少的一支重要力量，並認爲他們「到民間去」宣傳與組織工農革命力量，是實現革命「最妥當」「最有力的方法」，農民小學教師，要做「農民運動的中心人」。[4]

1　徐憲江編著：《中國之最》（第三冊），吉林出版集團有限責任公司，2013 年版，第 400 頁。
2　柳建輝主編，肖甡：《中國共產黨史稿·第一卷：中國共產黨的創建（1921.7～1923.6）》，四川人民出版社，2011 年版，第 236 頁。
3　徐木興總編《衙前鎮志》，方志出版社，2003 年版，第 245～246 頁。
4　柳建輝主編，肖甡：《中國共產黨史稿·第一卷：中國共產黨的創建（1921.7～1923.6）》，四川人民出版社，2011 年版，第 240 頁。

三、大革命時期的共產黨報刊

大革命時期是中國新聞事業大發展大變動時期。在中國共產黨的領導下，青年、工人、學生、軍人等群眾性報刊一時湧現，聲勢空前。他們和中國共產黨的報刊一起，組成了強大的宣傳隊伍，活躍在反帝反封建鬥爭的前線，成為革命報刊發展的主流。

（一）大革命時期的報刊宣傳政策

在中國共產黨和蘇聯顧問的幫助下，孫中山 1923 年底完成國民黨改組的準備工作。1924 年 1 月 20 日至 30 日，國民黨第一次全國代表大會在廣州召開，共產黨方面的李大釗、毛澤東及蘇聯顧問參加了大會。大會通過了《中國國民黨第一次全國代表大會宣言》，確立了「聯俄、聯共、扶助農工」三大政策，重新解釋了三民主義。自此，由共產黨員主持、以國民黨名義創辦的刊物開始出現。國共兩黨報刊並肩戰鬥，把打倒帝國主義、打倒封建軍閥的革命口號與思想，傳遍全國。

中國共產黨在第一次國共合作時期關於統一戰線報刊的指導思想、方針策略和方式方法，是建黨初期中國共產黨報刊工作的重要組成部分，其理論依據是列寧關於殖民地與半殖民地革命學說。中國共產黨「二大」通過的《關於「民主的聯合戰線」的決議案》指出：處於封建軍閥與國際帝國主義壓迫下的中國，無產階級必須聯合一切民主革命黨派、團體才能打倒共同的敵人。在與國民黨合作開展宣傳及辦報方面，中國共產黨中央關於共產黨人在國民黨內工作的幾次決議規定：「本黨以後一切宣傳、出版……凡關於國民革命的均應用國民黨的名義，歸為國民黨的工作。」「但對我們所認為必要事項，而國民黨不願用其名義活動的，仍作為黨獨立的活動。」[1] 強調「宣傳更重要於組織」，要努力使國民黨擴大反帝反軍閥和爭取民權原則的宣傳，「要達到這一目的，必須我們能在事實上參加國民黨的宣傳部。」[2] 但在黨報黨刊管理方面，仍堅持在中國共產黨中央的統一領導之下，中央報紙編輯委員會每月定期開會報告及審查中央及各地黨組織所主持的工會、農民協會、婦女團體、青年團體的機關報和共產黨人實際主持的以國民黨名義出版的報刊，使之與黨組織有密切聯繫。[3]

1　《中國共產黨機關發展史參考資料》第 1 輯，第 49 頁，中國人民大學檔案系編印，1983 年版。
2　《中國共產黨機關發展史參考資料》第 1 輯，第 58 頁，中國人民大學檔案系編印，1983 年版。
3　錢承軍：《建國前中國共產黨報刊研究》，中國文聯出版社，2009 年版，第 54 頁。

（二）大革命時期的報刊網絡

國民黨第一次代表大會召開後，統一和加強宣傳機構成爲其一項重要工作。孫中山曾對一些國民黨員說過，革命成功極快的方法，宣傳要用九成，武力只可用一成。正是在一大批共產黨員的幫助和主持下，國民黨的宣傳工作出現了活躍局面，在群眾中產生了廣泛影響。1925 年，時任團中央書記的張太雷首先擔任了國民黨中央宣傳部幹事。不久後，毛澤東出任該部代理部長，創辦了著名的國民黨中央政治機關報《政治週報》，並擔任該報主編。至1926 年 6 月，大批共產黨人實際上主持了國民黨在華南、華中、華北地區的報刊宣傳工作，創辦了一批以國民黨名義出版的報刊。據國民黨組織部統計，到北伐前夕，除廣東和北京外，其他省、市共出版國民黨報刊 66 種，大部分都由共產黨人擔任主編或參加編輯工作。[1]

《政治週報》由國民黨中央宣傳部主持，於 1925 年 12 月 5 日創刊於廣州，每期發行 4 萬份。前 4 期由毛澤東以國民黨中央宣傳部代理部長（部長是汪精衛）身份兼任該刊主編，第 5-14 期則由共產黨人沈雁冰、張秋人負責編輯，蕭楚女、楊開慧爲助理編務。編輯部就設在毛澤東寓所。毛澤東在《發刊理由》中闡明了創辦《政治週報》的目的、責任、方法和體裁。

> 爲什麼出版《政治週報》？爲了革命。爲什麼要革命？爲了使中華民族得到解放，爲了實現人民的統治，爲了使人民得到經濟的幸福。
>
> 我們爲了革命，得罪了一切敵人——全世界帝國主義，全國大小軍閥，各地買辦階級土豪劣紳，安福系、研究系、聯治派、國家主義派等一切反動政派。這些敵人，跟著我們革命勢力的發展而增強對於我們的壓迫，調動他們所有的力量企圖消滅我們。他們有外國及本國的海軍、陸軍和警察，有國際的廣大宣傳機關（路透社等），有全國的報紙和學校。他們之間雖因厲害不同時起衝突，說道對於我們，卻無一懷著好意。
>
> 我們在廣東的工作，在掃平楊劉，肅清鄭莫以後，劃然開一新時代。廣州市上實現了十四年來未有的太平；人民確實得到了集會、結社、言論、罷工自由；東征軍不曾拉夫；廢除了廣州市場的賭博；全省軍政統一；財政亦逐漸集中；病民苛政已有一部革除；其餘部亦定下了革除的步驟；民政、司法、教育、交通機關均確立了改革

---

1 錢承軍：《建國前中國共產黨報刊研究》，中國文聯出版社，2009 年版，第 55 頁。

政策；北江、東江南路反革命餘孽以次肅清；堅持罷工大規模封鎖香港以擁護愛國工人運動。我們並不隱晦我們的缺陷，我們不是說廣東已改造——廣東之改造確還剛在開始。還有許多擾亂治安的土匪；還有許多魚肉人民的土豪劣紳貪官污吏；民政、財政、司法、教育交通諸端內幕積弊還有許多未盡除去。我們不是說這些缺陷都沒有了。我們是說我們已有了一個革命的權力；已有了一個肅清土匪的機會；已有了一個與土豪劣紳貪官污吏作戰的力量；民政、財政、司法、教育、交通諸端已可開始刷新的工作。總而言之,我們已有了一個革命的基礎。凡所施為，一本孫中山先生革命策略，昭昭在人耳目，而香港英帝國主義，陳炯明、鄧本殷等一班反革命餘孽，無數土豪劣紳貪官污吏，不免一齊向我們發抖。彼輩怨憤之餘，凡所以咒詛污蔑中傷我們者，無所不用其極。京津滬漢各地反革命派宣傳機關，惶然起哄，肆其惡嘴毒舌，凡所以咒詛誣衊中傷我們者，亦無所不用其極。全國國民尤其是北方及長江各地各界人民，所在被其迷惑，對於廣東真相，完全隔絕。乃至同志之間，亦不免發生疑慮。即無疑慮分子亦無由根據事實以為切實的辨正。「內哄」、「共產」等等名詞到處流傳，好像廣東真變成了地獄。

我們現在不能再放任了。我們要開始向他們反攻。「向反革命派宣傳反攻，以打破反革命宣傳」，便是政治週報的責任。

我們反攻敵人的方法，並不多用辯論，只是忠實地報告我們革命工作的事實。敵人說：「廣東共產」。我們說：「請看事實」。敵人說：「廣東內哄」。我們說：「請看事實」。敵人說：「廣州政府勾聯俄國喪權辱國」。我們說：「請看事實」。敵人說：「廣州政府治下水深火熱民不聊生」。我們說：「請看事實」。

政治週報的體裁，十分之九是實際事實之敘述，只有十分之一是對於反革命派宣傳的辯論。

接受我們對於革命工作的忠實報告，全國革命的民眾起來！[1]

《政治週報》以發表中國國民黨和廣東革命政府的重要宣言、報告、決議為主，向人民群眾介紹廣東國民政府的革命活動和工農群眾運動情況；同

---

1 《政治週報》發刊理由，刊於《政治週報》第 1 期，廣州政治週報社，1925 年 12 月 5 日。

時刊載政治論文和少量通訊，並以「反攻」專欄刊登短評。毛澤東以「潤」、「子任」等筆名在該刊發表了很多重要文章。他強烈聲討國民黨中「西山會議派」的背叛，團結國民黨左派力量，成為進一步鞏固國共合作統一戰線，反對國共分裂的重要輿論陣地。《政治週報》對揭露國民黨右派勾結帝國主義和軍閥勢力的陰謀活動，鞏固廣東民主革命根據地，捍衛孫中山「聯俄、聯共、扶助工農」三大政策，準備北伐戰爭等方面做出了重要貢獻。1926 年 5 月，國民黨二中全會提出了限制共產黨的《整理黨務案》，因而包括毛澤東在內的在國民黨中央擔任部長一級職務的共產黨員均被迫離職。《政治週報》也於 1926 年 6 月 5 日出版第 14 期後停刊。

在五卅運動中，中國共產黨創辦了《熱血日報》。《熱血日報》是中國共產黨報刊史上最早的一份日報，是在五卅運動高潮中誕生的，是共產黨指導五卅運動的輿論工具。1925 年 5 月 15 日，工人顧正紅被日本資本家槍殺，上海爆發了大規模的工人、學生遊行示威。5 月 30 日，當遊行隊伍行進至租界老閘捕房附近時，英國巡捕開槍鎮壓，當場打死 11 人，打傷數十人，五卅慘案發生。中國共產黨中央於當晚召開緊急會議，決定組織行動委員會，發動工人罷工、學生罷課、商人罷市。為了如實報導事實真相，黨中央決定除加強《嚮導》的宣傳外，再創辦一份自己的報紙《熱血日報》。

《熱血日報》創刊於 1925 年 6 月 4 日，為 8 開 4 版的小型報紙，社址設在上海閘北華興路 56 號。瞿秋白任主編也是主要撰稿人，編輯有鄭超麟、沈澤民、何味辛（後改名何公超）等人，張伯簡負責發行工作。《熱血日報》設有「社論」、「本埠新聞」、「國內要聞」、「國際要聞」、「緊要消息」、「輿論之裁判」、「專欄」、「匯誌」、「雜感」、「詩歌」、「小言」、「呼聲」、「外人鐵蹄下的傷害」等十幾個欄目。在發刊詞中明確闡釋了自己的宗旨：「現在全上海市民的熱情，已被外人的槍彈燒的沸騰到頂點了；尤其是大馬路上學生工人同胞的熱血，已經把洋奴冷血之恥辱洗滌的乾乾淨淨。民族自由的爭鬥是一個普遍的長期的爭鬥，不但上海市民的熱血要持續的沸騰著，並且空間上要用上海市民的熱血，引起全國人民的熱血；時間上要用現在人的熱血，引起繼起者的熱血。⋯⋯現世界強者佔有冷的鐵，而我們弱者只有熱的血，然而我們心中果然有熱的血，不愁將來手中沒有冷的鐵，熱的血一旦得著冷的鐵，便是強者之末運。」同時在各版報紙的邊上印有「取消一切不平等條約」、「全

國各界聯合一致對外」、「中國人不能接受外國人統治」、「中國的上海歸中國人管理」等口號。[1]

　　該報作為上海總工會和上海工商學聯合會的宣傳工具，對帝國主義、封建軍閥和買辦資產階級的罪惡行徑和賣國媚外的醜態進行了無情鞭笞與揭露，同時報導上海與全國人民反帝愛國運動的消息和文章，以及國內國際革命統一戰線工作。此外，還登載了英、法、德等國共產黨、工人團體及進步人士支持中國的消息，對群眾鬥爭經驗進行了總結，為反帝愛國運動指出了正確方向。在五卅運動中，中國共產黨通過《熱血日報》的宣傳為革命運動指明了方向，宣傳了反帝反封建的政治主張和政策方針，獲得了廣大群眾的擁護和支持。《熱血日報》立場堅定，旗幟鮮明，內容豐富，形式活潑，文字生動，說理有力，具有很強的戰鬥性、通俗性和多樣化。正由於該報在運動中起到了領導人民與帝國主義和反動軍閥鬥爭的作用，它引起了國內外敵人的害怕和仇恨，出版不到一個月，在租界巡捕房及奉系軍閥的壓迫下，於 1925 年 6 月 27 日停刊。

　　國共合作後的局面，使得中國共產黨領導的黨團報刊能獨立出版公開發行，在中共中央機關報刊得到加強成為革命輿論的領導者及中堅力量的基礎上，又創辦了不少地方黨團報刊，出現了從中央到地方的報刊網狀發展勢態。

　　一方面，大革命前創辦的《嚮導》等中國共產黨中央機關刊物，繼續擔綱輿論導向的作用，並且可以面向全國發行。《嚮導》能夠與共產黨的其他報刊之間相互配合。如《前鋒》與《嚮導》配合，重點宣傳中共「三大」制定的建立統一戰線的方針策略。它對中國社會各階級進行專門的分析，論證建立統一戰線的必要性與可行性。在五卅運動中，《嚮導》與《熱血日報》緊密配合。《嚮導》刊發文章和照片，深入報導事件真相，高唱反對帝國主義的主旋律。《熱血日報》則彌補《嚮導》時效上不足，以發揚「民氣」和「作被壓迫民眾的喉舌」為職志，及時地報導和評論運動形勢，正確引導民眾的反帝鬥爭。《前鋒》月刊，創刊於 1923 年 7 月 1 日，1924 年 2 月停刊，共出版了 3 期，是大革命時期中國共產黨的政治性機關刊物。辦刊地址名義上是在廣州，實際是在上海，由陳獨秀主持出版，瞿秋白曾任主編。陳獨秀、張太雷、向警予等人曾在該刊發表文章，主要登載分析和探討中國革命問題的文章。

1　李景田主編：《中國共產黨歷史大辭典——新民主主義革命時期》，中共中央黨校出版社，2011 年版，第 290 頁。

《前鋒》的特點是重視實際問題的調查研究，對當時中國革命的專門問題，運用馬克思主義進行分析，也善於運用詳細的統計數字和大量實際材料來闡明觀點。[1]《前鋒》每期都闢有寸鐵欄目，由陳獨秀、瞿秋白撰稿，文章篇幅短小，語言精練，揭露時弊，具有很強的戰鬥性。

另一方面，在國共合作後革命形勢迅速發展的有利條件下，共產黨的地方報刊陸續創刊。如《政治生活》《中州評論》《戰士》《人民週刊》等。《政治生活》週刊，1924 年 4 月 27 日創刊，是第一次國共合作後中共北京地方委員會在北京創辦的刊物，從 1925 年秋起成為中共北京區委（自 10 月起改為北方區委）的機關報，每逢星期日出版。現在見到的最後一期第 79 期在 1926 年 7 月 22 日出版，共存在了兩年零三個月。在國內多地及新加坡都設有分售處，銷量由最初的 1000 份增至 3000 份。中共北京區委委員、宣傳部長趙世炎任責任編輯和主要撰稿人，惲代英、高君宇、劉仁靜、李大釗、陳獨秀等人都曾為該刊撰稿。《政治》生活主要刊載評述國內外大事特別是指導國民革命的政論文章，政治色彩濃厚，具有很強的理論性和戰鬥性。該刊的內容主要有以下特點：（1）高舉馬列主義，著重宣傳馬克思列寧主義理論實踐；（2）高舉反帝反封建的國民革命旗幟，尖銳地揭露國際帝國主義和中國封建軍閥的反動統治；（3）高舉國共兩黨合作的旗幟，猛烈抨擊國民黨右派分子背叛孫中山主義破壞國共合作的陰謀，堅持支持孫中山的革命三民主義及其活動。[2]《政治生活》還對 1925 年後全國農民運動的高潮進行了密切的關注，李大釗撰寫的《土地與農民》《豫魯陝等省的紅槍會》等文章都在該刊登載，對農民參加革命的重要性進行了強調。《政治生活》在第一次國共合作期間，在向全國廣大民眾宣傳中國共產黨的政治主場、指引中華民族的解放戰鬥中發揮了重要作用，被譽為北方軍閥黑暗統治下的一顆「明星」。[3]

《中州評論》1925 年 9 月 1 日在開封創辦，由蕭楚女主編，是中國共產黨在河南創辦的第一個刊物，後成為中共豫陝區的機關刊物。發行通訊處為南書店街 23 號河南書店，銷售量為 3000 份。該刊共出版 10 餘期，每期六開

1　方漢奇主編：《中國新聞事業通史》（第二卷），中國人民大學出版社，1996 年版，第 127 頁。

2　李景田主編：《中國共產黨歷史大辭典——新民主主義革命時期》，中共中央黨校出版社，2011 年版，第 289 頁。

3　方漢奇主編：《中國新聞事業通史》（第二卷），中國人民大學出版社，1996 年版，第 131 頁。

紙 40 頁，登載文章八篇左右。[1]《中州評論》在發刊詞《我們見面的話》中寫到：該刊「承繼著五卅以來反帝國運動主義的精神；立在國民革命旗幟之下，準備著去領導這個運動。」刊物堅持「要結合中原地區的具體情況，積極開展反帝鬥爭」；「發動廣大人民進行反封建主義的鬥爭」「宣傳馬克思列寧主義，進行理論戰線鬥爭」[2]。它發表了《愛國青年注意》《反奉戰爭的性質》《異哉警察廳之所謂赤化》等文章，在宣傳革命理論、反對軍閥戰爭等方面具有重要的作用。[3]也由於這些富有戰鬥性的文章，《中州評論》深受河南群眾歡迎，發行量僅次於《嚮導》和《中國青年》。但同時引起了當局的仇視，1926 年初，國民黨河南省長岳維峻強行封禁了《中州評論》，蕭楚女也被迫離開了河南。

　　《戰士》週刊，1925 年 12 月創刊於長沙，是中國共產黨湖南區執行委員會的機關報。16 開本，初為旬刊，自第 14 期起改為週報，目前見到的最後一期是 1927 年 4 月 24 日出版的第 42 期。陳獨秀、惲代英、毛澤東、譚平山、夏曦、李維漢、郭亮、蕭述凡等都在該刊發表過文章。該刊設有「言論」、「短評」、「述評」、「各地通信」、「工人運動」、「游擊」、「讀者之聲」、「雜評」等多個欄目。《戰士》是政治理論性刊物，對中共湖南區委的決議和宣言進行刊登，向湖南人民指明鬥爭的方向，提出政治口號、鬥爭策略和方法，還以大量篇幅刊載農民運動的消息和文章。每逢重大節日或重大事件，都集中刊載紀念文章或出專刊，如 1926 年 5 月 30 日第 12 期出版了「五卅專刊」，11 月 7 日全部登載蘇聯和十月革命的文章。《戰士》週刊對於廣大湖南群眾參加北伐戰爭具有重要的宣傳作用，也為研究大革命時期湖南革命鬥爭提供了重要的資料。[4]特別重要的是，該刊首次刊登了毛澤東的《湖南農民運動考察報告》，對革命農民的英雄行為進行了歌頌，同時駁斥了國民黨右派、地主劣紳誣陷農民運動的種種謬論，批評了黨內右傾機會主義者的錯誤觀點。它運用馬克思主義總結了農民運動的經驗，對農民在中國民主革命中的重要地位和作用

1　河南省文化廳文物志編輯室編：《河南省文物志選稿》第 2 輯，河南省文化廳文物志編輯室，1983 年版，第 217 頁～218 頁。

2　柳建輝主編，何世芬、姚金果：《中國共產黨史稿》（第二卷〈第一次國共合作與大革命運動〉（1923.6～1927.7）），四川人民出版社，2011 年版，第 83 頁。《中共黨史人物傳》1 卷，陝西人民出版社，1980 年版，第 174 頁。

3　李景田主編：《中國共產黨歷史大辭典——新民主主義革命時期》，中共中央黨校出版社，2011 年版，第 291 頁。

4　李景田主編：《中國共產黨歷史大辭典——新民主主義革命時期》，中共中央黨校出版社，2011 年版，第 293 頁。

進行了充分地肯定，還強調了在農村中發動群眾、組織群眾、武裝農民和建立農民政權的重要性。[1]

《人民週刊》，1926 年 2 月 7 日在廣州創刊，是大革命時期中共廣東區委的機關刊物，張太雷主編，1927 年 4 月 30 日停刊，共出版了 50 期。《人民週刊》每期出版 10 多頁，16 開本，自 1926 年 10 月 10 日第 26 期起，該刊進行了改版，改為 8 開本，每期印單紙一張，另加專載理論文章的附刊半張。[2]從 48 期又將附刊合併於共青團廣東區委的機關刊物《少年先鋒》。張太雷、鄧中夏、羅綺園、任卓宣、馮菊坡等是該刊的主要的撰稿人，陳獨秀、張國燾、彭述之、周恩來、惲代英、彭湃等人也曾為之撰稿。創刊號登載了《本刊宣言》，稱該刊的宗旨是：「反對帝國主義及其一切依附於帝國主義或帝國主義所賴以生存軍閥、官僚、買辦階級、地主。」並且提出三個重要使命：（1）給反帝國主義運動—民族運動以理論上的與策略上的指導；（2）喚起民眾，特別是工農群眾參加民族運動，並指導民眾，特別是工農階級自己組織的發展；（3）要對於鞏固革命基礎的廣東，以及擴大革命基礎之意見，誠實的貢獻於民眾與國民政府之前。[3]該刊以指導工農運動與國民革命運動為宣傳重點，設「社論」、「述評」、「一周述評」、「論文」、「名論」、「名著」、「報告」、「談話」、「特載」、「專載」、「人民生活」、「宣傳大綱」、「隨感錄」、「毛錐」等不固定的欄目。[4]該刊對中共中央及廣東區委帶有指導性、政策性的文告和宣言進行登載。在重大紀念日和重大事件與活動時，還會發表「宣傳大綱」，明確提出現實鬥爭任務、綱領和政治口號，以指導黨組織和民眾的鬥爭；除此之外，它也刊登國民黨的文告、宣言，對國共合作具有一定的宣傳作用。《人民週刊》在全國多個城市都設有分售處，每期銷售達兩萬多份，具有很好的社會反響。《人民週刊》對於廣東中共黨員和革命群眾進行宣傳教育，及時揭露與打擊帝國主義和封建軍閥等各種陰謀，特別是指導廣東工農群眾運動和推動北伐勝利進軍，具有非常重要的意義。除此之外，1926 年 10 月在漢口創

---

1 方漢奇主編：《中國新聞事業通史》（第二卷），中國人民大學出版社，1996 年版，第 132 頁。

2 《廣州市文物志》編委會編著：《廣州市文物志》，嶺南美術出版社，1990 年版，第 392 頁。

3 《廣州市文物志》編委會編著：《廣州市文物志》，嶺南美術出版社，1990 年版，第 393 頁。

4 李景田主編：《中國共產黨歷史大辭典——新民主主義革命時期》，中共中央黨校出版社，2011 年版，第 293～294 頁。

辦的湖北區委機關報《群眾》週報，福建的《革命先鋒》等，都是各地黨組織在這一時期創辦的刊物。在這樣的局勢下，從中央到地方的報刊網逐漸形成，從而大大加強了中國共產黨和地方幹部群眾之間的聯繫。

　　與此同時，共產黨領導下的各地的青年團報刊以及工農婦女報刊都獲得了較大發展。青年團報刊方面，青年團中央創辦領導的除了《中國青年》外，還有《紅燈》《青年工人》等。

　　《紅燈》，最早創刊於 1923 年冬，只出了一期即停刊，1927 年 2 月 13 日復刊，32 開本，每期 16 面，共出刊 15 期，7 月 16 日停刊。第一次國共合作時期中國共產主義青年團江西省委員會在南昌出版的機關刊物，由社會主義青年團江西省委書記兼中共江西區委宣傳部長袁玉冰（孟冰）主編。徐先兆、鄒努等是主要撰稿人。袁玉冰在創刊號上發表《〈紅燈〉的新使命》一文中指出：「《紅燈》是為革命而發行的，也是為革命的青年作革命的指導的。我們願意竭盡我們所有的能力，為江西青年供給革命的理論，指導革命的行動，這就是《紅燈》繼續出版以後的新使命。」[1]《紅燈》主要刊載支持工農運動和學生革命運動的文章，還出版過一些紀念特刊，比如 3 月 13 日出版的第 5 期為紀念孫中山逝世兩週年的「中山紀念特刊」。此外，該刊還設《如是我聞》專欄，對社會政治弊端，進行辛辣的嘲諷與無情的鞭笞。《紅燈》作為被壓迫民眾特別是青年群眾的讀物，在反對國民黨右派叛變，宣傳共產黨的政治主張，指導青年參加革命實踐活動，使江西的青年革命化方面具有重要的作用。

　　《青年工人》月刊，1923 年 10 月 31 日在上海創刊，中共上海區委勞動委員會創辦的通俗性政治刊物。鄧中夏為主編和主要撰稿人，林根、卜世畸等人也為該刊撰稿。目前能見到的只有 1-3 期，第 2 期 1924 年 2 月 15 日出版，第 3 期 1924 年 3 月 15 日出版。其中第 3 期為「列寧專號」前兩期皆為 18 頁，第 3 期為 22 頁。[2]該刊設「論說」、「雜感」、「通信」、「時事報告」、「名辭淺說」等欄目，特色是文字淺顯，語言通俗，形式活潑，文體多樣。在發刊詞《開臺戲》中，鄧中夏用說唱的形式生動地介紹了青年工人受壓迫、受剝削的辛

1　李景田主編：《中國共產黨歷史大辭典——新民主主義革命時期》，中共中央黨校出版社，2011 年版，第 296 頁。

2　上海人民出版社黨史資料叢刊編輯部編：《黨史資料叢刊　一九八二年版，第四輯（總第十三輯）》，上海人民出版社，1982 年版，第 141 頁。

苦的生活狀況，提出「把萬惡的吃人制度推翻，我們才有好日子過」。《青年工人》的另一個特色是關心青年工人的切身利益，使該刊真正成為青年工人的喉舌。主要記載青年工人的實際生活狀況，討論改良青年工人生活狀況的問題，並以通俗的語言向工人宣傳馬克思主義。「二七慘案」後，中國的工人運動處於低潮，《青年工人》以堅定的無產階級立場，鮮明的政治態度，向工人宣傳革命思想，對工人運動的推動和復興具有積極的意義。該刊也是研究早期青年工人運動的珍貴資料。[1] 各地方團組織的報刊有廣東的《少年先鋒》（1926 年 9 月創刊，李求實主編）、北京的《烈火》（1926 年創刊，陳毅主編）、湖南的《湖南青年》（1926 年 1 月創刊）等。

工農報刊方面，除了中國共產黨中央主辦的《中國工人》共產黨領導下以國民黨名義印行的《中國農民》外，各地也出版了一批工農報刊。如《工人之路特號》《工人小報》《犁頭》《勞動旬刊》（上海工團聯合會會刊）、《上海工人》《鐵路工人》《造船工人》等。

《中國工人》月刊，1924 年 10 月中共中央創辦於上海，羅章龍任主編。主要撰稿人有劉少奇、任弼時、鄧中夏、瞿秋白、趙世炎、李立三和林偉民等人。1925 年 5 月中華全國總工會成立後，改為全國總工會的機關刊物，遷至廣州出版。1926 年 5 月遷至武漢出版，汪精衛叛變後被迫停刊。該刊為鉛印 32 開本，每期 30 多頁，主要欄目有：短論、時評、論文、轉載、勞工消息、通訊、書報介紹及「無情斧」等。其中「無情斧」欄目專登政治諷刺短文。《中國工人》一開始就與黨內右傾機會主義觀點劃清界限，對於反動政府、國民黨右派進行了揭發和斥責。[2] 它發表了很多文章揭露軍閥政府鎮壓和破壞工人運動的活動，指導和組織工人群眾開展反對軍閥和資本家的鬥爭；揭露了那些「效忠帝國主義和內外資本家」的工賊的醜惡嘴臉，要求工人時刻提防他們；它還介紹了各地工人罷工的經驗，交流工人運動的情況。比如突出介紹了安源工會在二七慘案後堅持鬥爭並不斷取得成功的勝利經驗。它還刊載農民運動消息，宣傳工農聯合的思想，讚揚廣大農民開展的反對封建地主階級的農村革命。除此之外，它還注意與國際工人運動的聯繫，學習國際工人運動的經驗。《中國工人》提升了工人群眾和工人幹部的政治覺悟和革命熱

---

1 中華全國總工會編：《中國工會百科全書》（下卷），經濟管理出版社，1998 年版，第 1145 頁。

2 柏毓田《中國工人》月刊，原載 1957 年 3 月 10 日《新聞與出版》，收錄於張靜廬輯注《中國現代出版史料丁編》（上、下卷），中華書局，1959 年版，第 96 頁。

情，對全國工人運動重新走向高潮做了準備，與全國農民運動一起，對大革命時期反帝反封建革命鬥爭兩大主力的形成具有重要作用。

《中國農民》，1926 年 1 月創刊，第一次國共合作時期在中國共產黨領導下，以國民黨中央執行委員會農民部名義印行的指導農民運動的刊物，起初在上海，1927 年遷至武漢。該刊共出版了 11 期，16 開本，初爲月刊，從第 4 期起不定期出版，每期印刷 5000 份。設有「論文」、「報告」、「特載」、「國際農民消息」、「中國農民消息」、「參考資料」、「來函」等欄目，每期還刊有多副反映廣東農民運動的插圖。《中國農民》著重刊載有關農民問題的報告和理論文章，共產黨人毛澤東、譚平山、羅綺園、彭湃、李大釗等人和國民黨人廖仲愷、甘乃光、陳公博、鄧演達等人，以及蘇聯的顧問鮑羅廷都在該刊上發表過文章。其中，毛澤東的《中國農民中各階級的分析及其對於革命的態度》《中國社會各階級的分析》，彭湃的《海豐農民運動報告》，李大釗的《土地與農民》，彭公達的《農民的敵人及敵人的基礎》等文章都比較著名，對明確中國社會階級現狀、爭取無產階級領導權、解決土地問題、動員農民群眾積極性等方面有重要的意義。此外該刊還分期詳細介紹了湖北、湖南、浙江、江蘇、山東、四川、廣西和廣東等省及廣東各縣農民運動實況。《中國農民》是研究國內革命戰爭時期特別是農民運動歷史的重要資料，具有很高的理論價值和史料價值。[1]

《工人之路特號》（又名《工人之路》）1925 年 6 月 24 日在廣州創刊，中華全國總工會省港罷工委員會的機關報。主要撰稿人有鄧中夏、蘇兆徵、蘭峪業等。該刊爲 4 開 4 版，每日發行，日發行量最初爲 3000 份，後來迅速增加到萬份以上。[2]該刊設有「文電」、「評論」、「論文」、「專載」、「吼聲」、「罷工消息」、「勞動消息」、「政治要聞」、「工人俱樂部」等專欄，以登載省港罷工消息及省港罷工委員會文告爲主，並登載省港及各地反抗帝國主義運動的消息。該刊文字通俗易懂，具有戰鬥性，深受工人喜歡。該刊在省港罷工委員會的指導下，在宣傳鼓動戰線上與敵人進行了頑強的鬥爭，在理論上論證省港罷工的重要意義，堅定工人的罷工信念。在統一廣東根據地的鬥爭中，該報號召罷工工人一致請求並援助廣東國民政府進行東征與南征，以鞏固國

---

1 李景田主編：《中國共產黨歷史大辭典——新民主主義革命時期》，中共中央黨校出版社，2011 年版，第 292 頁。

2 方漢奇主編：《中國新聞事業通史》（第二卷），中國人民大學出版社，1996 年版，第 145 頁。

民政府，保護罷工，取消不平等條約。1926 年 4 月廣州工人代表大會確認《工人之路特號》爲廣州工人大會執行委員會的機關報，1927 年 4 月 14 停刊，共出版了 616 期。[1]《工人之路特號》在省港罷工運動中成爲共產黨領導工人與英國帝國主義及國內階級敵人作鬥爭的強大武器，是省港罷工工人的重要精神食糧，是研究省港罷工和大革命時期工人運動的重要史料。[2]

《工人小報》，1926 年 1 月 25 日創刊，中共天津地委領導下的天津總工會出版的小型工人日報。該報由中共北方區委委員、宣傳部長兼北方區職工運動委員會書記趙世炎主編，邢克讓等參加編輯和發行工作。該報爲鉛印 8 開 4 版，每期印刷發行 5000 份，創刊號用紅色油墨印刷，免費贈閱三天。《工人小報》及時國內外勞工運動的消息與文章，在《創刊詞》中指出，該報是「天津幾十萬工友、大夥共有的一張小日報，……小報上說的全是工人自己的話，爲的是工人階級的利益，也算是各處工友大夥共有的報」「天津總工會，代表天津幾十萬無產階級，一面要竭力阻止，謀大夥的團結；一面也要盡力，供給工友們以時事消息和政治常識」[3]同時號召工友們團結在中華總工會旗幟之下，和帝國主義、封建軍閥鬥爭到底。1926 年 3 月下旬，國民軍退出天津，奉系軍閥捲土重來，黨領導的革命組織轉入地下，《工人小報》被迫停刊，共出版兩個多月，計 60 多期，目前發現 10 多張。《工人小報》文章活潑精悍，戰鬥性強，在宣傳國民革命，揭露帝國主義、封建軍閥和資本家的罪惡行徑，交流工人鬥爭經驗，提高工人階級覺悟，團結壯大工人隊伍等方面具有重要意義。[4]工人群眾稱「這份報紙編的好，材料多，讀了之後增長見識，開闊眼界，有勇氣建立工會同資本家、反動軍閥、帝國主義作鬥爭」[5]。該刊亦是研究大革命時期天津工人運動的重要資料。

《犁頭》，1926 年 1 月 25 日創刊於廣州，是大革命時期廣東省農民協會的機關刊物，起初爲旬刊，後改爲週刊。現可見的最後一期是 1927 年 1 月 7

---

1 張憲文、方慶秋等主編：《中華民國史大辭典》，江蘇古籍出版社，2001 年版，第 53 頁。
2 李景田主編：《中國共產黨歷史大辭典——新民主主義革命時期》，中共中央黨校出版社，2011 年版，第 290～291 頁。
3 張靜如、梁志祥主編：《中國共產黨通志》（第三卷），中央文獻出版社，2001 年版，第 328 頁。
4 李景田主編：《中國共產黨歷史大辭典——新民主主義革命時期》，中共中央黨校出版社，2011 年版，第 292～293 頁。
5 中華全國總工會編：《中國工會百科全書》（下卷），經濟管理出版社，1998 年版，第 1146 頁。

日出版的第 23 期。廣東省農民委員會常委羅綺園任該刊主編，惲代英、李求實、鄧中夏、彭湃都曾在該刊發表文章。該刊主要刊登農民協會的決議、通告、通令、宣言、計劃、章程及論文等，報導各地農民運動的經驗和情況，登載研究農民問題的文章。刊物設有農民俱樂部欄目，登載詩歌、農諺、歌謠、謎語等。該刊文字通俗易懂，形式生動活潑，對宣傳中國共產黨的革命統一戰線策略和指導農民運動的開展具有重要的作用。[1]

《湖北農民》，1926 年 2 月創刊於武昌，是湖北省農民協會的機關刊物，初爲半月刊，後來改爲旬刊。該刊關注本省及全國重大事件，並通過報導和評論向農民進行形勢教育。該刊即時反映農民運動情況，批判污蔑農民運動的謬論，揭露地主劣紳殘害農民的惡行。最初該刊的發行量爲 5000 份左右，後來迅速增長，最高曾達到 2 萬份。[2]

（三）大革命時期報刊宣傳的特點

第一次國共合作推動了大革命的發展，在此期間，中國共產黨的報刊事業也獲得了迅速發展，配合國民党進行反帝國主義反封建軍閥的革命宣傳，建立了從中央到地方的報刊網。在報刊宣傳方面，中國共產黨報刊表現出顯著的政黨報紙特點，從組織紀律到發布內容、創辦人員都有嚴格的政治要求。配合北伐戰爭的需要，積極宣傳革命思想。從組織上加強對報刊的宣傳領導和管理工作，如黨的重要領導直接爲報刊撰文，甚至具體負責報刊的編輯工作。

這個時期是中國共產黨成立初期，主要工作就是組織宣傳，因此報刊工作成爲當時黨的工作的重要組成部分，黨的活動經費中出版報刊佔了相當比例。不僅出版黨報，還指導團報、工農報刊和其他民眾團體報刊的出版。在內容上報刊的立場鮮明，黨性和階級性突出，但因辦報的目的在於宣傳和擴大黨的影響，因此並不十分注重報紙的經營。雖然共產黨的報刊在這一階段受到各種條件的制約，但還是較成功地宣傳了黨的政策方針，產生了一定影響，使很多人的思想發生轉變。雖然從黨史角度看，國共合作後期黨的路線出現了偏差，但從報刊史的角度看，黨報黨刊所確立的原則還是正確的，這保證了共產黨對報刊的絕對領導，而這種高度的組織性和紀律性也一直被保留下來，成爲中國共產黨報刊的一大特徵。

1　李景田主編：《中國共產黨歷史大辭典──新民主主義革命時期》，中共中央黨校出版社，2011 年版，第 293 頁。

2　方漢奇主編：《中國新聞事業通史》（第二卷），中國人民大學出版社，1996 年版，第 146 頁。

第四章　民國北京政府時期的民營新聞報刊業

　　我國民營新聞業誕生於清末，但直到民國初年仍非中國報業主流，民營報業在第一次世界大戰期間迎來發展的第一個高潮。「五四」之後至 1928 年之前，民營新聞事業具備了一定的經濟、政治和思想基礎，報紙的技術層面、制度層面和思想層面的現代化條件已經具備，一些商業大報出現新動向，上海、北京、天津三個大城市的商業報紙出現了令人矚目的新變化，逐漸發展成為著名商業報紙。與此同時，在它們的帶動下，全國其他地區的民營報業也得到一定發展。

第一節　上海地區的民營新聞報刊業

　　上海地區的民營報紙自清末以來就一直是中國民營報紙的引領者，民國北京政府時期在地區商業經濟的帶動下，發展得更加迅速。

一、上海的城市發展與民營報業環境

（一）現代化進程中的上海

　　從開埠到十九世紀末是上海城市的現代化發展奠基時期，從二十世紀初到建國之前是整個上海社會向現代化社會轉型時期，期間又歷經了啟動、加速與興盛三個階段。所以，「從開埠到建國的上海史是一部上海現代化發展史，也是一部社會轉型的歷史」[1]。民國初年的北京政府時期，全面啟動了上海向現代化方向轉型。期間雖然政局不穩，國運不昌，但經辛亥革命、民國

1　忻平：《從上海發現歷史——現代化進程中的上海人及其社會生活（1927～1937）》，上海人民出版社，1996 年版，第 27 頁。

建立以及第一次世界大戰，資本主義經濟得到迅速發展，城市道路不斷開闢，城市規模不斷擴大，城市人口大量增加。到 20 世紀 20 年代初，近代上海的市區基本形成。

1、民族經濟高速發展

在民初北京政府時期，上海的民族工業由於一系列有利因素的出現，增勢強勁，迎來了黃金時期。1912～1926 年在上海近代工業發展史上，具有特殊的地位。由於諸多有利條件的綜合作用，上海民族工業在這一期間裏，取得了甚爲罕見的高速發展，把上海民族工業的規模總量提高到一個新的高度[1]。據當時的資料統計顯示，辛亥革命前，上海有外商工廠 21 家，民族工業 112家，一般規模較小。第一次世界大戰爆發後，帝國主義無暇東顧，中國的民族工商業有了迅速發展，上海的工商業進入初步繁榮時期，成爲全國的經濟中心。僅民族工業，到 1927 年有華資工廠 491 家，新開華資銀行達 85 家[2]。民族工業的高速發展爲上海民營報業的發展提供了堅強的經濟後盾，使及時更新報業技術成爲可能。

2、上海相對遠離政治中心

從國內狀況看，辛亥革命後，國內黨派林立，爭鬥激烈，特別是軍閥割據，內戰連年不斷，造成國家政局極度不安的局面。從國際環境看，第一次世界大戰後，國際風雲變幻，政局動盪，特別是十月革命後，國際形勢變化更爲巨大。這一切大大刺激了人們對國際國內形勢的瞭解和對國家前途的擔心。從報業生存的政治環境方面考量，上海是一個國際大都市，又遠離當時的政治中心，在輿論環境方面顯然比北京寬鬆，再加上租界的庇護，新聞界比國內其他地區享有更多的言論自由。讀者有強烈的信息渴求，新聞界又能享受到一定的新聞自由，上海民營報業在諸多有利因素中迎來了發展。

3、上海成為全國的文化中心

晚清以來，上海的整個社會經濟逐步發展，文化事業伴隨經濟發展取得不少建設性成就，致使晚清的上海就成爲中國新學傳播的基地。辛亥革命的

1 熊月之主編：《上海通史·第八卷·民國經濟》，上海人民出版社，1999 年版，第 87 頁。
2 轉引自馬光仁：《上海新聞史》（1850～1949），復旦大學出版社，1996 年版，第 558 頁。

成功，對嚮往民主、渴求進步的知識分子產生了鼓舞。由於上海不但相對地遠離當時政治中心，而且上海又有特殊的政治格局，兩個租界當局和華界當局對於思想文化的禁忌各有不同，所以採取的措施和行動不盡一致，這造成了上海思想文化的活躍空間要比中國其他地方更寬闊，加上上海的文化事業發達，使文化人士的生存環境要優於當時的北京和中國其他地區[1]。這種政治地緣優勢使當時成批的崇尚自由、接受西方思潮的文化精英積聚到上海，他們在上海已經積蓄起來的新文化土壤基礎上創造出真正的新型文化。至此，上海新文化中心的地位確立起來。其實，上海作爲中國新文化的中心，19 世紀末 20 世紀初可以說已初現端倪，「五四」新文化運動中開始確立，二三十年代則進一步鞏固。[2]

4、城市系統設施建設得到較大改善

經濟的發達爲城市基礎設施建設提供了物質保障，增添了發展動力。上海城市的交通、郵政和電信業的發展在國內處於領先地位。

首先，交通方面。市內公共交通自 1911 年以後有了很大發展。隨著市內道路的開闢和擴展，在二三十年代，電車、公共汽車在上海市的公共交通中佔據重要地位。1927 年國民黨還提出了「大上海建設計劃」，整個道路系統擬採用棋盤式與蛛網式相結合的形式，計劃通過一系列建設，使整個市中心區域形成一張縱橫交叉、高效完整的交通網。到抗日戰爭爆發前，圍繞該計劃陸續建成了一些道路，還開闢了幾條主乾道，初步形成上海市內道路交通成環線運行的格局[3]；港口航運交通方面，上海處於得天獨厚的地理位置，水運交通成爲新的交通事業不斷開拓。二十世紀二三十年代，內河航運發展很快，來往於內河的中國輪船明顯增多，其航線也逐漸固定下來。1922 年，在上海登記的內港船隻只爲 397 艘，到 1931 年增加到 1152 艘[4]；鐵路交通方面，上海對外聯繫的滬寧、滬杭兩大動脈先後在 1908 年、1909 年建成通車，它們與全國鐵路網相連，大大加強了上海與各地的聯繫。單就滬寧來說，載客人數從 1904 年該線部分貫通是的 12 萬餘人，到 1921 年增至 857 萬餘人。從 1912

1　許敏：《上海通史・第十卷・民國文化》，上海人民出版社，1999 年版，第 14 頁。

2　蘇智良：《上海近代新文明的形態》，上海辭書出版社，2004 年版，第 13 頁。

3　熊月之主編：《上海通史・第八卷・民國經濟》，上海人民出版社，1999 年版，第 192 頁。

4　熊月之主編：《上海通史・第八卷・民國經濟》，上海人民出版社，1999 年版，第 200 頁。

年到 1920 年，貨運總噸位的增長率爲 185.78%[1]。另外，空中航線方面，民國成立後也開始開闢，直到 1922 年航站建設有了實質性進展，上海航空交通也開始發展起來。

其次，郵政系統。上海的郵政事業自清末起步，1911 年以後有了進一步發展，郵路不斷擴充，不僅表現在里程長度拓展，郵差幹路、支路的延伸，還出現了水道郵路、鐵道郵路、航空郵路的多元發展格局。上海早期郵件以水路依靠航船運寄，至清末，滬寧鐵路開通，沿途經過蘇州、無錫、常州、鎮江等地，「南京、上海往來郵件嚮用輪運，今由鐵路運寄」[2]。上海郵區的郵政業務自 1911 年以後逐年增多，1920 年，上海的郵政業務是 1911 年的 4 倍。郵路傳遞工具從馬車遞送改用汽車，1917 年，以大功率的現代化機動卡車代替馬拉的郵車，運輸工具的改善大大縮短了遞送時間，提高了郵件運輸效率。20 世紀初期一、二十年裏，中國與國際郵聯交往增多，促進了上海郵政事業的發展，而 20 年代末 30 年代初，上海郵運航空業的發展再次力推了郵政事業的發展。上海作爲全國最大的通商口岸，其郵政事業在全國率先發展，成爲國內郵差線的一大中心。

第三，電信事業。電信事業的發展對城市現代化起到重要作用。上海的電報、電話等電信業務在清末就陸續開辦起來，是我國最早興辦近代通信業的城市之一。從電報方面看，清末光緒年間，電報總局移設上海，上海成爲全國電報業的中心，其線路可與國內許多地區相接。民國初年，上海在無線電發報方面的發展十分迅速。民初上海建立的吳淞電臺較早安裝了電報設備，爲商業提供了很多服務，1917—1918 年建成的法商顧家宅電臺較早用於新聞傳遞，在第一次世界大戰後期，每天爲上海傳送來自法國里昂的新聞，至 30 年代初，上海較大的電報局發展到 6 家。除無線電報外，民初上海與國內外許多城市架設了有線電報線路；從電話方面看，上海自 1882 年開通了市區電話，電話業務逐步發展，到民初北京政府時期，上海電話業務發展迅速，裝設電話機的數量增速很快，從 1922～1929 年 8 年間增加了一倍，從下表能窺見這一時期的電話業務發展狀況。

---

1 熊月之主編：《上海通史·第八卷·民國經濟》，上海人民出版社，1999 年版，第 203 頁。

2 熊月之主編：《上海通史·第八卷·民國經濟》，上海人民出版社，1999 年版，第 219 頁。

表 1：1922～1929 年間上海裝設電話機的數目

年　月	電話機（隻）	年　月	電話機（隻）
1922 年 3 月	15579	1926 年 3 月	22975
1923 年 3 月	17653	1927 年 3 月	25130
1924 年 3 月	20640	1928 年 3 月	27217
1925 年 3 月	21552	1929 年 3 月	30501

資料來源：轉引自熊月之主編：《上海通史 第 8 卷・民國經濟》第 8 卷，上海人民出版社 1999 年版，第 227 頁。

（二）上海城市的現代化進程加速了民營報業的成長

上海的新聞事業是由晚清開始，伴隨上海城市近代化的進程而逐步建設起來的，其發展的步伐走在全國的前列。上海作為全國新聞中心的地位，在晚清就已經確立。這種地位是與上海的開放程度相關的[1]。進入民國初年，紛亂的局勢，對民營報業的發展並沒有多少積極影響，反倒是第一次世界大戰爆發以後，上海民營商業報紙得到進一步發展。

一般而論，民初上海民營報業發展的原因在於：第一，經濟發展、商業發達是商業報紙繁榮最根本的因素。由於「一戰」爆發，歐洲一些帝國主義國家暫時放鬆了對中國的經濟侵略，中國民族資本主義工商業獲得了一個短暫的發展良機，商業報紙迎來了發展的第一個高潮。第二，現代印刷技術的普及為大批量報紙複製提供基礎，為民營報紙成為一種大眾所需要的商品提供了可能，上海民營報業比別的地方更是較早地更新設備，採用報業新技術。第三，軍閥割據，政治局勢的錯綜複雜，這使得包括民營報紙在內的眾多報刊獲得政治上的發展空間，報刊可以在鬥爭夾縫中生存。第四，北京政府頒布了一系列發展社會經濟的政策和各種條例、法令，使得中國社會風氣大為改觀，上海的民營報業總能及時、充分利用有利的媒介生態環境，帶來民營商業報紙的大發展。

除了上述一般性原因外，就上海城市的特殊性而言，上海城市的現代化進程更加力推了民營報業的發展。

---

1 許敏：《上海通史・第十卷・民國文化》，上海人民出版社，1999 年版，第 221 頁。

1、城市交通、郵政和電信事業的進步對民營報業的新聞採集、傳播和
　　發行有重要影響。

上海的民族經濟發展快於其他城市，使得上海城市交通設施和郵政電信
事業的飛速發展起來。民國初年，上海城市鐵路的發展，各條鐵路之間的聯
運加速了信息的流通，對新聞事業本身有直接的促進作用；郵政系統開始擴
建，在通郵的地區間，運輸費用大大降低，客觀上也促進了新聞業的發展，
隨著中國郵路普遍增長，郵局整體數量上升，大大方便了以郵政通信為主的
報刊信息往來和發行工作；電信業的發展為新聞業發展如虎添翼，提供了新
聞採集的便利，加快了新聞信息的傳遞。所以說，上海城市的系統設施的發
展成就了上海民營報業的快速發展。

2、上海新文化中心地位營造了民營報業發展的文化氛圍。

在濃鬱、自由的文化背景下，上海的文化出版事業得到較好地發展。從
1912 年至 1926 年，上海出版的圖書占全國的 70%。1927 年至 1936 年，上海
三家大出版社出版量占全國出版總量的 65%[1]。這標誌著上海成為新知識傳播
中心。因此，20 世紀 20 年代，國內絕大多數的傳媒和出版等現代文化機構集
中在上海，除去圖書和雜誌外，還有大量的報紙湧現，那些具有廣泛影響的
民營報紙，如《申報》《新聞報》《時報》一直保持著報界龍頭地位，其他城
市的民營報業不可望其項背。

提及民初上海的民營報業，便不得不提及上海的望平街（今山東路）。一
部望平街的歷史，便是現代中國的報業史。望平街是一條上海著名的報館街，
報館林立，聞名遐邇，它南起福州路，北終南京路，這條全長不過 200 米的
街巷卻名震中外，是萬眾矚目的新聞消息吞吐站、集散地。各家規模大小不
等的報館走馬燈般此起彼滅於此。正因為上海這條著名的街巷歷經了中國商
業報紙稱雄鬥豔的場景，見證了當年中國報業的興盛發達，承載著許多報人
的記憶。在漢口路的轉角，矗立著兩座大廈，一所坐北向南，那是 1893 年創
刊的《新聞報》。一所坐西向東，那是 1872 年創刊的《申報》。由《申報》向
南數十步，就在福州路的轉角，巍然巨廈上有七級浮屠，微風吹動，可聞鈴
聲，那便是當年與申、新齊名的於 1904 年創刊的《時報》。創始於晚清的申、
新、時三大報，當時已經確立了各自在社會上最重要報紙的地位，民國成立

1　國史館編印：《中華民國史·文化志》，1997 年版，第 166～167 頁。

後依然成爲最有影響的報紙。而其他政治黨派的報紙，隨著政治風雲的激盪各政治勢力的消長，卻此起彼伏。

3、外國租界爲中國報紙躲避中國政府的管轄和統制提供了便利。

民初中國的報業重鎮在上海，商業發達的上海成爲民營報業發展速度最快的城市。

作爲開埠城市，上海存在「國中之國」的外國租界。上海的外國租界在侵犯中國主權的同時，也爲那裡的報紙提供了不爲中國政府管轄的寬鬆氛圍，多數民營報紙集中在租界出版。由於全國各地經濟發展基礎、商業文化發達程度及租界環境等方面不同，民初之後的商業報紙繁榮程度也有所不同。處於民初北京政府時期的上海，具有遠離政治中心的地緣優勢，加上資本主義經濟的快速發展，以及全國文化中心地位的形成，還有租界的特殊環境，以上民營報紙進一步發展的諸種條件在上海都明顯具備，上海現代化城市發展營造了良好的民營報業生存環境。

二、上海重要的民營報紙

民國成立，中國報紙迎來了新的繁盛期，但報紙的主流仍是繼承了政論報紙特點而發展起來的政黨報紙，民營報紙短暫迷失，但沒有阻礙其發展的腳步，特別是從 1916 年開始，由於歐戰爆發，國內民族資產階級和國內經濟在這一時期迅速發展，民營報紙獲得了珍貴的發展機遇，它們「以營業爲本位」，老牌商業報紙發展非常迅速。從當時全國的商業報刊發展狀況看，上海最爲發達，集中了當時中國發行量最大的幾家民營大報，《申報》成爲全國規模最大的時事政治綜合性日報，《新聞報》則成爲全國規模最大的經濟日報，兩家大報地位顯赫，一直穩居商業報紙中心地位。以後，《時報》《時事新報》也躋身於企業化大報行列，並成爲上海「四大報」。此外，《神州日報》《商報》也有相當的影響。

（一）《申報》

《申報》是 1872 年 4 月 30 日由英國商人安納斯脫‧美查（Ernest Major）在上海創刊的老牌商業報紙，1889 年由個人經營改組爲公司，美查在回國前，將《申報》館、報館地皮、申昌書局、集成書局、點石齋書局、燧昌火柴廠、江蘇藥水廠改組爲股份有限爲公司（《申報》是整個美查有限公司實業之一），總資產 30 萬兩，美查出售自己的股票獲取現金 10 萬兩返回故國。之後，股

份公司董事長改爲愛皮諾托，並有四位董事，其中一位是中國籍的梁金池，因此《申報》的產權也從外國人獨掌而轉入華洋合股時期。1906 年《申報》董事長決定將《申報》股權轉讓，當時報館會計席子佩決定買下，1909 年 5 月 3 日雙方簽訂合同，席子佩以 7.5 萬元買下《申報》全部產業，自此，《申報》完全收歸國人所有。席子佩買下《申報》以後，《申報》並沒有得到發展，甚至在報業業務和言論方面還有倒退，其影響也反不如過去，無奈之下，把《申報》賣給了史量才。1912 年春，史量才、張騫、陳陶遺、應季中、趙竹君五人以 12 萬鉅款從席子佩手中購下《申報》產權，合股經營，張騫任董事長，史量才任社長，自此《申報》走上了發展的道路。

民國成立後，《申報》在史量才管理下，銳意改革，發展迅速。從內容上看，《申報》比較重視時政文化教育等綜合性消息，提供全面詳細的新聞報導；同時注重各領域的專業信息，先後創辦多種專刊和增刊，比如以報導和分析國際重大新聞爲主要內容的《申報星期增刊》以刊登日常生活知識文章爲主的《常識》關於汽車行業知識和信息的增刊《汽車增刊》以刊登上海本地商業服務業廣告爲主的《本埠增刊》，以及《教育與人生》等，社會影響巨大。

在經營管理上，史量才聘請張竹平任經理兼營業部主任。張竹平首先從廣告經營下手，設立以招攬廣告爲業務的廣告推銷科，聘用了專職的廣告設計人員。至 1915 年 4 月，報紙的廣告版面超過了新聞、副刊的版面，業務收入也隨之增加。其次，張竹平也重視報紙的發行。除了發展本埠訂戶外，還設法擴展外埠訂戶，凡火車、汽車和輪船能當天到達的上海鄰近地區，都力爭當天送達，使長江三角洲地區的讀者能盡早看到報紙。遠的地方則通過郵局或代辦處發展集體和個人訂戶，使發行量不斷上升，最高時達到 15 萬份。

和美查一樣，史量才在經營報紙的同時，也涉足其他商業領域，如銀行業、化工業等，成爲一個多種經營並存的大企業。在經濟上獲得成功後，《申報》開始涉足社會文化領域，1922 年《申報》五十週年時，出版《最近之五十年》的巨帙，分爲三編，即「五十年來之世界」，論述世界大勢的興衰變遷；「五十年來之中國」，記述中國國事的興伏得失；「五十年來之新聞事業」，記述《申報》自創辦以來的經歷和全報館各部門業務的改進與發展。這部大型紀念冊不僅是對《申報》五十年來的一次總結，而且也是對中國、世界各方面歷史的回顧，更重要的是保存了較爲完整的史料，爲後人留下眞實、可信的社會紀錄；1932 年當《申報》六十週年，又出版了中國分省地圖、《申報年

鑒》（1933 年出版）和足以與商務印書館的《東方雜誌》相媲美的《申報月刊》，後兩種重要出版物都在史量才被暗殺後停刊；從 1932 年起，他還創辦了圖書館、補習學校、新聞函授學校、申報服務部等一系列與《申報》一脈相承的文化事業，成為舊中國首屆一指的商業報刊企業。

（二）《新聞報》

《新聞報》是 1893 年 2 月 17 日由中外商人合資創刊於上海，由英商丹福士為總董，斐禮士為總理，1899 年 11 月股權為美國人福開森（John.C.Ferguson）購得，聘汪漢溪為總經理，從此，該報獲得長足發展，成為一家以經濟新聞為主要內容、以工商界為主要發行對象的報紙。汪去世後由其子汪伯奇、汪仲韋繼任。金煦生、李浩然等相繼任總編輯。1906 年改組為有限公司，朱葆三、何丹書、蘇寶森等為華人董事。

辛亥革命後，該報逐漸改革內容，仍以報導經濟新聞為主，以工商界為主要讀者對象。除設專職記者採訪外，還在各行各業聘請通訊員，在會審公廨、捕房等處聘請特別報事員，在北京設常駐記者，國內各大城市均建立通訊網；在各國首都也聘請了訪事人員，隨時向報館提供信息或直接供稿。在與《申報》的競爭中，《新聞報》避其所長，專門在經濟類新聞方面獨闢蹊徑，1921 年，該報開闢《經濟新聞》專欄，逐日介紹商場動態，發表商業行情、經濟信息；1922 年又增闢《經濟新聞》專版，高薪聘請著名經濟學專家徐滄水、朱羲龍等主持。後來又開闢《評論》《市況提要》《金融市場》《匯兌市場》《證券市場》等專欄。值得一提的是每天刊登的《市價一覽》，詳細提供物價信息。這些經濟類信息內容佔了報紙兩版以上，很好地服務社會、滿足了讀者需要，符合當時上海作為中國經濟和金融中心的地位。報紙也兼及時事、社會新聞和市民生活的報導。所辦副刊《莊諧叢錄》，創刊於清末，1914 年改名《快活林》，由嚴獨鶴主編，注重趣味性、知識性、通俗性，受到市民階層的歡迎。

《新聞報》注重經營管理，實行報紙企業化。報紙發展大部分來自報館的廣告和發行，其在上海地區銷售一直保持前列。《新聞報》號稱「櫃檯報」，即每有店鋪櫃檯銷售之處，就有賣《新聞報》的。汪漢溪通過銀行借貸，做點白報紙的儲備和買賣，利用自身的印刷設備和其他技術做一點補充經營，使報館穩定前進。該報 1914 年在中國第一個使用上輪轉印刷機，此後在印刷設備更新上處於領先地位。在通訊方面則備有無線電機和信鴿兩種。無線電

臺是在 1922 年冬裝置的，「內設最新式收電機 4 部，其中兩部是長波機，專收國外新聞；兩部是短波機，專收國內新聞，十餘年來，成績很好」[1]。信鴿則是在 1929 年秋開始飼養的，到 1933 年秋，有 80 隻信鴿爲《新聞報》服務，在 1932 年「一二八」戰事期間和 1933 年南京舉辦全國運動會期間，曾用它們傳遞消息。爲擴大發行，該報在全國各地設有分館、分銷處 500 餘所，報紙發行量最高達日銷 15 萬份，成爲全國第一家突破 10 萬份以上的報紙。

（三）《時報》

《時報》是戊戌變法後改良派在國內創辦的第一份報紙。1904 年 6 月 12 日創刊於上海，爲全國性大型日報。改良派十分重視國內這一輿論陣地，先後支持 20 萬元，派康門得力弟子狄葆賢（楚青）和羅普（孝高）分別擔任該報的經理和主筆。梁啓超在該報醞釀期間，曾一度從海外秘密返滬，參與該報的籌辦工作。該報命名爲《時報》及發刊詞與體例，都由梁啓超撰定。梁回日本後，《時報》初辦時所登論說，也多係他從橫濱寄來。報名取義於《禮記》中的「君子而時中」一語，標榜宣傳內容既要「與時相應」，適合於時，又要「隨時而變」。故從創刊始，該報就以執中公允的姿態出現，既批評頑固派，又批評革命派。爲了防止清政府的迫害，創刊時掛的是日商招牌，由日本人宗方小太郎出面擔任名義上的發行人，實際由狄葆賢主持報務。歷任主編是羅孝高、陳景韓、雷繼興、包天笑、戈公振等。狄葆賢於 1904 年奉康有爲之命到上海籌辦《時報》，主持該報工作 17 年之久。1908 年以後，狄葆賢與康、梁關係疏遠，而與江浙立憲派張謇等人關係接近。辛亥革命後，該報由狄葆賢獨資經營，民初又傾向進步黨，後來政治色彩漸趨淡薄。1921 年狄葆賢因《時報》虧損過巨，加之體弱多病，將其出售給黃伯惠。

《時報》在政治上的影響遠不如業務革新方面的影響大。《時報》創刊之初明確宣布：「吾辦此報，非爲革新輿論，乃欲革新代表輿論之報界。」《時報》在新聞業務方面大膽革新，多有建樹，爲當時報業之前鋒：第一，《時報》首先將梁啓超在《新民叢報》上創造的「時評」這種新的報章文體移植於日報，開闢了《時評一》《時評二》《時評三》三個欄目，配合當天重大新聞，發表短論，分版設置，搶其時效；二是設立「北京特約通信」，黃遠生最早爲該報撰寫新聞通訊，風靡一時；第三，《時報》首創報紙週刊，即在每週固定

1　胡道靜：《上海的日報》，參見《中國近代報刊發展概況》，新華出版社，1986 年版，第 324 頁。

的日子設立教育、實業、婦女、兒童、英文、圖畫、文藝等 7 個專版，分別聘請專家負責編輯；第四，首先採用 1 至 6 號鉛字排版，新聞標題和評論中的關鍵字，「皆加圈點以爲識別」，版面編排「務求醒目」；第五，打破書本式，首創對版式，對編排、欄目、標題、字體等都有許多改進。《時報》的這些改革，後來各報紛起效法，開創報紙業務的新時代。

《時報》在政治方面的影響以辛亥革命爲界分爲前後兩個時期。從創刊到 1911 年，《時報》辦得欣欣向榮，在當時上海報界一般以「申」、「新」、「時」三家並稱，可見其影響之大。入民國後，《時報》開始走下坡路，一方面是由於它曾是保皇派的機關報，聲望大不如前；另一方面是《時報》骨幹力量紛紛離去，或經商，或當官，或被其他報館挖走，該報往日的光輝漸淡，走向低迷。1921 年狄楚青因生活打擊，無心報業，在《申報》《新聞報》的夾縫中生存得非常艱難，狄楚青遂將他主持了 17 年之久的《時報》以 8 萬元的價格賣給了黃伯惠。黃伯惠接辦後，自任總經理，對報紙進行了一系列改革。在內容與版面上，大量刊登社會新聞和體育新聞來吸引讀者。黃伯惠愛好並擅長攝影，購置多架照相機，注重新聞照片，使版面圖文並茂，新聞圖片與社會新聞、體育新聞一起成爲黃氏時期《時報》的主打內容，《時報》也以攝影和製版設備精良著稱。黃伯惠將該報精心打造成一份特色鮮明，具有濃烈的「小報」色彩，從而在經營上獲得成功。

（四）《商報》

《商報》是 20 年代上海新聞界中「突起之異軍」。1921 年 1 月創辦，日刊，12 頁，發行量大約 4000 份左右。該報出資人是湯節之、虞洽卿等實業人士，總編輯是陳屺懷，編輯主任是陳布雷，電訊編輯是潘公展，本埠新聞主編前爲沈仲華，後爲朱宗良。潘公展用最新、最經濟的編輯法，有條不紊地分列要聞與電訊，有系統地處理新聞，版面醒人耳目。該報內容中本埠新聞很多，爲滬市讀者喜閱。闢「商業金融」欄，該專欄不久刊載有關商業、公債的評論，介紹經濟思想的文章，而且詳錄國際匯兌、貿易和國內行情市價的消息，內容翔實。《商報》創辦之初面向商界，後來，轉以知識分子與青年人爲主要對象，商界讀者反而較少。

《商報》引起公眾重視的還靠主筆陳布雷的社論，他以「畏壘」爲筆名，以犀利的筆鋒，公正的態度，盡人民喉舌的職責，所以其社論常常爲中西各報轉載，如共產黨的《嚮導》曾轉載他的文章，共產黨還曾希望陳

布雷能爲其服務，當時上海公共租界工部局和巡警們每天必讀《商報》，日本報紙上海《日日新聞》《每日新聞》和英國的《字林西報》也常翻譯該報社論。《商報》雖然著名，但經營卻不甚得法，再加上後期因人事更迭，經濟支持不力，陳布雷和潘公展的辭職，又使其價值大跌，最後於 1927 年 12 月 31 日終刊。

（五）《神州日報》

《神州日報》是于右任於 1907 年 4 月在上海創刊，以鼓吹革命爲職志。該報在辛亥革命後變化比較大，由革命派轉向共和黨，報務由汪允宗主持，言論轉向緩和。1916 年該報出售給帝制議員孫鐘，全館人員一律辭去，該報極力鼓吹帝制，以前的神州精神喪失，該報名存實亡，報紙少人問津，後該報幾經輾轉、難以維持，1918 年讓給余大雄。他力謀恢復舊貌，但大勢已去，無法挽回，此時余大雄不得不更改方針，於 1919 年創辦三日刊《晶報》，專載幹煉小品文字，除單獨發行外，還隨《神州日報》奉送。余大雄本意是讓《晶報》帶活《神州日報》，沒想到該報的出版發行逐日增加，竟超過了母報，而《神州日報》還是萎靡不振，最終於 1927 年春，革命軍北閥到達上海後，將全部機器設備轉讓給蔣裕泉，改組爲《國民日報》。而《晶報》不僅存活，銷量達到三萬份，爲上海小報之王，還開創了小報的新路，帶動了中國 20、30 年代上海小報的繁榮。

（六）《時事新報》

《時事新報》是研究系的機關報，其立場是偏袒反革命派的。其前身是《時事報》和《輿論日報》，1910 年兩報合併爲《輿論時事報》，1911 年 5 月改爲現名，由汪詒年任經理。該報與梁啓超關係密切，創刊之始提倡保皇，繼之宣傳立憲。當袁世凱稱帝野心暴露，該報持論公正，擁護共和，遂被袁世凱下令取消郵局掛號，不准銷往外埠。1918 年初，該報創辦《學燈》副刊，宗白華主編，接受新思潮，在學界極受歡迎。

該報在 19 世紀 20 年代脫離研究系，張竹平集資 5 萬元盤購產權，進行股份公司經營。張自任總經理，聘汪英賓任總編輯，潘公弼任總主筆。該報從新聞採訪到版面內容等方面都有一些新舉措，如設專任外勤記者，打破了公雇訪員壟斷新聞採訪的局面，提高了報導的眞實性程度。再如該報首創專欄新聞，在 1913 年創辦「教育新聞」專欄的基礎上，20 年代又創辦了「工商

之友」、「國際新聞」等欄目。該報由於歷年受政黨支持，基礎比較雄厚，雖然「該報致力於營業，而邁進精神，一如往昔」。[1]

三、上海民營報紙的特點與侷限

（一）民初上海民營報紙的特點

1、國人持股和操權成為主流

上海民營報紙的控制權在民國初年相繼由國人掌握，有的是從外商手中轉入國人，有的是在創刊時就是國人自辦掌權。《申報》《新聞報》屬於前者，《時報》《時事新報》和《商報》則屬於後者。

《申報》從創刊到辛亥革命前都是外商操控產權，1912 年史量才等人接辦後，《申報》產權由外商轉入國人。史量才接辦時以 12 萬元購得申報館產權，1918 年以 70 萬元的資金建造了 5 層的申報大廈，還更新了印刷機及其配套設備，產權牢牢持在國人手中。1927 年史量才購進了《時事新報》的部分股票，1929 年他又要購進《新聞報》的股票。《新聞報》從創刊到 1929 年為外商經營，主要股東是美國人福開森，其具體經營者是汪漢溪父子。不過，史量才購進《新聞報》股票受到了強烈的抵制，當時一些報紙甚至對史量才本人也進行攻擊，說他是要統轄輿論，是個野心家。最後在國民黨、政府和一些有勢力的商人的共同阻撓下，中國歷史上最大的一次媒介並購案最終沒能如願以償。史量才在讓出一部分股份後，佔有《新聞報》51%的股份，但實際上對該報的人事權、經營權和編輯權，沒有任何的染指，而史量才個人在離世前，也從未踏入《新聞報》半步。中國最有想像空間的一次媒體並購案，實際上並沒有發揮應有的效果。

《時報》是 1904 年梁啓超支持創辦的，創辦之初受到康有為、梁啓超在人力財力上的多方資助，雖然名義上的發行人是日本人宗方小太郎，這是為了避免清政府的干擾，但實際主持是狄楚青，所以一開始就為國人自己操權。到 1921 年轉手黃伯惠，也是從國人到國人，報紙權力一直操控在國人手中。抗日戰爭爆發後，《時報》為了生存，屈辱地接受了日偽方面的新聞檢查，所幸的是這段不光彩的時期很短。上海淪陷後，鑒於敵偽有劫持《時報》的跡象，黃伯惠斷然向租界當局宣告關閉報館，於 1939 年適時地將其停刊，以致《時報》沒有落入外人之手。

1　胡道靜：《上海的日報》，參見《中國近代報刊發展概況》，新華出版社，1986 年版，第 347 頁。

2、重視報業經營，率先嘗試現代化企業的運作模式並充分實踐

民國北京政府時期，上海民營報紙最爲突出的特點，是報紙在已有基礎上大踏步地朝企業化方向發展。它們遵循市場經濟規律，以求取得更多利潤，使報業規模不斷擴大，經濟實力最強，經營模式多種多樣，成爲相當資本的現代化企業，而且社會影響力巨大，特別是那些老牌民營大報，如申、新、時等在民初再次轉回商業本位，趨於活躍，利用上海的有利條件，在報紙企業化、現代化方面進行了有益的探索。

這些民營報業在企業化運作方面，奇招頻出，使上海報壇一時爭奇鬥豔，熱鬧非常，執中國報業之牛耳。它們的共同做法有：第一，重視擴大讀者面，搶佔讀者消費市場。《申報》以報導政治與國際新聞爲主，主要讀者群是政界與知識分子。《新聞報》以經濟報導爲主，主要讀者群是工商界、經濟金融界等。《時報》面向教育界，以學校讀者和知識分子爲主；第二，精心經營廣告業務。《申報》專設廣告科，改變以往等客上門的做法，派人出去延攬廣告，同時加強廣告設計，很受工商業主的歡迎。《新聞報》對廣告也煞費苦心，設立準備科以計算廣告與新聞的比例，有時抽調新聞爲廣告讓路。《時報》重點加強教育界的廣告市場，學校招生、書籍出版方面的廣告很有特色。各報除提高發行量以爭取廣告客戶外，還代客戶精心設計畫面，撰寫廣告詞等；第三，加強報館硬件建設。各報館及時更新印刷設備，提高報紙發行速度，增強時效性。改善報館的辦公條件，重視報館大樓的建設和相關服務設備配套，如交通運輸工具的改進等，加強各報館的硬件建設，爲報業發展提供雄厚的物質基礎；第四，不斷擴大報業規模，率先向現代企業化報業方向邁進。上海大型民營報業進行產業化運作，朝龐大的報業集團發展，它們不但經營與報紙相關的產業，而且經營文化出版產業，出現報業托拉斯的雛形。主要途徑和策略是：有的經營文化產業，如《申報》；有的經營多種產業，如《新聞報》；有的成爲報系，如《時報》。

3、對報業技術極爲敏感，成爲上海商業報紙崛起的重要條件

上海商業報紙利用新技術，從各個方面提升報業發展水平。申、新、時等大報利用電報等最新技術，加快新聞採集和報導的速度，大大地提高了新聞的時效性。《申報》是中國最早利用電報技術傳輸新聞的報紙，開創了中國報紙獲取新聞的新路。民國成立後，各報電訊稿增多，新聞量增大，申、新、時等大報都重視駐京訪員，通訊文體出現並得到定型，這些都與利用這些新技術密切相關。

　　機械動力印刷機，是現代印刷術的基本。印刷技術提升可以增強新聞時效，提高新聞報導效率。到 20 世紀，先進的輪轉印刷機已經達到每小時印報數萬張，同時完成套色、剪裁和折疊等複雜工序，服務於以報業為主流的新聞業。上海的民營報紙對先進的印刷技術甚為敏感，較早加以利用，《申報》自 1890 年引進了煤氣動力的印刷機，這臺先進機械動力的機器使《申報》在印刷人工方面節約了 13 個人，以前的報紙需要用 18 個小時來印刷，而現在報紙需要 5-6 個小時就可以印刷好，而且人手更少了。到 1898 年間，日本人仿製的歐式輪轉機因為價格比較便宜，多為國人採用。1906 年國人開始使用英國的華府臺單滾筒機（大英機），用電氣馬達，每小時可出一千張。民國以後，中國各大報館採用輪轉印刷機的越來越多，中國報業在印刷技術方面步入現代。

　　1914 年 7 月 15 日上海《新聞報》第一次使用輪轉印刷機：兩層巴特式輪轉機，這也是中國新聞界的第一次。1916 年，該報發行超過 3 萬份，為提早出報，開始使用新購進的波特式（Porter）三層輪轉機 1 架，四層高斯式（Goss）輪轉機 2 架。1915 年，《申報》購置了法國式新式印刷機，1916 年又開始使用日本製造的 Marinoni 型捲筒紙輪轉印刷機，這臺機器一小時可以印刷 8000 張，但還是比當時世界最先進的印刷機慢了一半多，而且還沒有折疊報紙的配套機器。在 1915 年以後的十多年時間裏，各有實力的報紙均添置了高自動化的印刷設備，如《申報》《時報》《時事新報》等，產地多為美國、德國、日本等地，最多的申、新兩報大約有二到四層不等的機型 3、4 部之多。1927 年夏，《時報》還花費 10 多萬銀元從德國購置了一套四色高速彩色輪轉印報機、製版機等，使《時報》印刷質量在當時國內各報紙中居領先地位。

4、民營大報與小報並存，錯開定位滿足不同讀者需求

　　民國初年，上海的「四大報」，即《申報》《新聞報》《時報》《時事新報》都很有影響。《申報》《新聞報》進入 20 年代，兩報進入穩步發展期，銷數急劇上升，發行量都突破 10 萬份大關。《申報》1921 年發行 4.5 萬份，到 1926 年底達 14.1 萬份。《新聞報》1921 年發行 5 萬份，1923 年達 10 萬份，到 1926 年達 14.1 萬份，這些大型民營報紙壟斷上海報業市場。不過，20 年代興起的小報也十分紅火，小報獨闢蹊徑在夾縫中也求得了生存，代表性報刊除《晶報》外，還有《金剛鑽》《福爾摩斯》和《羅賓漢》。上海小報是上海市民文化的集中體現，自 1919 年《晶報》到 1929 年，上海湧現了一批類似的三日

刊，版型內容風格相似，發展穩定而迅速，特別是 1925 年到 1929 年「是小報最活躍的一段時間，先後出版的各種小報，竟有七百多種，有時一天就會有數十種小報問世」。[1]

　　小報以發行立命，與大報展開錯位競爭，側重刊載政治新聞，專揭社會黑幕，筆觸尖銳、滑稽諷刺，因此比大報顯得更加生動活潑，很受各界歡迎。同時，小報為了從大報中爭得讀者，採取了正當和非正當做法，所以這些小報呈以下一些特點：首先，內容整體上格調不高，常常充斥著無聊、庸俗、低級的內容。一方面是小報在大報市場較為成熟的空間裏，生存有一定的壓力，一定要找尋與大報不同的報導內容和市場定位；另一方面，小報上刊登的內容也是對當時上海光怪陸離的市民文化的反映；同時，小報又能刊登大報不敢登或不屑登的內幕新聞，也在一定程度上對社會進行鞭撻和揭露；第二，小報競爭無序，報紙間互相模仿抄襲，或者互相攻訐詆毀，甚至有報人借手中的報紙行勒索誹謗敲詐等不法之事，反映當時小報界的混亂和競爭之勢；第三，小報雖然很少遵循新聞道德與規範，但寫作風格卻也有潑辣尖銳生動之處，又是大報所不能為之，這一點則受到讀者的歡迎，也受到業界的肯定。

（二）民初上海民營報紙的侷限

1、津貼成為阻礙報業發展的痼疾

　　進入民國初年，報業津貼現象相當普遍，津貼的來源渠道豐富，對新聞業損害很大，也引起了部分有道義的新聞工作者的抵制。政黨報紙接受津貼自然不在話下，一般以商業報紙為名的民營報紙，也普遍接受津貼，津貼一時泛濫成風。從上海的民營報紙來看，《新申報》在 1925 年左右接受的是李思浩或張學良的津貼，同時與孫傳芳關係密切，每月有 2500 元的補助；而陳布雷所在的《商報》接受的是湯節之、虞洽卿的出資，與奉系軍閥關係相當緊密等等；《申報》的史量才也先後接受齊燮元每月捐款 2000 元，以及一塊地皮和一棟住房[2]。當然上海還有許多報紙以不同形式接受過政黨、政府和個人的津貼。非正常的資金來源，使報業風氣惡濁，嚴重影響了報紙的報格和報人的人格，使得報業名聲掃地，當時上海的《時事新報》就痛陳過此種罪責，「無論受何方面金錢之補助，自然要受該方面勢力之支配；即不全支配，

1　祝君宙：《上海小報的歷史沿革》，載《新聞研究資料》第 42 輯，北京：中國社會科學出版社，1981 年版，第 137 頁。

2　王潤澤：《津貼：民國時期中國新聞界的痼疾》，《新聞與寫作》，2010 年版。

最少亦受牽掣，吾儕確認現在之中國，勢力即罪惡，任何方面勢力之支配或牽掣，即與罪惡爲鄰」。[1]

2、惡意競爭擾亂商業報紙的市場秩序

從民初全國的商業報刊發展狀況看，上海最爲發達，集中了當時中國發行量最大的幾家報紙，一直穩居商業報紙中心地位，僅上海望平街就有《申報》《新聞報》《時報》《時事新報》《民國日報》《神州日報》等十幾家報館集中於此。可想而知當時上海報業競爭異常激烈，它們雖然讀者定位不同，盡量錯位競爭，但在經營方面免不了同質化競爭，主要表現在發行、廣告和人才等方面的競爭。

就發行和廣告競爭看，往往一家報紙想出經營新招，很快即被其他報紙模仿，競爭走向同質，這主要是《申報》和《新聞報》表現突出，其他民營報紙在經營上也是以申、新兩報爲參照，出現普遍同質化競爭；人才競爭方面，《申報》和《時報》表現尤爲突出，1912 年史量才一接管《申報》，便著手網羅報業優秀人才，以高薪挖走《時報》主編陳景韓，狄楚青失一報館骨幹，從此對史量才「恨如切齒」，再不願與他謀面，直到史遇刺之後，方才前去祭奠過一番。史量才從《時報》挖取的資源遠不止陳景韓一項，《時報》最初的「駐北京特約通信員」是黃遠生，黃被暗殺後，邵飄萍也曾擔任《時報》特約通信員一職。史量才接管《申報》後，靠他在《時報》任職時積累的人脈關係，將黃遠生和邵飄萍均邀至帳下。在《時報》工作了 14 年的包天笑在晚年曾回憶：「坦白地說，《申報》的改革與發展，實與《時報》大有損害。……現在《申報》有了改革、新發展，實大聲宏，舉《時報》之長而一一攫取之。」[2]

3、政治態度曖昧影響了報格

這些民營報紙爲了在紛爭不斷的政治環境下生存，在辦報方針上力求不介入或少介入政治漩渦，提出超階級、超黨派的口號；在編輯業務上盡量多客觀報導，少加評論或不評論，其態度模棱兩可，含糊其辭地對待政治敏感問題，少招惹是非，引起不必要的麻煩而危及生存，這是許多民營報紙靈活的生存策略。但是，一般而論，缺乏堅定政論立場的報刊，在統治勢力強與弱的轉換面前無所適從，表現出左右搖擺，甚至忍辱從命，缺乏報格。另外，

1 世界日報史料編寫小組：《世界日報初創階段》，《新聞研究資料》第 2 輯，中國社會科學出版社，1980 年版，152 頁。
2 包天笑：《釧影樓回憶錄》，大華出版社，1971 年版，第 426 頁。

民營報業發展不平衡，申、新、時等大報實力雄厚，影響巨大，壟斷了上海乃至全國報業，小型商業報紙在夾縫中求生存。

總之，上海民營報業在民國北京政府時期發展迅速，重塑了民營商業報紙的地位，開拓了我國商業報紙發展的新路。從當時情況看，中國報業向企業化發展既不普遍，又很薄弱，主要是上海的幾家商業大報，所以它們代表了中國報業發展的方向，對我國新聞事業的發展將帶來深遠影響。它不僅標誌中國的私營報業已發展成為有相當勢力的企業實體，能與各種勢力相抗衡，為各地私營報業帶來鼓舞和希望；它還標誌著中國新聞事業已逐漸和世界報業接軌，即將進入世界先進報業的行列。[1]

第二節　天津地區的民營新聞報刊業

天津作為北方的報業重鎮和全國的興論中心，新聞業發展迅速。北京政府時期各路軍閥忙於爭奪地盤，為天津民營報業的發展提供了比較消極的自由環境；資本經濟的發展為其繁榮奠定了物質基礎；新文化運動後新思想的傳播為其發展帶來了思想層次的自由，這些促使天津的民營報業大放光彩，呈現鼎盛態勢，出現了《大公報》《益世報》等名噪一時的大報。但必須清醒地認識到，這一時期天津民營報業的自由環境是消極、短暫和有限的，常受執政當局的壓制，報業發展的基礎脆弱，使得許多民營報業在與軍閥的鬥爭、矛盾、依附中頑強爭取著生存空間，如有些民營報業被執政當局拉攏，收受津貼，成為軍閥喉舌。這是北京政府時期天津民營報業發展的局限之處。

一、天津民營報業發展的背景

在許多人看來，1916 年～1928 年的北京政府，總統、總理不斷上臺、下野，軍閥不斷爭奪地盤，環境極度混亂。理所應當地認為，天津毗鄰北京，民營報業必然受到北京政局的波動，經營慘淡。以上只反映了北京政府時期的一個側面，並非全貌。實則不然，除此之外，這一時期呈現出許多正面的東西。在軍閥混戰的背景下，教育、文化、經濟、社會等領域出現了史無前例的繁榮。[2]天津民營報業在這一時期迅速勃興，大放光芒。北京政府時期天津的新聞業是這一時期政治、經濟、文化等綜合作用的產物。

1　馬光仁：《上海新聞史（1850～1949）》，復旦大學出版社，1996 年版，第 559 頁。
2　王潤澤：《北洋政府時期的新聞業及其現代化（1916 年～1928 年）》，中國人民大學出版社，2010 年版，第 2 頁。

（一）弱勢寬鬆的政治環境為天津民營報業的發展提供了比較自由的時間和空間

北京政府時期，政治環境相對弱勢寬鬆。「一個政府越『強大』，報刊就越弱小，反之亦然」[1]。即，政府越「弱小」，報刊就越「強大」。1916 年袁世凱去世後，北洋軍閥登上歷史舞臺，在不同帝國主義的支持和控制下，「各股勢力猶如軍事領導和地方官員組成的星座」武力不斷，中國陷入了混戰的時局。各路軍閥忙於爭奪地盤，放鬆了對新聞業的控制和管理。他們都「無法有效地控制大學、期刊、出版業和中國知識界的其他機構」，[2]這就為新聞業的發展提供了比較消極的自由環境，天津的民營報業正是在「消極自由」的環境中，獲得了較大的發展空間。

弱勢寬鬆的政治環境還表現在法律的制定和執行相對薄弱方面。各路軍閥上臺後，懾於新聞界要求新聞自由的強烈呼聲，為了贏得人心以維護統治，執政者制定和修改了一些有利於民營報業發展的法律。如 1916 年 6 月，黎元洪以大總統的名義廢止《報紙條例》。此政府還恢復了新聞記者招待處；段祺瑞政府為了拉攏人心，維護統治，恢復了孫中山的《臨時約法》，取消了《出版法》，鉗制新聞的法律政策的廢除保證了一定的新聞自由。

其他歷屆北洋政府統治者都採取了類似的措施，為新聞業的發展營造了表面寬鬆的新聞環境，軟弱的中央執政者嘗試出臺新的新聞法律法規，但多以失敗告終，如 1918 年北洋政府擬定了 33 條內容的《報紙法案》，諮詢國會「取決」，後因社會輿論反對，最終未能出臺。總之，弱勢獨裁的政治環境和寬鬆的法律帶來寬鬆的媒體環境，促進了天津民營報業的發展。

（二）資本主義經濟的繁榮為天津民營報紙的發展奠定了良好的物質基礎

北京政府時期，天津資本主義迅速發展。1900～1913 年，日本、英國等帝國主義國家的商品充斥並且壟斷著天津市場，刺激了中國商人，他們意識到「利權外溢乃一大漏卮」，必須自己創辦工廠，才能挽回利權。為了與外商爭奪利權，中國商人紛紛創辦工廠，建起 30 多家工廠企業，天津民族資本主義工業出現並且取得了初步的發展。1920 年前後天津掀起了興辦實

1　林語堂：A History of the Press and Public Opinion in China, Greenwood Press, New York, 1968, 114 頁。
2　費正清：《劍橋中國史（1912～1949）》（上），中國社會科學出版社，2007 年版，395 頁。

業的高潮。天津興辦的民族資本企業共 1183 家，占這個時期廠家總數的 87%。[1] 第一次世界大戰和戰後最初的幾年，一方面歐洲帝國主義國家忙於戰爭，另一方面，1917 年蘇聯十月革命勝利後各帝國主義國家工人運動高漲，迫使西方帝國主義國家將視線轉移到國內，「一時無暇東顧」[2]，放鬆了對中國工業的控制。1919 年受「五四運動」的影響，國內反帝反封建和抵制洋貨的運動不斷高漲。國內的抵制洋貨運動和帝國主義的放鬆控制為天津民營工業的發展帶來了優越的條件，使得民營工業出現了空前的繁榮。天津建立了織染業、帆布業、汽水業、棉紡織、麵粉業、造紙、化學、鹽、機器製造等工業。

民族資本主義的發展，使私營報業在「資金調度、廣告收入、設備更新以及物質添置儲備方面，得到了非常便利的條件。」[3]客觀上為民營新聞事業提供了相應的經濟基礎。如天津出現了高速輪轉印刷機以及各種印刷用地輔助設備；該時期鐵路、電信、郵政都以較快的速度增長，電話、電報等通信技術的發展和鐵路的建設加快了新聞採集和發行的速度；棉紡、麵粉等工業為了進一步發展，紛紛在報紙刊登廣告，為報紙的生存帶來了可能。總之，天津資本主義經濟的發展輻射、帶動了天津新聞業的繁榮。

（三）新思想的傳播和新聞院校的建立為天津民營報紙的發展提供了肥沃的文化土壤

北京政府時期，新思想在天津傳播。「北洋政府時期甚至整個 20 世紀，中國都處於大轉折時期，不僅社會結構在變化，思想意識也在轉換。」[4]在「新文化運動」的影響下，各種學術觀點、各種主義、各種思想主張、各種宗教信仰都在充分地展現自己，尤其是西方的「民主自由」等資本主義啟蒙思想迅速被傳到國內，知識分子思路大開，積極參與社會活動，他們創辦各種報刊，討論新思潮和社會主義的救國主張，促進了報業的發展。新思潮的傳播為天津民營報業提供了思想層次的自由，為其發展帶來了契機。

新聞院校的建立也是天津民營報業發展不可忽略的因素之一。在新思想的影響下，各教育界、新聞界紛紛創辦新聞院校，為天津民營報業的發展培

1　《天津文史資料選輯》，中國人民政治協商會議天津市委員會學習和文史資料委員會編，2005 年版，第一輯，津人民出版社，2005 年 06 月第 1 版，第 155 頁。
2　方新平：《天津史話》，上海人民出版社，1986 年，121 頁。
3　方漢奇：《中國新聞事業通史》（第二卷），中國人民大學出版社，1996，第 411 頁。
4　王潤澤：《北洋政府時期的新聞業及其現代化（1916 年～1928 年)》，中國人民大學出版社，2010 年版，第 19 頁。

養了人才，注入了活力。如 1918 年邵飄萍與蔡元培、徐寶璜成立了「北京大學新聞學研究會」，並親自授課；1923 年北京平民大學創辦報學系，1924 年，燕京大學也受立了報學系較適合於新聞人才的培養。上海的聖約翰大學、復旦大學等先後設立了新聞系。新聞學的著作也在這一時期出現，如徐寶璜的《新聞學》邵飄萍的《實際應用新聞學》戈公振著作的我國第一部論述中國報刊歷史的專著《中國報學史》。這些新聞院校的建立和著作的出現一方面為天津民營報業的發展提供了新聞人才和新聞理論，另一方面，天津學校受北京、上海的影響，設立了報學系或新聞系或者創辦報紙、發表意見，出現了胡適所說的「中國輿論中心在平津」[1]的局面。這些為天津民營報業的發展提供了良好的文化環境。影響並且帶動了天津新聞界的繁榮。

除了這些，毗鄰北京的地理優勢為天津民營報紙的發展提供了豐富的信息源。北京政府時期，天津毗鄰統治中心北京，北京的信息能很快傳到天津，使得天津民營報業能迅速獲得受眾需要的信息，在第一時間報導出來。比如段祺瑞、黎元洪上臺、張勳復辟、北伐戰爭、頒布《報紙法》邵飄萍和林白水等著名記者在不到 100 天內雙雙被殺等事件，為天津民營報業提供了豐富的信息源；各帝國主義在中國設立的「國中之國」——租界，為天津民營報業的發展提供了保護。所有租界中，天津租界最多，總面積達 2700 畝。[2]租界的行政權力完全屬於管理國，不受中國政府的約束，這為天津民營報業的發展提供了相對寬鬆的環境。

二、天津地區重要的民營報紙

天津是統治中心北京的門戶，東面毗鄰渤海，北面背靠燕山，河海相通，文化交流頻繁、商務來往密集，是北方的商貿中心和交通樞紐，也是近代中國新聞業發展的重鎮。北京政府時期，各路軍閥為了爭奪地盤「你方唱罷我登場」，分裂、動盪不斷，混亂的時局卻為天津民營業的勃興提供了發展的契機。天津湧現出了以「大公無我」著稱的《大公報》和雖然是天主教報刊，卻站在中國人立場的《益世報》等民營大報，這些報刊在天津新聞史上發揮了積極的作用，有些報刊還辦出了自己的特色。

---

1 載《新聞史料》第 31 輯，第 20 頁。
2 袁繼成：《近代中國租界史稿》，中國財政經濟出版社，1988 年，第 111 頁。

（一）天津民營報紙的雙子星座之一──《大公報》

「《大公報》是中國歷史上除了古代的封建官報以外出版時間最長的報紙，也是中國新聞史和全球華文傳媒史上唯一擁有百歲高齡的報紙。」[1]它在民營報刊發展史上具有深遠的影響，曾經獲得美國密蘇里新聞學院頒發的榮譽獎章。它的發展大概分爲四個階段。1902 年～1916 年英斂之創辦時期；1916年～1925 年王郅隆經營；1924 年 11 月 27 日，《大公報》停刊；1926 年～1949年新記公司接辦。1916 王郅隆買下並且控制《大公報》，聘請胡政之爲編輯。王郅隆接手《大公報》初期，新聞報導客詳實，內容豐富，詳細報導了五四運動、第一次世界大戰等，深受讀者喜愛。《大公報》所有者王郅隆是安福系的重要人物，《大公報》逐漸淪爲安福系的機關報，不敢非議賣國賊曹汝霖、章宗祥、陸宗輿，也不評論人民所反對的「二十一條」，大失人心，《大公報》聲譽一落千丈。1920 年胡政之辭職後，《大公報》慘淡經營。1923 年，王郅隆死於日本大地震，1924 年 11 月 27 日《大公報》停刊。《大公報》創刊史上，最不爲人注意、同時最遭非議的是王郅隆時期的《大公報》。[2]

1926 年 9 月，吳鼎昌、胡政之、張季鸞以新記公司名義，續辦《大公報》，分別任社長、總經理、總編輯，資金由吳鼎昌一人籌借，胡政之和張季鸞以勞力入股。三人共同商榷意見，決定主張，三人意見不同時，多數決定。1926年至 1945 年爲新記《大公報》時期，被稱爲《大公報》歷史上最輝煌的時期。一舉奠定了其名報的地位。吳、胡、張認爲經濟獨立是報紙言論自主的基礎和保障，因此提出「不黨、不私、不賣、不盲」，作爲新紀《大公報》的辦刊宗旨，即：純以公民之地位，發表意見，此外無成見，無背景，凡其行爲利於國家者，擁護之，其害國家者，糾纏之；不以言論做交易，不受帶有政治性質之金錢補助，不接受政治方面之人入股投資，是以吾人之言論或不免囿於智識及感情，而斷不爲金錢所左右；對於報紙並無私用，願向全國開放，使爲公眾喉舌；不盲從、盲信、盲動、盲爭，形成了報紙獨立的辦報風格。[3]「四不方針」作爲自我約束和自我管理機制，將新紀《大公報》與政黨報刊和商業辦刊區別開來，成爲《大公報》言論自主、經濟獨立的依據，成爲成熟的新聞理念。正如李金銓所評價的：「在二十世紀中國報業已經發展出一套相當

1 方漢奇：《〈大公報〉百年史》，中國人民大學出版社，第 2 頁。
2 周雨：《大公報史》，江蘇古籍出版社，1993 年版。
3 《本社同人旨趣》，載自《大公報》1926 年 9 月 1 日。

成熟的新聞理念，其中以天津《大公報》所揭示的『不黨、不私、不盲、不賣』等四大原則爲翹楚。」[1]在「四不方針」的指導下，新紀《大公報》以「大公無我」之心，成爲公共言論機關和社會服務機關，凡事以國家、人民、社會爲中心，獲得社會的認可銷量一直猛增。《大公報》剛剛續刊時，發行量不足 2000 份，到 1927 年 5 月漲至 6000 餘份。除第一年入不敷出外，10 年後僅工廠設備價值 40 萬元，連同津滬兩館其他財產並計，總值已經在 50 萬元以上。[2]

（二）天津民營報紙的雙子星座之二——《益世報》

天津《益世報》曾和《大公報》齊名，甚至在《大公報》淪爲安福系機關報時，比《大公報》名譽更旺。兩報並稱作天津報業的「雙子星座」。正如天津老報人吳心所回憶的「抗日戰以前，天津新聞紙中影響最大的是《大公報》和《益世報》。」[3]爲天津近代新聞傳播業的發展做出了巨大貢獻。1915年天主教傳教士雷鳴遠創辦於天津，劉守榮人任總經理，1949 年 1 月天津解放前期被迫停刊。內容上主要宣傳天主教，它雖然是一份以宣傳宗教爲宗旨的報紙，但常常伸張正義，立論公正，獲得了較高的社會名譽，成爲深受人們追捧的一份報紙。

創辦者雷鳴遠是比利時籍的天主教傳教士，以在華傳教爲目的創辦報刊，1915 年雷鳴遠號召天主教教友，募集捐款，創辦了《益世報》。出於對天津勢力最大的法國傳教士生活作風的不滿，雷鳴遠將館址設在遠離法國傳教士的租界外，初選在南市榮業大街，後遷至東門小洋貨街。1916 年，爲了擴大法國租界的地盤，法國帝國主義強行霸佔老西開並且武裝強佔土地，遭到了天津法租界內中國人民的罷工運動。雷鳴遠雖爲天主教的傳教士，卻站在中國人的立場上，連續報導並且支持中國人民的反法罷工運動，揭露並且嚴厲抨擊了法帝國主義的侵略行爲，得到了中國人的支持，獲得了良好的聲譽，銷量激增。相反，雷鳴遠反法立場的報導，觸怒了法國傳教士。1918 年，他迫於傳教士的壓力，將《益世報》交給天主教徒劉守榮，離開天津回到比利時。在雷鳴遠遠離天津的幾年裏，劉守榮一直獨掌大局，把《益世報》辦得

1　李金銓：《香港媒介專業主義與政治過渡》，新聞與傳播研究，1997 年版（2）。
2　王芸生：《曹谷冰·1926～1949 年舊大公報》，文史資料選輯：第 25 輯，中華書局，1962。
3　董效舒、吳心雲：《七七前夕的天津〈益世報〉》，《新聞史料》第 2 輯，第 65 期。

有聲有色。1919 年，五四運動爆發後，《益世報》站在愛國立場上，連續報導並且支持北平、天津學生的愛國運動，鼓勵青年學生和愛國同胞的熱情，態度鮮明，深受廣大讀者的歡迎。當《益世報》政治態度模糊時，周恩來以「飛飛」的筆名在《天津學生聯合會報》上發出質疑「何以天津最著名的報館，而對北洋政府及張作霖，就不置一詞呢？」勸導《益世報》對於時事，表出明朗的態度，否則只能讓讀者「回想當年」。周恩來的質疑，一方面促進了《益世報》改進辦刊，另一方面，促使《益世報》發現了周恩來的才華。因此在周恩來赴法勤工儉學時，《益世報》的邀請他為報紙撰海外通訊。1921—1922 年，《益世報》連續刊載了周恩來發表的 56 篇旅歐通訊。這些通訊，詳細記錄了中國留學生在海外的艱苦生活，記錄了西歐的境況，揭露了北洋政府向帝國主義借款的內幕，向國人介紹社會主義思想在歐洲的發展狀況，引人深思。周恩來的旅歐通訊為《益世報》增光添彩。

三、天津民營報業發展的特點和侷限

北京政府時期，相對寬鬆的政治環境、經濟的迅猛發展、新思想的傳播、新聞院校的建立為民營報的發展提供了豐富的條件。天津毗鄰政治中心和思想文化中心北京，民營報業得到得天獨厚的條件，發展迅速，出現了斐名中外的《大公報》《益世報》等大報。這一時期，天津民營報業形成了獨有的特點，如新聞業務上不斷革新，有亮色。但也必須認識到這一時期，由於動盪時局等因素的影響，天津民營報業發展存在侷限性，如天津寬鬆的政治環境是短暫、消極、有限的，民營報紙只能在夾縫中艱難生存，不可能有獨立發展和繁榮的天地；天津民營報業發展的規模小，不如上海發達；一些天津報業接受津貼，報格低下；天津民營報業繁榮，但有實力的不多等。

（一）天津民營報業發展的特點

北京政府時期，北京、天津、上海、東北、廣州等各地的民營報業都不同程度地發展，如《申報》和《新聞報》的經營理念逐漸成熟，天津出現了中國新聞史和全球華文傳媒史上唯一擁有百歲高齡的報紙——《大公報》和天主教報紙《益世報》。但由於天津和其他地方的地理位置、政治環境、經濟發展條件有差異，所以民營報業形成了獨有的特點。如新聞業務上不斷革新，有亮色，誕生了獨立、無黨派的大報。

1、新聞業務上不斷革新，有亮色，重視對本國、本地新聞的報導

　　對天津本地新聞的報導，是天津民營大報報導的重點。如 1917 年天津發生水災，《大公報》用大量篇幅報導水災和社會各界救助情況；還重視對國際新聞的報導，如 1918 年 12 月《大公報》總理兼編輯胡政之以記者的身份到歐洲採訪，出席巴黎和會，並爲該報發回一批專電、通訊，及時報導了會議情況。期間，胡政之遊歷了英、美、德等國，寫了許多旅行通訊。再如，1921年～1922 年，「周恩來在《益世報》共刊登 56 篇旅歐通訊。」[1]或介紹西歐情況，或揭露軍閥喪權辱國的大借款內幕。這些通訊和報導爲天津民營報業增色不少；重視記者深入採訪。北京政府時期，一些記者不深入採訪，多轉載通訊社的新聞，導致新聞不真實，胡政之強調「新聞者，天下之公器，非記者一二人所可私，亦非一黨一派所可得而私……要之，本報之新希望在秉其奮鬥之精神，益益改良新聞記事，以爲鑄造健全輿論之基礎。」[2]可見他極爲對新聞的真實性和對記者親自採訪報導的重視。在刊登廣告方面，另闢蹊徑。如「《益世報》以彩票法招徠讀者，凡訂閱者，皆有中彩十元之希望，一時訂閱者甚多。」[3]這些都是天津民營報業發展的特點。

2、誕生了獨立、無黨派的大報

　　北京政府時期，政局動盪，風雨飄搖，天津一些報業通過投靠政治勢力或者接受政府津貼獲得生存，[4]但 1926 年的新記《大公報》卻在動盪時局中出淤泥而不染，堅持政治獨立和經濟獨立，這是天津民營報業發展不可忽視的一大特點。1926 年 9 月 1 日，《大公報》續刊出版，報紙名《大公報》下面寫著「本館創始自前清光緒二十八年即西曆一千九百零二年」，以表明《大公報》的歷史。在第一版刊載了創辦者之一張季鸞撰寫的《本社同人之志趣》這篇文章，文章中作者提出了著名的「不黨、不賣、不私、不盲」四不方針，並且強調使報紙有關心政治而不參加實際政治，依據事實說話，基本獨立地發表言論，在大多數情況下，不會傾向於哪個黨派。這些都表明新記《大公報》無黨派，政治、經濟獨立的立場。

1　俞志厚：《天津〈益世報〉概述》載《天津文史資料選輯》，第 18 輯，第 78 頁。
2　王瑾、胡玫：《胡政之文集》，天津人民出版社，2007 年版，第 1038 頁。
3　鄒僕：《解放前天津新聞事業發展概要》，《新聞史料》第 29 輯，第 28 頁。
4　王芸生、曹谷冰：《1926～1949 的舊大公報》，中國人民政治協商會議全國委員會，文史資料研究委員會‧文史資料選輯：第 25 輯，中華書局，1962 年版。

新紀《大公報》創辦者之一吳鼎昌認為，民國時期一些報社維持不下去的主要原因是「資金不足，濫拉政治關係，拿津貼，政局一有波動，報就垮了」[1]另一創辦人張季鸞也認為「中國報界之淪落苦矣。自懷黨見而擁護其黨者，品猶為上；其次，依資本為轉移；最下者，朝秦暮楚，割售零賣。並無言論，遑言獨立？並無主張，遑言是非？」三人都認識到了投靠政治才導致報社沒落，堅持創辦獨立報業。1928 年 9 月《大公報》再次強調「本報系不受任何方津貼補助，亦不添招新股。本社向以辦報為職業，不兼任政治上任何職務，不作求官求差之任何活動。」[2]新紀《大公報》的獨立報業性質為天津民營報業增光添彩，也為其他報業提供了借鑒的榜樣。

（二）天津民營報紙發展的侷限

在總結天津民營新聞業的特點的同時，也應該清醒地意識到我國天津民營報紙在發展過程中存在一些侷限性。如天津寬鬆的政治環境是短暫、消極、有限的，民營報紙只能在夾縫中艱難生存，不可能有獨立發展和繁榮的天地；天津的民營報業不如南方發達；天津民營報業經濟上不能獨立，為維持發展，接受政府津貼或者報格低下；天津民營報業表面繁榮，但實力雄厚的、全國有影響的不多。這些侷限性導致天津民營報紙發展一段時間後失去迅猛發展的勢頭，出現頹廢。總之，天津民營報業是在同封建軍閥矛盾、鬥爭與依附關係中，艱難生存的。

1、天津寬鬆的政治環境是短暫、消極、有限的，民營報紙只能在夾縫中艱難生存，不可能有獨立發展和繁榮的天地。北京政府初期，環境寬鬆，但執政者穩定政權後，加強了對新聞業的鉗制，使得報紙只能在夾縫中艱難生存。正如戈公振在《中國報學史》中談到的「袁世凱公布《報紙條例》……又公布《出版法》。為彼壓制言論之手段……待黎元洪入京，始下令廢止，此外又有戒嚴法與治安警察法，皆與報紙有密切之關係，民國十五年一月二十八日，由段祺瑞下令廢止《出版法》，但京師警察總監朱深又頒布《新聞營業條例》……」[3] 這些反覆多變的新聞政策影響了天津民營報業的發展，當政治環境較寬鬆時報業發展快；當新聞界處於禁錮、鉗制狀態時，民營報業受摧

1　張季鸞：《新聞報三十年紀念祝詞》，新聞報館三十年紀念冊，上海新聞報館，1923年版。

2　本報同人啟事，《大公報》，1928-09-16。

3　戈公振：《中國報學史》，嶽麓書社，2011年版，第 259 頁。

殘，發展慢。比如，1925 年～1928 年是《益世報》的黑暗時期，由於報紙旗幟鮮明地反對奉系，擁護直系，為報紙招來了禍患。奉系執政後，逮捕《益世報》總經理劉守義，強行接收了《益世報》並且成為奉系的言論機關。直到 1928 年奉系垮臺，報紙才被劉守榮收回，這時報紙的名譽一落千丈，銷售量大幅度下降，資金、人才、設備急劇短缺。報業千瘡百孔、奄奄一息。最後在創辦人和總經理的努力下，才使得報紙轉危為安。再如，《大公報》1916 年成為段祺瑞軍閥的輿論陣地，段祺瑞政府垮臺後，1924 年受當如禁止郵遞的影響，內容縮小，欄目質量下降，最終導致在 1925 年停刊。這些都說明天津民營報業發展的寬鬆環境是有限的，報紙只能在夾縫中求生存。

　　2、天津的民營報業發展規模小，不如上海發達。自民國以來，「我國新聞事業以上海和天津為兩大中心區域」，但北京政府時期，民營報業重心南移，更多地集中在上海和江浙一帶，比天津民營報業發展快。一方面，上海是全國的金融中心，經濟比天津發達，使得天津民營報紙滯後；另一方面天津離統治中心北京近，受政局動盪影響大，天津先後有有奉系、閻錫山、馮玉祥等軍閥的爭奪，局勢不夠穩定，阻礙了民營報業的自由發展。天津除了少數實力雄厚的報紙外，大多數報紙力量單薄，一旦觸犯執政者，就會遭到執政當局的壓制，許多民營報紙經不起政治風浪的衝擊，停刊或者銷量急劇銳減，處於其發展中的低潮。而上海既離統治中心遠，受政局波動的影響小，又有外國租借的庇護，這些為民營報業提供了穩定的社會條件，使上海民營報業的發展十分迅速。如《申報》和《新聞報》為代表的上海民營報紙，在北京政府時期，精心製作廣告，購進先進的印刷設備，增加了廣告的發行量，1926 年《申報》《新聞報》發行量已突破 10 萬份，成為全國名噪一時的報紙。而天津，除了《大公報》和《益世報》報，大多規模小，創辦時間短。

　　3、天津民營報業經濟上不能獨立，為維持發展，接受政府津貼或者刊載不良信息，報格低下。北京政府時期，政局多變，1916 年黎元洪繼任大總統後，恢復民國初年《臨時約法》，新聞出現短暫繁榮，不久，段祺瑞、張勳復辟後新聞界處於禁錮狀態，報紙報人因為怕言論惹禍，「鉗口結舌，相率標榜不談時政。」[1]不少民營報紙更是如履薄冰，高壓之下只得學會策略生存。偶而才發一些無關大局的不痛不癢的短評論，以政治態度的保守獲取

1　戈公振：《中國報學史》，嶽麓書社，2011 年版，第 292 頁。

業務上的進步，有的甚至取消了社論等。報紙避免雷區「時政」，轉而民眾喜歡的，政府管控不嚴的花邊、庸俗新聞、軍閥新聞等，或者直接接受軍閥津貼，維持報業生存，導致報紙格調低下。如《益世報》1916年落到王郅隆手中，成爲安福系軍閥的輿論陣地。開始接受軍閥津貼，爲軍閥鼓吹。正如戈公振在《中國報學史》中談到的「乃洪憲以後……惟以迎合社會心理爲事，其故以營業爲宗旨，不欲開罪於人……然商業色彩大濃，漸失指導輿論之精神，是其病也。」[1] 除了民營大報外，天津還出現了一些受眾歡迎的民營小報，它們主要刊登政客的風流韻事、影院明星們的奇聞軼事、連載的言情、武俠小說等，有的報紙兇殺、色情等充斥版面，貽害讀者。

4、天津民營報業表面繁榮，但實力雄厚的、在全國有影響的民營報紙不多。北京政府統治時期，天津出現了一大批民營報業，除了《大公報》《益世報》外，還有《天津商報》《新民意報》《工商日報》《大中華商報》《天津經濟新報》等。但由於執政當局的摧殘迫害，在全國有影響的民營報紙不多。大多數民營報紙的發行量低下，「陷於風雨飄揚之中」、「朝不保夕」；一些報紙業務上不斷革新，卻受到政府的鉗制、摧殘；一些報紙爲了獲得業務上的發展，在政治態度上戰戰兢兢、謹慎小心，溫和的政治態度導致報業沒有號召力，站在社會輿論的對立面。天津民營報紙和外國人在華報紙同官報（或黨報）以及與同行業的民營報紙競爭時處於弱勢，失去迅猛發展的勢頭。如天津的官報既有政治靠山，又有經濟支撐，而有責任的民營報紙，經濟獨立，只能報導官報不報導或者少報導的信息才能或者生存，發展困難。因此在天津實力雄厚的民營報業不多，正如天津報人吳新雲回憶的「抗日之前，天津新聞紙中影響最大的是《大公報》《益世報》。」[2]除此之外，有影響的民營報業很少。

第三節　北京地區的民營新聞報刊業

北京是北洋軍閥統治的中心，各派軍閥政客爭權奪利，兵連禍結，歲無寧日。民國北京政府時期北京地區的民營報業是在極其艱難的情況下生存和發展的。

---

1 戈公振：《中國報學史》，嶽麓書社，2011年1月，第293頁。
2 董效舒、吳心雲：《七七前夕的天津〈益世報〉》，《新聞史料》第2輯，第65頁。

一、北京民營報紙發展的背景

　　一個社會的經濟發展活躍與否、政治制度民主與否、思想文化開放與否及與外界交流頻繁與否，這都與新聞事業的盛衰滯進密切相關，因而，報業的發展離不開媒介生態環境。民國北京政府時期北京地區的民營報業是在其所處的政治、經濟和文化背景中生存和發展的。

（一）惡劣的政治生態環境

　　北洋政府時期的北京是中國的政治中心，北京的政治生態環境並沒有給民營報業的正常發展提供任何條件。「約法上的『人民有言論出版集會結社之自由』，本來是說說罷了；還加以『報紙條例』，『出版法』等，重重約束」[1]。所以，北洋政客分給新聞界的一點殘羹剩飯，只是一種手段。北洋政府制定的出版法和種種限制條文，又由警察廳逐日檢查報紙大樣，動輒禁登，所以報紙幾乎每天都有大大小小的「天窗」。在這個軍閥混戰的時代，大小封建軍閥對新聞事業的摧殘一直沒有停止過，在他們把持的地盤內，任意查封報館、殺害報人的事情時有發生。1925 年革命形勢高漲，軍閥摧殘新聞事業的活動，更加猖獗。一些進步報紙，往往因為一條新聞或者一句話觸怒了軍閥，遭受橫禍。1926 年 4 月 26 日，主辦《京報》的著名記者邵飄萍以「莫須有」的罪名被奉系軍閥槍殺於北京天橋，「萍水相逢百日間」，8 月 6 日，另一位著名報人林白水在同一地點慘遭殺害。《世界日報》的成舍我也險遭同樣的命運，「林白水死後，張（引者注——張宗昌）續捕成氏，幸營救早，得免死；成釋後即離平南下，報得不停版，至今猶能和時人相見」[2]。正如 1926 年 12 月 10 日長沙新聞記者聯合會成立宣言中所指出，辛亥革命 15 年來，中國報界在軍閥統治下，「檢查稿件，封閉報館，沒收印刷品，扣禁記者，舉凡摧殘言論出版自由之手段，無所不用其極，我新聞界從未嘗有全部屈服之必須」。[3]

（二）經濟比不上口岸城市發達

　　商品經濟的發達程度對媒體業意義重大，它是媒體廣告的主要來源，是媒體生存繁榮最基本、最重要的根基。北洋政府統治時期，中國商業發展並不平衡，在一些口岸城市如上海、廣州、沿長江流域等城市，商業比較發達，

1　張靜廬：《中國的新聞記者與新聞紙》（下編），光華書局，1930 年版，第 46 頁。
2　張靜廬：《中國的新聞記者與新聞紙》（下編），光華書局，1930 年版，第 45 頁。
3　傅國湧：《筆底波瀾：百年中國言論史的一種讀法》，廣西師範大學出版社，2006 年版，第 148 頁。

商業活動比較頻繁，報紙容易生存，而內陸城市商業比較落後，報業亦不發達。當時北京的商業發展比不上沿海城市，經濟更不可與上海配比，上海自19世紀60年代以後就形成了商業報紙中心，在民國時期一直保持這種地位，當時上海《申報》《時報》《新聞報》等商業報紙，廣告數量巨大，篇幅和版面都多，甚至占到報紙版面的 70%以上。而內陸地區廣告篇幅較小，報館規模和收入無法和上海等地相比。北京的經濟不如沿海口岸城市，而且又是中國的政治中心，言論自由嚴重受限，動輒封報殺人，邵飄萍的《京報》和林白水的《社會日報》就是鮮明的例證，高壓的政治生態阻礙了民營報業的發展。

（三）地域文化相對保守

　　地域文化特點對報紙商業性進程的影響相當大，因為在保守的文化環境下，很少有報紙能完全做到經濟獨立。北洋政府時期的北京民營報紙不發達與北京地區的文化傳統關係很大。北京雖是公認的政治中心，但思想文化開放程度遠不到口岸經濟發達地區。對北京的老百姓來說，政治問題不被重視，他們處於暴政壓制之下，俯首聽命和從屬依附的情感深深扎根在他們的心坎上，宿命思想深深刻印在他們的腦海裏，所以對政治缺乏熱情，「當中國存在著君主政體時，人們把政治看作是帝王個人的事情。革命以後，則把政治看作是軍人個人的事情，即高級將領和普通軍官個人的事情，看作是那些在爭奪各種特權的鬥爭中只追求個人目的的各種政客的事情」[1]。老百姓這種對政治的消極態度是影響北京民營報業發展的重要因素之一。創辦《京報》的邵飄萍也曾總結到，報紙不發達除了教育不發達、看報的人少之外，還有幾點和北京地區文化傳統有關，一是「社會麻木，任你的報辦得怎樣好，刺激性如何大，社會都不起反映」；還有一點是「惰性大，人都懶得很，不肯看報，間或有人去看報，明知自己訂閱的報紙不好，懶得更換」，「一國的社會，對於政治、外交不注意，也是不好銷售」[2]。發行不廣、缺乏廣告來源的民營報紙很難保證經濟獨立，對報紙生存境遇帶來極大阻礙。

1　轉引自王潤澤：《北洋政府時期的新聞業及其現代化（1916～1928）》，中國人民大學出版社，2010年版，第136頁。

2　邵飄萍：《中國新聞學不發達之原因及其事業之要點》，參見黃天鵬編：《新聞學名論集》，聯合書店，1930年版，第53頁。

二、北京重要的民營報紙

北京政治派系鬥爭不斷，依附政黨的報紙佔據比重很大。民營報紙發展非常艱難，但還是產生了一些較有影響的報紙，其中較爲著名的有成舍我主持的《世界日報》和蒲伯英、陳博生先後主持的《晨報》邵飄萍主持的《京報》林白水主持的《社會日報》等。

（一）成舍我與《世界日報》

成舍我（1898～1991），著名報人。原名成勳，後名成平，舍我爲其筆名，取自《孟子》「舍我其誰」句。祖籍湖南湘鄉，生於南京下關，父親成壁。從事新聞事業近 77 年，創辦 12 家媒體，參與創辦媒體近 20 家，爲中國新聞史上報齡最長的報人，被譽爲「一代報業巨擘」。

1908 年安徽舒城縣監獄發生反獄事件，知縣買通報紙訪員大造輿論，嫁禍舒城縣典吏成壁。上海《神州日報》駐安慶記者方石蓀撰寫長篇報導（其子方競舟執筆）披露反獄眞相，使知縣陰謀敗露，促成成壁冤案平反。此事件給 10 歲的成舍我上了一次生動深刻的新聞啓蒙課，成舍我由是迷上新聞行業。經方競舟啓蒙後，他先在安慶《民嵒報》做校對，隨後開始投稿，16 歲被聘爲該報外勤記者。1913 年後爲避禍由安慶北上瀋陽，在反袁報紙《健報》（1915 年 7 月）任校對及副刊編輯以謀生。期間曾應友人之約返回安慶遭到逮捕獲釋後，繼續辦報討袁，不意被捕。獲釋後流浪到上海以賣文爲生，期間結識了陳獨秀、李劍農等人，加入了「南社」，並被葉楚傖聘爲《民國日報》助理編輯，主編要聞版和副刊。1917 年 5 月 1 日與吳稚暉、王新命等發起創立「上海報界俱樂部」任臨時幹事，同年底因與葉楚傖意見不合，負起離開《民國日報》。1918 年初北上北京，經陳獨秀特許於同年夏考取北大國文系選課生，經李大釗介紹晚間在北京《益世報》工作，開始了半工半讀生活。

成舍我刻苦勤奮，四處謀生。1921 年初發起組織「北京大學新知書社」任董事長兼總經理，該書社募捐五千餘元資金，校長蔡元培也被加入其中，因資金短缺是年冬停業。旋即利用殘餘資金創辦四開一張《眞報》，未幾夭折，又回到《益世報》做總編輯。1923 年秋，經同鄉李次山約請任北京聯合通訊社編輯，一年後委託成主持社務。[1] 在北京大學「兼收並蓄」學風薰陶下，成

---

[1] 方漢奇：《中國新聞事業通史》（第二卷），中國人民大學出版社，1997 年版，第 478～480 頁。

舍我思想活躍，在編輯北京《益世報》期間發表了許多文筆犀利的文章，給該報增添了一股清新氣息。社論《安福與強盜》刺痛了北洋當局，報紙被罰停刊三天。期間，成舍我在採訪中結識了許多權貴，積累了資本與人脈，遂施展自己抱負，創辦自己的報紙。

在成舍我的「世界報系」中，首先創辦的是《世界晚報》。創辦該報之前，成舍我曾經多次參加過報紙的校對、編輯、採寫工作，積累了較豐富的社會經驗和辦報經驗。他為了能自己獨立辦報，首先從費用較低的晚報著手。《世界晚報》於 1924 年 4 月 16 日創辦，成舍我自任社長，聘請老同學吳範寰當經理，龔德柏任總編輯。該報是一張 4 開 4 版的報紙，第一版是報頭和廣告，第二版是要聞，第三版為本市新聞和教育新聞，第四版是副刊「夜光」。每版分 4 大欄，每欄 25 行，每行 20 字。由私人印刷廠承印。

《世界晚報》創刊之時，適逢北京辦晚報的高潮，同業之間競爭非常激烈。成舍我為了避免同質競爭，創辦之初就力求辦出特色：首先，宣布其國內外新聞均設專門採訪，絕不向早報和其他大報抄襲。其次，除刊載政治新聞、社會新聞之外，特設了其他報紙很少注意的教育專欄，以擴大該報在教育界的影響。第三，把第四版闢為副刊版，很好地迎合了喜歡閱看輕鬆有趣文字的讀者，並聘著名作家張恨水任主編，張恨水把他的長篇小說《春明外史》在「夜光」上連載，吸引了不少讀者。

《世界日報》是成舍我於 1925 年 2 月 10 日創辦的規模更大的報紙，也是一張完全沿用西方資本主義現代報紙的做法創辦起來的報紙。社長、經理和總編輯仍是成舍我、吳範寰和龔德柏。該報 2 大張 8 版，第一、四版是廣告，二、三版是國內外要聞，第五版是畫報，第六版是各省新聞和社會新聞，第七版是「經濟界」、「教育界」和「婦女界」，第八版是副刊「明珠」。《世界日報》的歷史發展大致分為兩個時期：第一時期從 1925 年 2 月創刊到 1937 年 7 月因抗戰爆發而停刊；第二時期是抗戰勝利後，《世界日報》於 1945 年 11 月在北京復刊，到 1949 年 2 月北平解放。該報在前一時期，政治上能參加反對帝國主義、反對軍閥政府的運動，業務上也頗有建樹，成舍我也因此蜚聲於報壇。

《世界日報》同樣非常注重辦報特色，主要體現在該報的業務改革方面。首先，注重副刊的經營。《世界日報》的副刊是「明珠」，也由張恨水主編，他的連載小說吸引了很多讀者。張恨水的幾篇長篇小說都是在晚報和日報的

副刊上連載的，「明珠」上連載過《金粉世家》。他的小說筆鋒犀利，描寫生動，引人入勝、令讀者流連忘返。另外，日報第五版還按日增出「世界日報副刊」，由劉半農主編，許多名家學者都爲該副刊撰稿，魯迅的《馬上支日記》，最初就連載於該副刊。其次是注重報紙版面的編排。《世界日報》的版面大膽革新，充分考慮讀者的接受心理，打破大多數報紙把政治新聞、經濟新聞作頭條的慣例，常常把一些讀者感興趣的地方新聞、社會新聞和教育新聞放在頭條。再次，新聞標題的製作注重「眼球效應」，成舍我仿傚美國赫斯特「黃色新聞」標題的做法，詞句驚人、用大號字、排列醒目。日報上的重要新聞，一般都用大字或木刻字做通欄標題，抓人眼球。

　　《世界畫報》於 1925 年 10 月 1 日創刊，是在原《世界日報》畫報版基礎上獨立出來的。《世界日報》創刊之初時沒有力量出畫報單張，就每日在第五版增闢畫報版，當時也算是獨創。半年以後日報營業稍有好轉，就把畫報版單張出版。畫報單出之初，4 開大小，共 4 個版面，實際只有第 1 版是畫報，其餘 3 版都刊登廣告。畫報主要刊登新聞照片、風景照片和人物照片，也刊登一些諷刺畫、滑稽畫等。爲了吸引訂戶長期訂閱，常常登載系列連載照片和圖畫。創刊時，隔日出一次，並贈送 3 期給日、晚報的訂戶。出售 13 期以後改爲每週出一次，星期日出版。當時製作畫報的銅鋅版是由私人製版局承制的，畫面的製作質量比較差，訂戶和零售數不多，後來變成了日報訂戶的贈送品。畫報單張出版的頭一年，由褚保衡主編。1926 年 10 月，畫報出版週年時進行內容大革新，請國立藝術專門學校校長林風眠先生主編，精選中外繪畫、雕刻、建築、圖案各種極有價值之美術作品，按期刊登。林是西方畫家，因而畫報也以西方名畫家作品爲主，有關時事的新聞攝影和圖畫很少，畫報成了藝術欣賞的報紙，時代的精神風貌銳減。

（二）北京其他重要民營報紙

1、邵飄萍的《京報》

　　在北京地區民營事業中，具有一定影響的是邵飄萍創辦的獨立於軍閥政治之外的《京報》。邵飄萍是民國初年及「五四」時期著名新聞記者，他於 1918 年 10 月 5 日創辦《京報》，日出對開 4 版，社址設在宣武門外珠巢街，是「五四」時期有名的進步報紙。《京報》創刊第一天，就明確提出：「必從政治、教育入手，樹不拔之基，乃百年大計，治本之策」，「民國以來，軍閥所爲者

俱為禍國病民，今則必須國民共起，志同道合，協力以除之！」[1]《京報》的新聞和評論，鋒芒指向北洋軍閥的反動統治，支持群眾反軍閥鬥爭，竭力發揮其在創刊號上提出的「使政府聽命於正當民意」的宗旨，在「五四運動」中揭發曹汝霖、陸宗輿、章宗祥等人的賣國罪行，大力支持學生的愛國運動。段祺瑞政府對《京報》極為仇恨，1919 年 8 月被安福系軍閥查封。

1920 年 7 月安福系軍閥垮臺，流亡日本回國的邵飄萍於 9 月 7 日在北京復刊《京報》，新址設在宣武門外魏染胡同。此次他將從日本學到的報業管理經驗注入《京報》的管理體制，以《京報》作為「供改良我國新聞之試驗」，對報社內部的組織和版面編排進行了改革。幾年之內，從報社的機構設置，到排字印刷、版面內容全面進行改造，《京報》商業性大為提升，建立自行印刷的昭明印刷局，還在津、滬、杭等地設立分館或派駐訪員。

此後，《京報》積極支持馮玉祥的國民軍，支持孫中山領導的國民革命，稱讚國共合作的南方革命政府「治績為全國第一」。1921 年元旦出版特刊，把禍國殃民的軍閥照片刊載在報紙上，照片下注明「公敵」字樣，使軍閥們大為惱怒。1922 年底，蘇聯第一次蘇維埃大會召開，《京報》於次年元月作了詳盡報導。此報還曾出版過《紀念馬克思誕辰專號》《列寧特刊》等，宣傳馬克思主義。「五卅」慘案發生後，《京報》又連續作了兩個月的報導。1926 年春「三一八」慘案發生後，京報發表了大量文章報導慘案經過，討伐段祺瑞政府。《京報》在政治上表現進步，因此受到了反動勢力的仇視，當奉系入京後，1926 年 4 月 22 日，奉系軍閥張作霖逮捕了邵飄萍。四天以後，以「勾結赤俄，宣傳赤化」的罪名，在北京天橋被槍決，蒙難時年僅 40 歲。1928 年 6 月 12 日，該報由邵妻湯修慧接辦復刊，次年 10 月 3 日被國民黨政府封閉。後與《成報》合併，於 1930 年 4 月 1 日再度復刊。1937 年 7 月 28 日日軍侵佔北平而停刊。

2、蒲伯英、陳博生先後主持的《晨報》

《晨報》是原《晨鐘報》改名繼續出版的一份報紙。《晨鐘報》於 1916 年 8 月 15 日在北京創刊，是研究系的機關報，由梁啟超、湯化龍等主持，李大釗應聘任總編。發刊辭《〈晨鐘〉之使命——青春中華之創造》主張報紙應警醒青年，投身於把白首中華變革為青春中華的活動，積極參加反帝和反軍

---

1 轉引自黃河等編：《北京報刊史話》，文化藝術出版社，1992 年版，第 42 頁。

閥的鬥爭。1918 年 9 月因披露段祺瑞向日本大借款的消息而遭封閉。1918 年
12 月 1 日，《晨鐘報》改組更名《晨報》繼續出版，發展成爲北方影響較大的
報紙。蒲伯英、陳博生先後任總編輯。這張 4 開 2 張 8 版的報紙以「世界消
息之總匯，時代思潮之先驅」自居[1]。該報闢有時論、實業調查、商情等欄目，
商業性大爲提高。報紙篇幅不大，但內容充實，編排專精，重要新聞突出，
標題醒目。1919 年 2 月，李大釗聯合報社中的積極力量改革第 7 版，後來擴
充成爲單張的《晨報副鐫》，增設「自由論壇」和「譯叢」欄目，自 1921 年
至 1924 年的三年間，由孫伏園編輯，積極宣傳新文化運動，倡言社會主義，
成爲傳播新思潮、提倡新文藝的重要園地。五四運動高潮中，該報日銷數由
平時的 1 萬份猛增至 2 萬份。但在五四運動後，《晨報》在梁啓超的主持下，
開始抵制馬克思主義在中國的傳播，反對共產黨。1925 年的「五卅」反帝運
動爆發後，發表過一些抗議英日帝國主義暴行的文章，但基本傾向支持北洋
政府和帝國主義妥協。1926 年後依附於奉系軍閥。1928 年 6 月國民黨軍隊進
入北京後，一度停刊。

3、林白水的《社會日報》

林白水是中國近代著名新聞記者和報人，與邵飄萍同爲民初名記者，是
清末白話報的先驅之一。民國成立後的 1913 年冬，林白水來到北京。1916 年
9 月創辦《公言報》，1920 年 7 月被軍閥查封，半年後，於 1921 年初又創辦
《新社會報》，到 1922 年 2 月因攻擊軍閥吳佩孚而被警察廳封閉。1922 年春，
他將《新社會報》中的「新」字去掉，改名爲《社會日報》繼續出版。林白
水文筆犀利，論點精闢，敢說眞話，敢做諍言，爲時人稱頌。他「既長於文
言，復精白話，朗暢曲達，信手拈來，皆成妙諦；其見諸報章者，每發端於
蒼蠅之微，而歸結及於政局，針針見血，物無遁形」[2]。《社會日報》在林白水
的主持下，對封建軍閥的胡作非爲大加鞭撻，嬉笑怒罵，痛快淋漓，林白水
本人也因此惹禍。1926 年 8 月 5 日，《社會日報》刊出林白水寫的抨擊吳佩孚、
潘復和張宗昌的時評《官僚之運氣》，對張宗昌的心腹潘復百般諷刺，「某君
者，人皆號爲某軍閥之腎囊，因其終日係在某軍閥之胯下，亦步亦趨，不離
晷刻，有類於腎囊之累贅，終日懸於腿間也」。由此，京畿憲兵司令王琦奉張
宗昌之命，誘捕林白水，凌晨 4 點許將林白水槍殺於北京天橋。林白水被害

1　王文彬：《中國現代報史資料匯輯》，重慶出版社，1996 年版，第 142 頁。
2　劉家林：《中國新聞通史》，武漢大學出版社，2005 年版，第 373 頁。

距邵飄萍被害尚不滿百日，故當時有「萍水相逢百日間」及「青萍白水各千秋」的輓聯。

此外，北京地區的民營報紙中有一些白話小報和晚報，它們一般側重文化娛樂和社會新聞，還注目於下層民眾的生活。小報如《群強報》《燕都報》《實話白話報》《愛國白話報》《北京白話報》《國強報》《曉報》《平報》《選報》等。晚報除《世界晚報》外，還有《新晚報》《北京晚報》《正言晚報》《國民晚報》《心聲晚報》《五點鐘晚報》等，這些小報和晚報在北京地區有較大的讀者市場。

三、北京民營報業的特點與侷限

（一）北京民營報業的特點

1、北京地區民營報業的媒介生態環境相對惡劣

北京辦報不如上海、天津自由，因為滬、津都有外國人的租界。北京地區的記者生存環境惡劣，人身安全難保，封報殺人現象時有發生，這是北京與北京政治中心以外城市最大不同之處。在夾縫中求生存的北京民營報紙需要相當的勇氣，一些有一定影響的民營報紙，如《京報》《晨報》《社會日報》《世界日報》等作出了種種努力。但是，民國初年的北京，位據統治中心，一直在北洋軍閥的直接統治之下，各派軍閥連年混戰，輪流執掌中央政權，而各派軍閥上臺後，都殘暴地摧殘新聞事業，因而扣報紙、檢閱函電、封報館、殺記者的事件時常發生，進步報紙往往中途夭折，正直記者橫遭監禁。在直、奉軍閥的統治下，從 1926 年的 4 月到 8 月間，接連發生槍殺著名記者邵飄萍和林白水的暴行。因而，處於舊政治下的民營報紙，雖然力求進步，但是無論怎樣掙扎、抗爭，也擺脫不了被迫害的厄運，最終決定了民國北京政府時期具有一定規模民營報紙的壽命都不長。

2、民營報紙努力辦出自己的特色

北京的媒介生態較之津、滬，生存環境惡劣，但一些正直的報人以謀求獨立的新聞事業，作出了種種嘗試和努力。《京報》《晨報》《社會日報》《世界日報》等在新聞業務建設上也有較大的進展。如成舍我創辦和經營「晚」、「日」、「畫」報系列時，很重視報紙的特色，對讀者恰當定位。《世界晚報》標榜「主張公正、消息靈通」；《世界日報》以軍事政治新聞為主，兼重教育新聞，還設有多種副刊，曾聘請劉半農為副刊主編，發表過魯迅的作品；《世

界畫報》先以時事照片爲主，後以美術作品爲主。再如《世界日報》創刊後，成舍我採取了一系列措施，如擴大版面，增闢專欄，充實新聞內容，辦好副刊等，很快使報社的面貌發生了變化。他還重視經營管理，把印刷、發行、廣告等工作組織得井井有條。《世界日報》日銷量達 35000 多份，居當時報紙各報之首。這些辦報的錯位競爭策略時至今日都令人稱羨。當然，這種同質化競爭策略不僅是報人探索辦報規律的結果，更是惡劣報業生存環境下的無奈之舉。

3、小報、晚報相對發達

北京地區經濟獨立的報刊大部分是面向下層民眾的小報，如《群強報》，該報創刊於 1912 年，是一家著名的「老牌報」，日出 4 開 1 張。《群強報》的顯著特點是通俗易懂，涉及軍政新聞極少，比較詳細的是社會新聞和經濟新聞，大都是抄襲隔天晚報而加以通俗化了的，同時還注意刊登廣告，特別是讀者喜歡的戲目廣告，非常齊全，不但有當天的，而且有兩三天以後的預告。到 1927 年前後，它的銷數達到 5 萬份，是當時北京各報銷數最多的一家。這類民營性質的小報還有《國強報》《實話白話報》《愛國白話報》《北京白話報》《天強報》《曉報》《平報》《選報》《小公報》等。他們的發行量巨大，非一般普通報紙所能及。因爲沒有多少採編新聞的成本，紙張又少，成本低廉，因此還有收入，在北京佔有較大的讀者市場。

北京地區的晚報要數《世界晚報》最有特色，在民國北京政府時期聲名顯赫，發行量大約 4000 份左右。成舍我之所以從晚報開始，也是因爲辦晚報的成本低，只要 4 開 1 張的報紙即可。除《世界晚報》之外，1925 年創刊的《大同晚報》後來居上，超過《世界晚報》而成爲當時北京發行量最大的晚報。該報從創刊時的 2000 份，在一年後發行量躍升爲 1 萬份以上。同時期存在的其他晚報還有《新晚報》《北京晚報》（1911 年創刊，發行 5000 份）、《正言晚報》《國民晚報》（1925 年創刊，發行 3000 份）、《心聲晚報》（1925 年創刊，發行 2000 份）、《五點鐘晚報》（1923 年創刊，發行 2000 份）等。

（二）北京民營報紙的侷限

1、缺乏經濟獨立，報紙立場隨風搖擺

北京地區的報紙易受到軍閥政治的直接干擾，很少有報紙能做到經濟獨立，像《京報》這樣能獨立的報紙爲數不多，但生存境遇受阻。一些大報各自依附於不同的軍閥官僚政客而存活，隨著權力鬥爭的消長而變異沉浮，見

風使舵，政治傾向隨風搖擺，往往成為軍閥和政治派系的鬥爭工具。如《晨報》前身是「研究系」在北京出版的機關報《晨鐘報》，主持該報的研究系政客積極投靠段祺瑞並利用報紙支持段為首的封建軍閥實力派的路線。從1917年底開始，該報站在在野黨地位，常常以時評、外報論說、投函人名義抨擊段祺瑞的武力統一的政策，後因披露段政府出賣主權向日本大借款的消息而遭查封。1918年12月改名《晨報》復刊。1920年10月曾一度聘任瞿秋白擔任駐莫斯科的特派記者，發表了瞿秋白數十篇非常重要的政治性通訊，對蘇聯的政治、經濟、文化、外交、黨建、人民生活等方面的情況都作了系統介紹，擴大了馬克思主義的傳播和俄國十月社會主義革命的影響。後來對1924年國共合作以後建立起來的由共產黨參加領導的廣東國民政府，始終懷有敵意。1926年又依附於奉系軍閥。從該報所走過的發展歷程看，《晨報》政治立場充滿著變化和波動。再如林白水的《社會日報》，其經費主要依靠北洋軍閥的津貼，北洋政府的國務院、鹽務署和直系軍閥控制下的福建督軍署等機關都對該報發有長期津貼。在政治上，《社會日報》依附於北洋軍閥，和北洋的各個派系都有聯繫。1924至1926年段祺瑞執權時期，該報自稱「與合肥有歷史上之關係」。段被迫下野後，這個報紙又轉而對重掌政權的奉系軍閥表示好感，對擁兵自重的張作霖尊之為「大元帥」，奉之為「上將軍」[1]。這昭示者，在缺乏經濟獨立、依靠津貼存活的特殊政治背景下，民營報業沿著一種更為艱難曲折的道路前進。

2、形式粗糙，內容匱乏

從民國北京政府時期辦報的硬件和軟件方面來看，報社的辦報設備和讀者的文化習性制約著報紙的形式和內容。孫伏園在《回憶五四當年》中談到了當時「中文報紙的形式和內容都是很可憐的」，進一步指出，「文字是低劣的文言，既不古雅，也不通俗。評論也好，新聞也好，不但沒有標點，竟沒有句讀，從頭到尾像鋼鐵索般的若干條，還帶有惡劣的幽默臭味和錯誤的字句。形式上的美麗絲毫也談不上」[2]。像成舍我主持的《世界畫報》，當時製作畫報的銅鋅版是由私人製版局承制的，畫面的製作質量比較差，形式上缺乏美感直接影響了畫報銷量，後來還淪為日報訂戶的贈送品。

---

1 黃河編：《北京報刊史話》，文化藝術出版社，1992年版，第79頁。
2 轉引自王潤澤：《北洋政府時期的新聞業及其現代化》，中國人民大學出版社，2010年版，第135頁。

從內容來看，在北京民營報業市場上占很大份額的小報，與上海的小報區別很大，上海的小報以新聞取勝，常常刊登普通大報上不敢或不屑刊登的新聞，寫作自成風格，一時成爲風尚。但北京的小報，如銷量最大的《群強報》，所刊的「緊要新聞」，大都是各大報新聞的翻版。即使是所謂的「本京新聞」，也常是些帝王皇室的生活，如「清室致祭太廟」、「清帝換穿夾袍」、「瑜妃停止祝壽」等，還有「社會小言」、「隨便談談」、「浪漫談」等欄目，其他小報的做法大同小異。所以，北京小報「實無新聞可看，每日所載者均抄昨日大報，此外則單戲，小說充斥篇幅，文字淺白，爲下流社會所樂觀。價又甚賤，每份僅售二枚至四枚，亦暢銷之一大原因」。[1]

總之，北京地區的大報如《京報》《晨報》《社會日報》和後來的《世界日報》，民營色彩濃淡不一。《晨報》前身是 1916 年 8 月研究系創辦的《晨鐘報》，偏向政黨性質，《京報》講求新聞時效和眞實，崇尚眞理，反對軍閥封建專制，其民營商業性特徵比較明顯。《世界日報》注重辦報個性和特色，經營有方，在民營報業道路上發展得相對成熟。不過，北京地區經濟能獨立的報刊大部分是面向下層民眾的小報和晚報，如《群強報》《燕都報》《世界晚報》《大同晚報》等，爲下流社會所樂意接受，它們走民營報紙之路，售價甚低，因此暢銷，但內容拙劣。

第四節　其他地區的民營新聞報業

民國北京政府時期，我國資本主義發展呈現地域不平衡性，帶來全國各地區民營報業發展不平衡。上海的民營報紙最爲發達，京、津次之，在這些特大型城市報業的帶動下，特大城市以下的大、中型城市民營報業也有一定的發展，特別是東北、中南、西北、西南等地區的民營報紙在軍閥矛盾的縫隙中得到了發展機會。

一、東北地區的民營報紙

民國初年，隨著東北民族工商業的迅速崛起和外資傳播業的刺激，以報業爲主體的東北新聞傳媒業也進入了蓬勃發展的歷史時期，北洋政府時期的

1　轉引自王潤澤：《中國新聞媒介史（1949 年以前）》，北京大學出版社，2011 年版，第 219 頁。

黑龍江、遼寧等地的民營報紙也迅速發展，它們在推動地方社會變遷過程中起到了一定的歷史作用。

（一）黑龍江民營報紙發展概況

黑龍江的民營報紙在民國成立之前就有起步，如《東方曉報》（1907 年創辦）、《濱江日報》（1908）和《東陲公報》（1910）。進入民國之後，黑龍江的民營報業發展較快，1928 年以前創刊並有較大影響的是《白話商報》《濱江時報》《松江日報》《東三省新聞報》等，此外還有一些不錯的民營報紙，主要有：（1）《國際協報》，這是 1918 年 6 月在長春出版的報紙，1919 年 11 月遷哈爾濱出版，報紙在擁護國際和平，發揚國民實業思想及倡導社會職業教育方面有一定貢獻；（2）《哈爾濱日報》創刊於 1919 年 6 月，日刊兩大張，以期商業發達、工藝進步為宗旨；（3）《濱江新報》於 1919 年 7 月創刊，該報在提倡實業，發揚地方商務方面有一定影響；（4）《極東商報》於 1921 年創刊，日出兩大張，本報力圖鼓吹實業、啓迪民智、灌輸商界新學識，開闢國內新利源；（5）《濱江晚報》於 1921 年創刊，每日出版一小張，附刊畫報一小張，以新體白話的通俗語言，啓發文明知識，改良社會風氣；（6）《東三省商報》於 1921 年 12 月出版，每日出兩大張，以哈爾濱為東三省通商巨埠優勢，提倡國際貿易，啓發人民商業智識道德；（7）《華北新報》於 1926 年 5 月創刊，日出兩大張，以提倡民生，擁護國權，主張社會正義，代表健全輿論及以發揚地方各項公益為宗旨。

《白話商報》，1920 年 6 月創刊，以「促進文化、振興工商」為宗旨。這份白話小報，附印畫報一張，「俾使閱者易於洞悉商工，咸知內政之困難，外交之眞象」[1]。該報篇幅雖小，但內容極富，報載論說、新聞、小說、雜俎各門類都有，而且文字以白話為主，粗識文字者都能閱讀，每份還附刊畫報隨報分送，尤使閱者心曠神怡，酒後茶語消遣雅興。經營管理方面也很講究策略：出版起首三日，每日送報一萬份，概不取資；招登商務廣告，限兩星期內減價一半，並為擴大篇幅，以廣招徠；聘用訪員，設立分社，先登通信稿，或通函商訂，酬資從豐；文人名士的鴻篇巨製格外歡迎，並酌為酬謝。

《濱江時報》於 1921 年 3 月 15 日創刊於哈爾濱，創辦者為范聘卿與范介卿兄弟兩。該報每日發行近千份，在全國設有 50 個代派處銷售報紙。1937

1　黑龍江省檔案館編：《黑龍江報刊》，黑龍江出版社，1985 年版，第 188 頁。

年 10 月 31 日停刊，歷時近 16 年半，是發行時間較長、規模較大、社會影響較爲突出的民辦報紙之一。該報「獨立營業，資本無限」，宣稱「對內則提倡實業，研究工藝；對外則親仁善鄰，維持東亞和平。而其所以挽救末俗、消弭戰爭者，則以崇尙道德、抑制權利爲第一要義」[1]。在 20 世紀二三十年代哈爾濱報業中，該報以「倡導實業，研究工藝」而聞名，一直遵循關注國內時事，關心民生疾苦，愛國、反帝、制止軍閥賣國和打內戰的宗旨，成爲哈埠民族報業的一面旗幟。

《松江日報》，1923 年 9 月 10 日創刊哈爾濱道外北四道街，郭大鳴爲發行人，楊楷人編輯長，崔成韶爲印刷主任。本報標榜超然獨立，無黨無系，不偏不倚，以穩健遠大之言論，中正和平之主張，而啓迪國家，振導社會爲唯一宗旨。該報內容欄目繁多，新聞評論齊備，社論、時評、專電、國際要聞、中央要聞、各省新聞、東三省新聞、本埠新聞，文藝消遣類欄目有小說、文苑、雜記、諧藪、演壇等，同時關注實業界和教育界，這些欄目在出版後改定增添，務求完善。報紙延聘訪員，在重要城鎮、商埠和國外酌立分社，代銷報張，採用民營報紙方式運營。

《東三省新聞報》，1924 年 8 月 10 日在哈爾濱道外新市街創刊，韓鑫樓爲發行人，李定宜爲編輯人，日出版兩張，以「促進教育，提倡商業，闡揚民治之精神，聯絡國際之和平爲宗旨」[2]，採用文體、語體兩種，以期雅俗共賞。該報分設時評、專電、世界通信、國內政聞、東省新聞、本埠新聞、文苑、梨園閒話、針針見血、小說、江濱月且等欄目，並以酬金豐厚，手續便捷的方式延攬本埠、外埠訪事及銷報各員，完全以民營報業的方式進行運營。

（二）遼寧的民營報紙發展概況[3]

北洋政府時期，遼寧的民營報業的發展受政局變化影響較大。總體來看，在 20 世紀 20 年代以前受報律的限制，民營報業發展艱難。進入 20 年代，張作霖開始對報刊管理逐漸放寬，特別是 1924 年，他與孫中山聯手取得第二次直奉戰爭的勝利後，遼寧民營報紙有了較大發展，各種新創民報達 20 餘種，而且種類繁多。到東北易幟前後的這段時期，新創刊和繼續出版的

1　黑龍江省檔案館編：《黑龍江報刊》，黑龍江出版社，1985 年版，第 199 頁。

2　黑龍江省檔案館編：《黑龍江報刊》，黑龍江出版社，1985 年版，第 286 頁。

3　本部分參見吉林大學趙建明的博士論文《近代遼寧報業研究（1899～1949）》的有關內容。

民報有瀋陽《醒時報》（1909）、《微言報（1911）、《健報》（1914）、《譚風報》（1915）、《奉天商報》（1920）、《奉天畫報》（1922）、《東三省民報》（1922）、《東北日報》（1926）、《新亞日報》（1927）、《東北商工日報》（1928）、《東北民眾報》（1929）、《大亞畫報》（1927）、《紅十字報》（1929）、《救國公報》（1930），以及營口《營商日報》（1908）、《民生報》（1912），安東（今丹東市）《新滿公報》（1929）、《東邊商工日報》（1929）等。尤其以下民營報紙較有代表性：

《醒時報》，原名《醒時白話報》，又名《奉天醒時白話報》，由回民張兆麟於 1909 年創辦，民國成立後更名爲《醒時報》，它是近代遼寧報刊史上第一家民營報紙，也是辦刊時間最長的報紙，其影響力足可以與《盛京時報》相抗衡，在報刊史上的地位舉足輕重。該報以「改良社會，開通民智，提倡教育，振興實業」爲宗旨，以一般市民讀者爲對象，仍保持語體白話文的特色，時常刊載社會新聞和奇聞巧事，加之報價低廉，頗受小市民歡迎。起初辦報較爲困難，到 1920 年左右營業開始好轉，報紙先後還在營口、鐵嶺、開原等地招設分館，在東北三省各大城市均設有分社（即分銷處），遠銷京、津等地。由於報紙反映了老百姓的事情，深受民間喜愛，發行約計達到 1000 份左右。但到「九一八」後，報紙性質發生變化，開始爲僞滿政府大唱讚歌，淪爲了日本侵華勢力的幫兇。

《奉天商報》，1920 年由奉天商學會出資興辦，當時的社長是時任總務會長的高崇民，總編輯是盛桂珊，原爲民族資產階級的報紙。1928 年，張學良改組商會，成立商工聯合會，9 月 20 日更名爲《東北商工日報》，此時的社長是卞宗孟，編輯人員有蘇子元、李笛晨、朱煥階、周晶心、胡石如等人。每日對開一大張半，期發兩萬餘份。該報前期發展較爲平緩，發行量不大。自改名後，其辦報宗旨發生大變化，除刊登工商經濟信息外，還不斷揭露日本侵略東北的罪行，號召商工界發揚愛國主義精神，思想進步，引起日本人的打壓，在「九一八」事變後被迫停刊。

《東三省民報》，1922 年 10 月 23 日在瀋陽創刊，由東三省民治俱進會主辦。每日對開兩大張 4 版，逢紀念日休刊。該報是一份愛國報紙，消息快捷，經常發表反日文章，贏得廣大讀者的青睞。上海「五卅」慘案發生時，行銷至兩萬份左右，日發行量最高達 3 萬多份，是當時東北地區期發份數最多的一家國人報紙。日軍佔領瀋陽後，該報公開提出「沉著、冷靜、不屈服」的

口號。後大漢奸趙欣伯以私人名義佔據了《東三省民報》，並改名爲《民報》，爲關東軍服務，後淪爲美化日本侵華的「傳聲筒」。該報 1933 年停刊。

二、中南地區的民營報紙

　　我國中南地區的民營報業在北洋政府時期得到發展，是全國民營報業的又一發展區域。中南地區的民營報業主要集中在湖北、廣東等地的省會城市武漢和廣州。

（一）武漢的民營報紙發展概況

　　湖北地區的新聞業發達，辛亥革命時期的革命報刊在全國具有重要影響，自民國以來政黨報紙更爲繁盛，這帶來了這個具有對外開放悠久歷史的城市——武漢的民營報紙的發展。1927 年以前，武漢出版了一批如《漢口中西報》《漢口中西晚報》《漢口日報》《漢口新聞報》《武漢商報》等民營報紙。

　　《漢口中西報》原爲德國商人經營的《中西報》，1906 年 6 月由王華軒接辦，並與自己創辦的《武漢小報》歸併爲《漢口中西報》，自認總經理，延請鳳竹蓀爲總主筆，日出一張半，後擴充到日出三大張。1911 年辛亥革命時，該報一度停刊，後清軍攻佔漢口，報館被焚。1913 年 5 月，王華軒恢復出版《漢口中西報》，並創辦《漢口中西晚報》。1917 年又增辦《漢口日報》，三報並存。王華軒辦報以「開通風氣，提倡商務學務」爲宗旨，注意「世界知識」。在言論上「以公理正義爲依歸，持和平公正之態度，不爲利誘，不爲威屈」；在經濟上「全持營業之抱注，以保持經濟獨立，嚴拒任何方面和任何私人之收買與津貼，以期避免惡勢力之支配與軟化」；在政治上「不偏不倚」，「超然於黨政之外」，「絕對不捲入政潮之漩渦中」。

　　王華軒辦報以營業爲目的，在報業經營方面有獨特一套策略：首先，以社（出版社）養報。王華軒在「戊戌變法」期間在漢口開設維新印書館。在《漢口中西報》創刊之初，報紙難以爲繼，全靠維新印書館的盈餘養報，度過最困難時期。其次，用心經營廣告和商業信息。王華軒有良好的人緣，他利用在工商界的人脈關係讓報紙在招攬廣告、採訪商業獨家新聞方面都有很多便利。當時漢口的很多大商戶成爲該報的長期客戶，報紙廣告占篇幅的一半以上，收益很好。再次，非常注意辦報成本的節約。他在印刷機器等大宗支出、印刷用紙等日常消耗品上直接和製造商打交道，降低成本；對待稿費支付也煞費苦心，他自定新規，以純字數爲計量單位，三四句就另起一行空

白格不計字數，這節約了不少稿費開支。最後，延攬人才方面很是講究，他用平時報館一倍半的薪水招攬有才幹者，讓他擔任起普通報館兩三個人的職務；對待報館頂樑柱，則用優厚待遇或特殊照顧給予留任。

《漢口中西報》在王華軒的苦心經營下，歷經清末、辛亥革命、軍閥混戰、大革命、國民黨統治等各個動盪時期，直到 1937 年 12 月終刊，共計三十一二年，在武漢獨此一家，發行超過萬號，在湖北省首屈一指。該報是民國時期湖北地區乃至華中地區歷時最長的一家非常有影響的一家民營報紙，王華軒以獨特才能從事報業三十多年，成為民國時期的重要報人之一。

（二）廣州的民營報紙發展概況

廣州報業有著悠久的歷史，它地處中國的南大門，接近香港、澳門等沿海地區，交通發達，經濟繁榮，與外界往來頻繁，促進了信息的流通，有利於報業的發展。民國初年是廣東報紙最盛時期，當時政黨紛立，都設立報刊作為言論機關。在政黨報刊的帶動下，民營報業有了很大的進步。這一時期以經營為目的的有《七十二行商報》《商權報》《廣州共和報》《華嚴報》《嶺華報》《廣東日日新報》《南華報》《廣州報》《廣南報》《總商會報》《南越報》《南國報》等。此外，以下一些報紙在廣州較有影響：

《商權報》，1912 年創刊於廣州打銅街 135 號，為商會董事布行劉仲平創辦，以葉名蓀主其事，撰述人有沈瓊樓、譚少源、黃天山等，著重報導商業消息。版面內容設有論說、要件、京滬來電、本省要聞、中外要聞、本省新聞、中外新聞、時評、談屑，副刊內容有小說、筆記、談叢、聯語等欄目。

《中華新報》，1916 年創刊，報館設於廣州第七甫 58 號，該報由容伯挺募集華僑資金而創辦，容為社長，聘陳藹生主辦。該報曾接受桂系軍閥的津貼，作為桂系的喉舌。報紙採用雜版結構，刊載內容可謂應有盡有，諸如男的、女的、老的、少的，研新的、談舊的、賣解的、賣淫的，殺人放火的，尊王攘夷的，大人先生，王八兔子，稀奇古怪，齷齪骯髒，一網打盡，迎合了各色看官的各種心理。1920 年 10 月粵軍入廣州，該報被接收，經全盤改組為《中華晨報》。

《天聲日報》，1918 年 5 月創刊，社長廖平子、總編輯馮百勵。撰述有甘六持、沈瓊樓等。該報為南洋兄弟煙草公司主辦，作為公司的輿論宣傳機構，以國貨相號召，向社會控訴英美煙草公司之不平，得到群眾支持，各報不登英美煙草公司廣告，抵制英美煙草公司香煙，其生意銳減。此報共 16 版，有

論述、講演、建議、譯述、通訊等欄目，開設消遣性欄目如閒話、文苑、小說、談叢、謎語、照妖鏡、聯語、軼事、歌謠、諧音等。曾刊載黨政要員及文化界名人之作，也爲了迎合讀者登載過一些格調不高的作品。

《現象報》，1920 年創刊於廣州打銅街，日出報紙兩大張，創辦人郭唯火，後由陳柱亭接辦，自任社長，陳正瑞任編輯主任。該報內容欄目豐富，設有電訊、中外要聞、社會新聞、說部、新花絮小品、故事新編、漫畫、醫事問答及新信箱特刊等。1923 年，滇系軍閥盤踞廣州，蔑視孫大元帥命令，包煙賭，強買強賣，該報著文抨擊「恃勢作惡，刮盡地皮」，深受讀者歡迎，銷數近萬份。該報曾著論揭露商團醞釀叛亂，煽動罷市的陰謀，1924 年報館慘遭縱火燒毀。經一個月整理，於 11 月 10 日復刊。隨著革命進入高潮，該報積極鼓吹「國民會議」。之後又經歷多次停刊又復刊，1950 年 7 月 31 日終刊。

《粵商公報》，1921 年創刊於廣州第八甫 5 號，由商會董事陳卿雲創辦，編輯主任爲甘六特，撰述爲關楚璞。該報的創辦者陳卿雲原是《七十二行商報》營業部骨幹，後因《七十二行商報》自經僞官文書案後，日趨下滑，所以陳卿雲重新建立基業創辦了該報。當時陳伯廉正利用商團作政治互動，他投入了一些股本助力該報的創辦。

《越華報》，1926 年 7 月 27 日創刊於廣州第七甫 58 號，編輯兼發行人掛名王澤民，實際負責是陳柱亭，印刷人許卓，撰述沈瓊樓。到 1928 年初，陳柱亭以一萬三千元把該報的招牌字號全部接管過來，資金係集股而來。該報專電快捷，新聞翔實，欄目豐富，每日還加插圖畫。新聞類欄目有專電、各方要聞、中外要聞、各屬要聞、各方軍政要訊、中外時事雜聞錄、社會新聞、瑣聞匯誌、經濟消息、小言論等；副刊開設了快活林、新科學、醫事衛生、銀幕漫談、雜錄、奕林、故事叢談、小說等欄目。該報的主要特點是，從不發表政見，也沒有議論時事的文藝作品。整體上看，報紙編排得圖文並茂，吸引了許多讀者，加上推銷營業得力，不到一年，銷量大增，比從王澤民接手之時多出兩倍，還得開動雙版兩機印刷才能滿足需要。到 1931 年，報紙銷數已達 3 萬份，創廣州民營報紙的空前記錄。1932 年擴大營業，遷入光復中路 114 號新建大樓和印刷工場，啓用捲筒印刷機，每日出報三大張，銷數達到 5 萬份。1936 年 2 月出版《華越書畫刊》，逢週一出報。1938 年創辦《華越報晚刊》，9 月 27 日廣州淪陷前夕，《晚刊》停版，10 月 19 日《華越報》也停刊。抗日勝利後，《華越報》又在廣州復刊，社址設光復中路 200 號，1950 年 8 月 3 日終刊。

三、西部及其他地區的民營報紙

北洋政府時期，我國西北、西南等邊陲地區和沿海中型城市的民營報業有不同程度地發展。

自民國以來，山西的新聞業如雨後春筍般地相繼勃起，期間創辦的報紙有張毅庵主持的《公意日報》，劉壬秋主持的《民隱報》，王羞塵主持的《共和白話報》，薛子良主持的《法政經濟日報》，劉蘇佛主持的《大聲報》，報業蓬勃發展，氣象一新。「二次革命」之後這些報相繼休刊，進入了新聞界的黑暗時期。1914 年春，梁頌光將民國前的《晉陽公報》復活，改名為《晉陽日報》，此後山西的報業重新發展起來。「山西新聞事業自民國三年後，頗有長足之進步，晉陽山西等報，在平滬寧各處，均有特約專訪，以介紹新聞為職責，不似民元以前之山西各報，專以文章自豪也」[1]。1916 年創辦《并州新報》《唐風報》1917 年創辦《政法五日報》《桐封報》，1918 年創辦規模較大的《山西日報》，1922 年創辦《晉商日報》和《曉報》，1923 年創刊《山右覺世報》《新華報》和《新民日報》，1927 年創辦《民話報》和《革命日報》，1928 年誕生《山西黨報》和《山西政報》，另外還有以圖畫的形式介紹新聞的《影時畫報》和《醒世畫報》。這些報紙到 1926 年前後還存活的有：（1）《晉陽日報》，其歷史可以追溯到清末的《晉陽白話報》，後改名《晉陽公報》，「二次革命」後一度停刊，1914 年復刊為現名，每日刊行一大張又一小張。該報持論公正，消息迅速，兼有在山西最久之歷史，甚受各界歡迎；（2）《并州新報》，日出一大張又一小張，在社會上有相當地位；（3）《山西日報》，刊行兩大張，在社會上也有相當之地位；（4）《新民日報》，刊行一大張；（5）《民話報》，刊行一大張，堅持辦報，頗為社會所稱道；（6）《革命日報》，刊行四開報紙、八開報紙各一張；（7）《政報》，隔日出版，每次刊行一張。

民國初年的綏遠[2]，因地處邊陲，文化比較落後，到 1913 年才有報紙。從1913 年到 1918 年前後出版了七種報紙，即《歸綏日報》《一報》《綏報》《青山報》《商報》《西北實業報》和《通俗畫報》，其中《歸綏日報》為資格最老者。綏遠雖然報業起步遲，但民營報業還是有所發展，《西北實業報》就較為

---

1 轉引自王潤澤：《北洋政府時期的新聞業及其現代化（1916～1928）》，中國人民大學出版社，2010 年版，第 139 頁。

2 綏遠省為中華民國之一級行政區，為塞北四省（熱河省、察哈爾省、綏遠省、寧夏省）之一，簡稱綏，省會歸綏（今呼和浩特市），在今內蒙古自治區中部。中華人民共和國成立後，於 1954 年廢省，併入內蒙古自治區。

典型。這份歷史最為悠久報紙於 1918 年創刊，直至 1926 年才停刊。在八年裏，只有綏垣的《商報》出版不及一年和包頭的《西北民報》有一年歷史，其餘再無別的報紙值得一提，可見《西北實業報》在綏遠的地位。該報初期辦得頗有特色，當時楊既庵主持筆政，其發表社論膾炙人口，附張辦得也引人閱讀，在綏遠歷史上的作品，一切古蹟、疆域、人物等的考證材料，大都取材於《西北實業報》的附張。

　　進入民國後，雲南的報紙新出版的不下 20 多種，到 1926 年仍在出版的則有 9 種，為《均報》《復旦報》《義聲報》《雲南新報》《大無畏報》《西南日報》《社會新報》《民眾日報》《警鐘日報》。其中《民眾日報》為三十八軍各師合辦之機關報，《警鐘日報》為市政府警戒之機關報，其他各報為商辦報紙而受省政府津貼者，至於黨辦之報則無有。

　　重慶是西南地區第一大城市，很早闢為對外通商口岸，商業發達，在內陸城市中得風氣之先，民族工業發展較早，民國以來更有長足發展，這也推動了重慶報業的發展。自「二次革命」後，重慶報紙隨政治生命而消亡，《商務日報》應時而出，隨後多家日報相繼創刊。1914 年 4 月創刊的《商務日報》就頗有影響。該報日出一大張，發展穩定，逐漸增張。兩年後增為兩大張，1920 年增至兩張半，半年後又增為三張。該報每半月還挑選報紙的精英材料刊一小冊子，命名為《商務日報匯要》，附贈讀者。其他日報如《巴蜀報》《濟川公報》《新民報》《大江報》《大聲報》《四川晨報》《權輿報》《民強報》；晚報如《重慶晚報》《新中華晚報》《四川晚報》《西蜀晚報》《渝江晚報》等，都能努力參與新聞競爭，力求改進，反映了西南邊陲城市報業的發展狀況。

　　在大城市和省會城市之下的一些中型城市中，尤其是沿海城市，這個時期的民營報業有了很大發展。以青島為例，該市在整個 20 世紀 20 年代至少有 10 多家民營報紙湧現，比較著名的有 1923 年創刊的《膠澳日報》，1924 年創刊的《青島公民報》《青島時報》，1925 年創刊的《平民報》，1926 年創刊的《正報》等，反映了這個地區在從德、日帝國主義手中收回主權的短暫時期，民營報業獲得發展的狀況。再如廈門的《江聲日報》也很有生氣，這份 1918 年創刊的老牌報紙日出對開兩張，由許榮智主持，報紙很受社會歡迎，到 1925 年時開始打破十幾年來廈門新聞界的獲利記錄，成為廈門當時最出色的報紙之一。

香港報業歷史悠久，是我國日報的發源地，《香港華字日報》《循環日報》為我國日報的前驅，得天獨厚的辦報環境促成了香港報業的發達。進入民國以來，香港的民營報紙雖然趕不上上海的民營發展發展步伐，也沒有報紙如《申報》《新聞報》《時報》等報那樣赫赫有名，但香港民營報紙還是有一定的發展，如《香江晨報》《華商總會報》《工商日報》等都是民國初年在香港較有影響的民營報紙。《香江晨報》由夏重民於 1919 年創辦，辦報之初股本不足，碰巧華僑國會議員黃伯耀南旋抵港，得知緣由遂立電舊金山《少年中國晨報》，電匯鉅資資助辦報，經濟漸隆，該報逐漸發展起來。《華商總會報》創刊於 1919 年，是香港華商總會舉行同人總敘會時，該會主席劉鑄伯提議創辦《華商總會報》，旨意在傳遞商務消息，「以該會因未辦有報紙，關於各項消息之傳遞，殊形未便，特提議由該會創辦報紙，以廣宣傳」[1]。該報印刷起初由該會與《孖剌西報》雙方簽訂合同，附刊於該西報館之內。其後，該報脫離孖剌，自立門戶，並大加擴張，為一純粹為通傳消息之商報，不涉黨派政治意味。《工商日報》創辦於 1925 年，因廣州發生「六二三」事變，省、港交通因此斷絕，港商苦之，於是集資創辦《工商日報》，藉以表示僑民的意見。

第五節　民國北京政府時期的都市小報

一、都市小報興起的社會背景

戈公振云：「小報與新聞二名詞，在宋時蓋已有之矣。」雖然小報始於宋代，但到了民國時期，在各大城市的街頭巷尾都可以看到小報的身影。那麼什麼是小報？小報有哪些特徵？按照官方的說法，小報「係指內容簡陋，篇幅短少，專載瑣聞碎事（如時人逸事、遊戲小品之類），而無國內外重要電訊記載之類報紙。」[2]民國時期的小報是中國近現代報業發展的一個重要組成部分。

小報的興起並不是偶然，首先得益於民國時期寬鬆的政治環境給小報發展提供了良好的時機。袁世凱死後，中國長期陷入軍閥割據的局面，北京政府的變動無常和全國的不統一，使得各派軍閥的注意力都集中在軍事和政治

1　楊光輝等編：《中國近代報刊發展概況》，新華出版社，1986 年版，第 203 頁。
2　解釋取締小報標準，引自《法規：上海特別市教育局小報審查規程》，《上海特別市教育局教育週報》，1934 年（08），第 4~5 頁。

方面的爭奪，在思想文化方面的控制較爲薄弱，因此給小報的發展提供了空隙，沒有了政府方面的控制和管理，小報就有如雨後春筍般紛紛崛起。

其次，廢除科舉制度後，大量的鄉鎮知識分子紛紛湧入城市，使得城市處在文化上相對發達的地帶。尤其是第一次世界大戰期間，中國民族資本主義得到較快發展，推動了中國的城市化進程和市民階層的形成，在經濟條件上爲小報等大眾文化產品的消費提供了更多可能。在民國成立後，民眾處在相對安穩的生活環境中，經濟發達地區的民眾開始追求精神層面的愉悅，但由於城市中有大量從鄉鎮農村湧入的人口，文化水平不是太高，大報較嚴肅晦澀，並且多政治新聞，價格也比小報高出一倍，對於文化水平較低的勞動者來說，閱讀報紙只需要一些簡單的消息，普通的常識，以及有意義或趣味的新聞就夠了。[1]因此，更多的下層民眾願意花少一半的錢購買較少政治新聞的小報，下層民眾成爲小報堅實的讀者群。

政治和經濟條件的變化構成了小報發展的有利外部因素，但需要指出的是，政治和經濟對小報的發展影響是有限的。雖然清廷統治式微，中國內陸地區的商品經濟得到發展，但是進步很小，經濟與政治條件仍不成熟。在這樣的環境下，民國成立和五四運動所引起的社會思潮對小報發展帶來的影響就會顯得更加突出。比如：民國成立後，封建主義的舊文化價值觀已經倒塌，但新的主流文化價值觀尚未確立，東方的、西方的、古代的、現代的各種文化思想在相互激盪之中，這些爭論和迷惘爲小報提供了多維度的思想資源和多向度的價值探求。科舉制度廢除後，有大量的文人開始成爲小報的職業寫手，一些由社會思潮和社會運動中興起的新式知識分子，受到歐風美雨的影響，又因世界新聞紙以英美爲最發達，所以也在中國內地辦起了模仿歐美報紙的小報，薩空了這樣描述中國小報與歐美報紙的關係：

「中國報紙之出，實傾於美國式，報紙上之文苑，即根據美國報紙注重趣味之意而來，其後適值排滿運動，一班志士遂以報紙爲工具，對滿清施以嚴厲之攻擊，流風所被，而當時報紙遂成爲英國式，而注意政論。殆後新聞紙因攻擊過猛，而招致政府之取締，一班政論家，多避居海外，而國內報紙，遂又成爲注重低級趣味之美國化焉，迄於今日，中國報紙殆已全數美國化，幾有不談政治之傾向，蓋『多言多敗』實不如另謀發展也。」

1　周華國：《雜談小報》，《世界晨報革新紀念冊》1935 年，上海世界晨報社編，第 1 頁。

二、京津滬等地的重要都市小報

上海是全國的商業中心，北平是全國的文化中心。兩地豐富的經濟文化底蘊促進了小報的誕生和發展。但由於地域的差別，兩地小報又有其各自的特點。

（一）北平重要都市小報

北平小報是指每日在北平早間發行的八開報。北平的小報種數繁多，即使是在北平當了十多年報販的人也無法知道準確的數字。北平各小報內容大致新聞占一版，緊要新聞占全版三分之一，社會占三分之二，緊要與社會新聞多剪自前一日之晚報副刊占一版半，副刊是競爭的武器，副刊主要有演說、小說、親談、詩詞歌賦、謎語、詼諧語、組字畫等。小說和特約專人著述，多為社會投稿，並無稿酬，而北平一般有創作發表欲者，亦特多，故每日皆能不憂稿件之不敷。報頭外，其他為廣告版面。與上海小報相比，北平非工商區之地域，廣告收入較微薄。廣告以醫藥和戲報廣告為大宗，北平小報以副刊為主要，次為社會新聞，再次始及緊要新聞。[1] 在這些小報中，《群強報》《第一小報》等比較出眾。

1.《群強報》與《第一小報》

《群強報》1912 年創刊，起初《群強報》遠不及《京話日報》和《正宗愛國報》，但後來《京話日報》與《正宗愛國報》同時被官家禁止發行，社會間無報可看，《群強報》一日之間由兩千報增至一萬有餘，成為北平有名的小報。《群強報》四開長條一大張，八個版面，主要版面有「緊要新聞」和「本京新聞」等，最高時期的發行量達五六萬份之多。該報於 1925 年 3 月 14 日，時隔一天就報導了孫中山先生逝世的新聞，是最早的詳細刊登孫中山病因和逝世經過的報紙。《群強報》主要刊登北京小市民的各種社會瑣事和民生新聞。魯迅先生曾評價說：「通俗的小日報，自然也是要緊的，但此事看去似易，做起來卻難。我們只要將《第一小報》與《群強報》之類一比，就知道實與民意相去太遠，要收穫失敗無疑。」[2]

《第一小報》1925 年創刊，自創刊日其就連載譯自日文的《常識基礎》一書，向民眾宣傳一般的科學知識，在當時有一定的影響。

1　薩空了：《北平小報之研究》實報增刊，1929 年 12 月，第 45～54 頁。
2　通訊 1.引自《魯迅文集・雜文集》，花邊文學。

2、北京小報特點

北京小報與上海小報的區別：其一，對於政治軍事新聞更加謹慎處理。其二，報館規模大於上海小報，上海小報館三五個人就可以，北平小報館稍稍好點的，工人就有七八個，一流的小報不但用平板機四五架，有的還要用輪轉機。[1]北平的人們，除了看本地報紙以外，還得看天津的大公、益世和庸報，還得看上海的申新時時事新報。一般一知半解的北平居民，每在下午及傍晚，聽到報販口喊「天津剛到的小報」，大家竟會去購買。

北平讀者大多是戲迷，喜歡看某戲院的演出情況。有些小戲院中的案目，因此不肯告訴小報明日所演何戲，非得每月送二三元錢，才肯將明日的戲目透漏消息。所以，許多小報館，既替戲院日刊義務廣告，還要月給案目勞金，是北平報紙上廣告之別開生面者也。[2]

（二）上海重要都市小報

上海小報多如過江之鯽，每日總要出十幾種。小報都比較廉價，每份紙售銅元二枚。

內容上比較可靠的小報有：福報、大晶報、福爾摩斯、羅賓漢、大金剛報、紅報、明鏡、小日報、報報、晶報、金剛鑽。小日報是日刊，其餘十種都是三日刊。福報、羅賓漢、明鏡、報報同日出版。福爾摩斯、大金剛報、紅報同日出版。內容都是趣味的社會秘密消息。常識，最初三日刊，後愈出愈多。上海常識、常識、社會常識、幸福報，非常有益。三日出一次。[3]

1、小報之王——《晶報》

《晶報》創刊於 1919 年 3 月 3 日，開始偶而談論政治社會的珍聞秘史，形成今日一般小報的初型。《晶報》創始人為余大雄，係《神州日報》的附刊，每三日發行一次。《晶報》在其發刊詞中闡明了報紙的宗旨：

「以我國政治之黑暗，社會之搗昧，凡百事業日在陰霾沈晦之中，黯然無復光彩，寧非事之至可傷者？本報無似，竊願竭文字之能力，為吾國中萬事萬物掃除障礙，使漸入於光明之域，故名吾報曰晶。晶於說文之本訓曰光，語曰：天高日晶，又曰：八月涼風天氣晶，皆光明之義也。自吾報出，吾國

---

1 華芳：《在北平辦小報與上海辦小報的情況不同》，《長春》（第二卷），1940 年（06），第 5～10 頁。
2 駱駝：《黨政文化秘聞：北平的小報‧社會新聞》（第二卷），1933 年（09～10），第 118～120 頁。
3 沈梓青：《上海的小報》，《上海常識》，1928 年（36）：第 1 頁。

一切之政情與事象，皆以吾文字蕩摩之力，由晦暗而漸至於光明，則誠記者之所謂禱祀以蘄者矣」。

《晶報》執筆者有葉小鳳、談老談、姚鵷鶵、張丹斧，漱六山房、李涵秋、周瘦鵑、徐卓呆、胡寄塵、馬二先生，馮小隱、張谷廖子、周劍雲、歐陽予倩等數十人，都是所謂小說家與評劇家。漫畫由丁悚、沈泊塵、張聿光輪流擔任，丁悚的作品最多。最新穎的特點是每篇文章的題目，都把作者的字跡，雕刻了木戳印在報上。

《晶報》類目較多，有「小月旦」「新魚雁」「歌舞場」「鶯花屑」「衣食住」「新智囊」「小說」「俏皮話」「燃犀錄」等欄目，然而報紙談戲子妓女的倒占去很大的篇幅，批評社會的月旦時局僅僅一小部分，比較有諷刺性暴露性的作品，都以諧詩俚曲來表現。

《晶報》出版後，銷路很大，在《新聞報》《申報》《時報》之後，列入第四位。直至「江浙戰爭」發生之後，《晶報》有了一些新的變化，比如側重於暴露政治的秘密以及敘述名流要人的軼事，以時事、人物、交織而成一種小報上獨有體裁的文字。其次，漫畫和照片配合起來，畫中人物的面相，都把照片剪貼上去，有栩栩如生之妙。第三，關注社會各階層的動態，大報上所不載的新聞會用種種方法去刺探發表，需要顧忌的地方，則旁敲側擊，指桑罵槐，在聲色方面生產了大批電影女明星，大量報導女明星的私生活，色情文字的根芽，便在這時萌茁的。[1]

2、以「鑽」克「晶」——《金剛鑽報》

《晶報》摘得小報之王的稱號，緊隨其後的著名小報要數《金剛鑽報》了。《金剛鑽報》於 1923 年 10 月 18 日創刊，與《福爾摩斯》《晶報》《羅賓漢》被稱為「海派」小報「四大金剛」，創辦人為施濟群、陸澹庵、朱大可。《金剛鑽》的出現頗有意思，源於《晶報》在報上直指一個好捧京劇名旦黃玉麟（藝名「綠牡丹」）的戲迷陸澹庵「中了綠（氯）氣」，陸澹庵十分氣惱，就與朱大可、施濟群、孫玉聲等十人集資創辦一個三日刊小報名叫《金剛鑽》。《金剛鑽》取意金剛鑽可以刻晶。

《金鋼鑽報》第一號出版，就採用人身攻擊的方式猛烈向《晶報》進攻，此後「戰火不斷」。《金剛鑽報》稱《晶報》主人余大雄為蹩腳編輯，《晶報》

特約撰稿人畢倚虹爲蹩腳律師。畢倚虹馬上還擊，寫《金鋼鑽報》的編輯施
濟群爲「腳編輯」，因爲他曾賣腳氣丸爲生。後來《金鋼鑽報》又派陸澹庵出
馬，罵畢倚虹從前閨房私事及新近結婚的太太，文中以西門慶影射畢倚虹，
以其住在西門恆慶里之故。而畢倚虹馬上回擊，陳定山在《春申舊聞》中說：
「而陸澹庵方捧綠牡丹（京劇名青衫黃玉麟），倚虹遂捨澹庵綽槍驟馬，直攻
玉麟。澹庵怒，並舉倚虹隱私而亦攻之，筆戰於以大開。步林屋繼起辦《大
報》加入筆戰，右倚虹而攻澹庵，長圍鉅鹿，如火如荼，各路諸侯皆袖手作
壁上觀，稱之曰：『西門慶大戰潘金蓮。』此一場廝殺，歷半載始已。[1]

　　《金剛鑽報》先後由施濟群、俞逸芬等主編，鄭逸梅擔任編輯主任。在
初創時，並沒有指定誰負責編輯事務，那十位發起人都是寫作者，他們合在
一起，等於是個編輯組，共同負責編寫任務，誰有時間，誰就集稿編發；文
稿不夠，大家執筆補充。他們最初的目的，無非是以文爲戲，藉此出出胸中
之氣，並不準備長久辦下去的，沒想到卻因此爆紅。該報設有《小金剛鑽》《金
剛扶輪會》《新金剛鑽》《遊藝界》等多種專刊；闢有《滬儒話舊錄》，每天一
篇，講時令風俗、名勝古蹟、戲館妓院、物價變遷，以顯示小報雅俗共賞的
風格。[2]同時刊有張恨水的長篇《鐵血情緣》，陸澹庵的《落花流水》顧明道的
《龍山王》王小逸的《天外奇峰》張恂子的《虎窟雙雛》汪仲賢的《惱人春
色》胡梯維的《黃熟梅子》顧明道的《龍山王》，汪仲賢的《惱人春色》等小
說，以及朱大可的《櫻鳴詩活》，謝玉岑的《墨林新語》，孫玉聲的《竹枝詞》
等，並擇該報精華，刊發《金剛鑽月刊》。《金剛鑽》報於 1937 年八一三淞滬
抗戰爆發後停刊，前後發行 14 年。

3、報界神探──《福爾摩斯報》

　　《福爾摩斯》報創刊於 1926 年 7 月 3 日，由胡雄飛、吳徵雨、姚吉光、
湯筆花四人合辦。初爲三日刊，1930 年改爲日刊。《福爾摩斯報》注重新聞報
導，尤其是揭露國民黨黨政軍和社會各界黑幕，報紙內容基本都是從警察局
打聽出來的黑社會新聞，在文風上摒棄了風花雪月文字和長篇小說，注重立
體式記載常拋出驚人消息，吳農花、秦瘦鷗、平襟亞、陳存仁等著名報人都
是該報的特約記者。「八一三」事變發生時，該報連續 5 天出版「非常號外」，

1　蔡登山：〈從《新聲》到《金剛鑽報》的施濟群〉（下），晶報，2011 年 5 月 26 日。
2　金剛鑽報，http://news.sohu.com/20100804/n273981103.shtml.2016 年 8 月 10 日訪問。

報導上海戰事近況。《福爾摩斯報》出版至 1937 年上海抗日戰爭爆發後才停刊。[1]

4、消閒小報——《小日報》

《小日報》1919 年 4 月 1 日在上海創辦的，創辦人爲韓天受。它的內容以消閒和趣味爲主，是反映當時風俗民情、社會文化的通俗報紙，讀者對象是當時廣大的中下層市民讀者，是人們在茶餘飯後閱讀的主要報紙。

韓天受籌備創辦《小日報》的時候，聘請張丹斧爲首任主編。張丹斧原名張延禮，號丹翁，又號丹甫、丹父，筆名很多，他是當時上海頗有名氣的文人，是著名文學社團「南社」成員，曾經做過《神州日報》編輯。張丹斧除了做過《小日報》的主編，他還做過《晶報》的主編，曾爲上海的多種小報寫稿，也寫過社會小說。

5、遊樂場小報——《先施樂園日報》

《先施樂園日報》創刊於 1918 年 8 月 19 日，創刊一周後即更名爲《上海先施日報》。報紙於 1927 年 5 月 18 日停刊。係由上海先施公司創辦發行。報刊創刊一周後即被更名爲《上海先施日報》。報紙版面最初爲對開四版，後改爲四開二版，又改八開四版，價格則一直是「銅元二枚」。

周瘦鵑、朱心佛、錢擇雲、王天根、劉恨我等歷任該報的總編，報紙的撰稿人則包括從周瘦鵑、劉恨我等報紙報社工作人員，到劉半農、包天笑、徐卓呆、陳蝶衣、李涵秋、徐半梅等名家，再到以及眾多的普通作者。報紙的歷任插畫人員作者：光宇、陳柏、丁悚等。[2]《上海先施日報》主要有四個版面，主要欄目有：《樂園遊戲時刻一覽表》《活動影戲說明書》以及遊樂場內各戲班演出劇目、藝伶名錄，此外還有「電報房」、「通訊社」、「博物院」、「俱樂部」、「演說臺」、「香粉店」、「茶話室」、「雜貨攤」等欄目，其中不少欄目和戲曲有關，如舞臺動態、劇目評論、戲班新訊、名伶小傳等，此外還有不少名伶劇照和便照。該報主要以遊樂場活動爲主，初期多爲消閒娛樂的報導，後期也發表過一些政治觀點，但總的來說，它是一份以奇談軼事、社會新聞或詩詞散文爲主的娛樂小報。

---

1 《福爾摩斯報》84 年後現身，http://www.dfsc.com.cn/2010/0701/40451.html. 2016 年 8 月 10 日訪問。

2 蔡維友、胡麗麗：《民國小報的價值再發現——對《先施樂園日報》的多角度解讀，今傳媒》，2014 年（12），第 157 頁。

6、上海小報的特點

秦紹德先生在《近代上海報刊史論》一書中說:「不瞭解小報,不能算是瞭解了近代上海報刊的全貌;不研究小報,也不能把握近代上海報刊發展的全部進程。」上海小報種類繁多,參差不齊,而且各有特點。有「小報之王」徽號的《晶報》擅長提供準確的社會秘密消息。《大報》政界上的消息最靈通,最敢說,但因爲道學架子太足,所以未能得社會普遍的歡迎。《海報》學《晶報》,得其漂亮整齊。學《大報》,得其嚴密精湛。[1]《光報》庸庸碌碌。電影界戲劇界中的消息比較來得靈通些。《金剛鑽》《風人》生死冤家。每期裏總有一兩篇互相攻擊的文字。[2]

(三)都市小報的特點和侷限

小報最大的特點在於一個「小」字。與大報相比,大報像一個道貌岸然的君子,小報則是一個出入於聲色場中,自命風流的洋場少年。[3]「與大報副張頡頏者有小報,以其篇幅小故名。其上焉者,亦自有其精彩,未可以其小而忽之也。」[4]小報因格式小、報導篇幅短小、著重於通俗,趣味,輕鬆,流利的文字而得名,但小報的「小」字正如小品文與小詩的小字一樣,含有深奧的意義,從小示大,從小見精。[5]小報之小既是它的優點也是它的缺點。縱觀民國時期的北平小報和上海小報,可以看出:

1、小報種類繁多,但參差不齊

小報起源於清末李伯元《遊戲報》。到了民國時期,小報已經日趨成熟。上海小報多如過江之鯽,每日總要出十幾種。民國小報大小是四開一張,三日刊,其種類繁多,內容豐富,有學者總結,小報大致可以分爲(1)新聞:社會新聞、黃色新聞居多;(2)名人的生活軼事;(3)戲劇,甚至是專談戲劇的小報。(4)色情的新聞和小說。但是小報的內容不止於此。與大報的內容相比,小報的報導顯得更加世俗化,報導的內容多爲「拳頭和枕頭」,比如清末民初,妓女是小報主要報導的對象,更有開花榜的,評花品月,詩歌頌

1　局外人:《我之各種小報觀(一)》,《中國攝影學會畫報》,1925 年(05),第 1 頁。
2　局外人:《我之各種小報觀(一)》,《中國攝影學會畫報》,1925 年(05),第 1 頁。
3　風:《漫談小報》,申報館內通訊(第 1 卷),1947 年(12),第 29～30 頁。
4　戈公振:《副刊與小報》,《中國報學史》,生活・讀書・新知三聯書店,1955 年版,第 246～248 頁。
5　周華國:《雜談小報》,《世界晨報革新紀念冊》,1935 年,第 1 頁。

揚舞場盛行，一般明星、舞娘結成了小報的一欄。小報的黃色新聞居多，比如創刊於 1926 年的《荒唐世界》，該報標榜專揭社會黑幕，實際上卻大量介紹傳授吃喝嫖賭的訣竅和高談兩性問題，它開設的欄目有「嫖學入門」、「嫖的要素」、「花間春訊」、「賭經」、「性學指南」，等等。僅20世紀20年代初，類似這類橫開小報就達 50 多種。這類小報追去標新立異，爲吸引眼球，常常以粉紅、湖綠、淡青和黃色紙被廣泛應用於報紙印刷，報名也是五花八門，比如《嘰哩咕嚕》《稀奇古怪》《瞎三話四》《糊裏糊塗》等等。這些黃色小報的泛濫給社會帶來一定的負面影響。但小報不僅僅只有黃色新聞，內幕新聞也是它的報導重點，1912 年到 1917 年，上海建成一批大型綜合性新劇場和遊樂場，隨之誕生了劇場小報和遊戲場小報，就主要刊登武俠小說、言情、消閒小品、黑幕等方面內容。[1]與大報的表現形式相比，小報除了文字表達以外，多搜集大量圖畫，其中畫報也成爲很典型的一類小報，這些畫報也多刊載電影、歌壇、妓院與各種娛樂場所的逸聞豔事。相較於大報嚴肅的辦報風格，小報更接近下層社會，可讀性強。「見聞不越乎里巷，識解能合乎婦孺。」普通老百姓都可以閱讀。

2、小報敢於言說，但壽命較短

一份小報的言論尺度和它的壽命是相互關聯的。與大報相比，小報的壽命相對較短，大部分小報一兩個月甚至半年就倒閉。正因爲壽命短，不需要長期維持與政商的關係以及報紙的聲譽，小報比大報更敢於爆料內幕新聞和宦海秘聞。「今則北京之春生紅，上海之晶報等，均銷路數甚暢，不讓大報，其優點乃在能記大報所不記，能言大報所不言，以流利與滑稽之筆，寫可奇可喜之事。」在報導一些政治新聞時，小報的消息往往比大報詳細、具體和敏捷。大報的記者並不是什麼消息都打聽不到，而是礙於要延長自己的壽命，因此不得不委曲求全，裝聾作啞，不敢刊登不利於政府或者商戶的信息。但是小報沒有這方面的顧慮，「他們只怕沒有特別新聞，一有，無論如何總要登載上去。倘使這項消息要得罪某某部長，或是要揭穿某某隱私的，那麼，他們會改頭換面地用代名詞或是綽號來代替，以免封閉。」[2]一些小報也因爲刊登了揭黑新聞而獲罪，遭到查封。但需要指出的是，雖然小報敢於揭黑，報

1　引自《香花畫報》第 1 期卷頭語。
2　蕭珞：《大報不如小報》，《紅葉》（匯訂本），1931 年（03），第 78 頁。

導大報之所不報，但小報的許多內幕新聞都是無中生有，眞實性有待考證，有些小報甚至揭人隱私，藉端敲詐。[1]戈公振曾評價小報：「使讀者易獲興趣，惟往往道聽途說，描寫逾分，即不免誨淫誨盜之譏。若夫攻奸隱私，以尖刻爲能，風斯下矣。」1929 年，民國政府開始大力整頓小報，頒布了「上海特別市教育局小報審查規程。」一共列了 11 條規定，其中規定小報的內容必須符合「宣傳中國國民黨黨義導引民眾努力國民革命者；研究生活問題及風俗習慣而有領導民眾除舊革新之旨趣者；傳佈知識或學術有益於社會者。」其中之一種，格外強調小報引導社會，教育國民的功能。

3、雖爲小報，但經營不易

小報雖然版面小，發行量小，但是要使一張小報風行垂久並不容易。所謂麻雀雖小，五臟俱全。創辦小報也需要類似大報的流程。首先是資金。創辦一份小報的成本極低，大約幾千元大洋就能創辦一份小報，四五百塊錢也能辦一份小報。有人統計過，小報的辦公人員只需要編輯、助手、校對和茶房工人。助手工資大約三十幾老洋，一個校對大約十五隻老洋，一個茶房工人大約十隻老洋的收入。小報付給投稿人的稿費大約一塊錢一千字。「假定依日銷二千張算法，計劃付出項如下：稿費四百元，薪水五十五元，白報紙四百五十元，印刷費二百五十元，其他零星五十元，共計一個月付一千二百零五元。收入項：廣告費四百五十元，售報費一千六百元共入二千零五十元。再打個折扣，一個月利潤五百元，已經是最好的狀態。」其次是人才。小報對編輯個人的能力要求很高，主編人不僅要腦筋聰明，編製活潑，樣子靈活，而且要有挑選出好稿的眼光。了解讀者的需求。主辦人若有才華就可以自編自寫省下一部分稿費，或者擁有很廣的人脈可以拉到很多好稿件。由於稿費有限，小報很少拉名作家的稿子，而往往用一些質量高但名不見經傳的小作家稿件，很多不知名作家也因爲長期在小報上連載作品而受到讀者的青睞。總體來說，辦一份小報要使它的銷路始終在水平線上，不求其上漲，但也不下跌並不容易，所以許多辦大報很有經驗的人以爲小報好辦，但都以失敗告終。

民國小報是近代一種極具文化特色的傳播媒介，它經歷了歷史滄桑和衍變創新，是研究近代城市社會風俗、市民文化以及中國近代新聞傳播史不可

1　法規：上海特別市教育局小報審查規程，《上海特別市教育局教育週報》，1934 年（08），第 4～5 頁。

或缺的寶貴資料。不可否認它有消極的方面，例如為了迎合讀者的口味，刊登一些媚俗、無聊甚至黃色的文字。但它也有積極的一面，比如敢於言說，報導內幕新聞和宦海秘聞，言大報所不敢之言，而且它形成了自己獨特的小報風格。所發的言論婉麗而多諷刺，諧雅而切入人情。與大報相比，「雖似無補於世事，然灑灑落落，又未嘗不足以蕩魄迴腸，引人入勝也。」